オキシタケヒコ

波の手紙が響くとき

J

HAYAKAWA SF SERIES J-COLLECTION

ハヤカワSFシリーズ Jコレクション

早川書房

波の手紙が響くとき

Musa
by
Takehiko Oxi
2015

Cover Direction & Design Tomoyuki Arima
Illustration Geco Hirasawa

波の手紙が響くとき

目　次

エコーの中でもう一度

ええ、そうです。商店街っていっても小さなもので。

自転車がいっぱい駐《と》めてあって、お店の前にはハンガーに満載の服とかがはみ出してて、はい。

でも下町のアーケードって、そんなものでしょう？

いろんな色の幟《のぼり》が立てられてて、回転灯っていうんですか？　あのクルクルまわる橙《だいだいいろ》色のランプがちょこんとついてる看板とかがあって。

はい、不思議なものですけどね、あの録音を聴いてると、色を思い出せるんです。

今じゃこうして、ものの形はわかるようになりましたけど、色となると、ええ、普段はもう忘れちゃってるんですけどね、緑ってどんな色だったっけ、とかって。

あ、まだ視力をなくす前です。小学校に進んだばかりの頃かな、古いカセットデッキで。父が録《と》り溜めてたラジオ放送、上書きして消しちゃって。

はい、賑《にぎ》やかでしょう？　こもった雑音にしか聞こえないかもしれませんけど。

以前に持ち込んだところでは、ええ、難しいんじゃないかって。たしか、エスエヌヒが低すぎるとか。

シグナル／ノイズ比……ですか。ああ、そう言葉にされると、はい、なんとなく。

そうか、信号が、ノイズになっちゃったんだ。寂しいなぁ。

あ、はい、出向いてはみたんですけど、柵の中までは、ええ。

え？　もう一度、ですか？　それはもちろん、山々なんですけど。

でも、無理ですよね。だってもうすぐ——。

◇　◇　◇

「えーと……猟奇殺人の予行演習？」

後ろから俺の作業机を覗き込んだカリンが、しばらく迷ったはてにそう言った。

机に横たわっているのは、確かにすこぶる奇妙な物体である。顔面を削り取ったトルソーマネキン。胸の中央は心臓を摘出したかのように、大きく四角い穴がくり抜いてある。現代アートのオブジェと言い張れないことはないが、猟奇的と断じられて否定できるものでもない。

「まあ何でもいいですけど、仕事と趣味は分けてくださいよね。今回の案件だって、所長にまかせっきりじゃないですか」

「うるせぇな、こっちも仕事だよ」

俺は足元の金属ケースを開け、衝撃吸収ウレタンフォームの中にその物体を横たえた。蓋を閉じ、ロックをかけ、机の上のチョークに手を伸ばして、『208-HATS』とケースの表面に書き付ける。

「また嘘ばっかり。テープのクリーニングに、なんでそんなホラーな物体が必要なんですか」

二〇八案件。花倉加世子《はなくらかよこ》という、盲目の女性からの依頼だ。

カリンの言うように、その内容はテープ音源の単純なクリーニング作業である。何度もの再生を経て磁性体がすり切れ、くぐもったノイズまみれになった古いオーディオテープ。依頼主が生まれ育った、とある地方都市のアーケード街の雑踏を録音したものだ。その古く小さな下町の商店街は、あと数日で区画整理のために取り壊され、この世から存在しなくなる。

せめて音だけでも残したいという、小さな望郷の思いを乗せた依頼。そのために必要なのは、ノイズフィルタのパラメータと格闘し続けるデジタル作業であり、当然、妙な改造マネキンなど要るはずもない。

「ああクソ、どっかに大金でも転がってねぇかな」

大きな欠伸《あくび》をしてそう洩《も》らした俺の顔を、カリンが毛虫でも見るかのような目つきで睨《にら》んだ。

「で、何だよ、用は」

「あ、次の仕事、入りそうなんです。さっきアポがありまして、すぐ来られるそうですから空けといてください」

そこまで急ぎの用件か。俺は身を起こす。急ぐってことは金も出るってことなのだ。

「それがね、びっくりなんですよ。ミューズプレックスです、あのミューズプレックス」

名の売れた音楽プロダクションである。新人のカリンは知らないが、ひと昔前、えらく世話になった企業だ。

「そこの辻神《つじがみ》さんって方がいらっしゃいます。粗相《そそう》のないように、そのくしゃくしゃの白衣はとっとと着替えて、ヒゲもちゃんと剃《そ》っといてくださいよね。午後イチですよ」

「辻神ぃ？　待て、それって爺《じい》さんか？　馬みたいな顔の」

「電話なんだから顔まではわかりませんよ。でも、声は若かったですけど」

では親族か誰かか。どっちにしろ、金の匂いがすることは確かだ。悪くない。実に悪くない。

「あ、フジさん、また何かよからぬこと企《たく》んでますね」

うるせぇよ、と睨むと、カリンはしかめっ面であかんべーを放って出ていった。

予想通り、客には見覚えがあった。幸運にも母親の方に似たらしい、そこそこハンサムと言える顔。少しウェーブがかかった整えられた長めの髪。高級そうな細身のスーツ姿にひと目でブランドものとわかる腕時計。趣味のいいコロンのかすかな香り。いかにも育ちの良さそうな若者なのだが、それもそのはず、ミューズプレックス社長のご子息ってやつなのである。二年ほど前、気乗りしないパーティに呼ばれたときに一度顔を合わせているが、あのときはまだ大学生だったはずだ。結局、親の会社に入ったわけか。

「あの、第一企画部の辻神です。はじめまして、どうも」

向こうはこっちの顔など覚えてないらしい。もっと自信にあふれる溌剌《はつらつ》とした青年だった記憶があるのだが、名刺を差し出しながらの挨拶は妙にぎこちなかった。

俺も適当に名乗りながら、『武《む》佐《さ》音響研究所　チーフエンジニア　武《む》藤《とう》富《ふ》士《じ》伸《のぶ》』と記してある角の潰れた名刺を財布から取り出す。ちなみに肩書きに〝チーフ〟とついてはいても、エンジニアの部下などいない。新人助手のカリンを入れても三人という零細所帯の悲しいところだ。

向かい合うソファに客ともども腰を下ろしたものの、肝心要《かなめ》の所長の姿はまだない。俺だけで用件を聞くわけにもいかないし、世間話する間柄でもないので、当然、沈黙が下りる。応接室は無駄なぐらいに完全防音だし、作動音を発する機器も一切設置していないので、それこそ耳が痛いほどの静寂だ。

「ったく、あのデブは何してんだよ。働けよデブ」

「おいおい、フジ」

俺の罵倒にぴったり合わせたかのようなタイミングで奥の防音扉が開き、二十年来の腐れ縁、学友、悪友、幼なじみ、そのうえ俺の上司でもある裕一郎《ゆういちろう》が、その巨体を折り曲げながら、いつものスカした顔で入ってきた。

「BMI指数で〝太りぎみ〟の枠内にいることは認めるよ。でも体重と体脂肪率はちゃんと管理してるし、君も重々承知の通り、これ以上絞ると体調に響く。それに、これが一番大事なことだけど――」

やることは君よりちゃんとやっているよ、と、ガキの頃からまったく変わらないメゾソプラノで宣《のたま》う。

「所長の佐敷《さじき》です。もう挨拶は済んだかと思いますが、こちらが武藤。見ての通り口も悪ければ頭も顔も悪いし、ついでにケチで酒癖も悪くて週に一度しか髭《ひげ》を剃らず、突発的に暴走しては迷惑を振りまく始末に負えない男なんですが、腕の方だけは僕の顔に免じてご信用ください」

客への対応にかこつけて十倍返しするてめぇの性格の方が最悪だってんだよこの陰険デブ。

辻神は目を丸くして固まっているが、まあ無理もない。

佐敷裕一郎。可憐《かれん》な少女のごとき声を放つ、能面めいた顔の巨漢。初対面の人間はまず間違いなくその風貌と声のギャップに面食らう。視覚情報と聴覚情報の差異に自律神経系がついていけずに緊張し、動悸《どうき》が高まり、呼吸が乱れ、発汗する。何度も顔をあわせている得意先の人間ですらそうなるのだ。声帯がその妖美な声を宿し続けているのは、別に魔法でも奇蹟《きせき》でも突然変異でもなんでもなく、ただ裕一郎が声変わりを迎えないまま大人になったからであり、男性ホルモンの欠如で第二次性徴が妨げられたからであり、突き詰めれば、少年時代に交通事故で睾丸《こうがん》を失ったからだ。

案の定、客の目線は泳ぎはじめ、額《ひたい》にも汗が浮き出ていた。単純に、俺と裕一郎の罵《のの》り合いに挟まれたせいかもしれないが。

「さて、ご用件、さっそくお聞きしてもいいでしょうか」

天使のよう、と表現されたこともあるその声で、裕一郎が尋ねる。

「は、はい、あの、その、お願いしたいのは……」

しどろもどろになりながらも、辻神は依頼内容を口にした。

「失踪人捜し……なんですけど」

◇　◇　◇

日々木塚響《ひびきづかきよう》。ミュージシャン。女性。年齢は非公開。

通常日本では、若手の女性アーティストはまず容姿で売りに出される。見目麗《うるわ》しさから何馬身か距離を置いてようやく問われるのが歌唱力で、次いで作詞の才能、というところだろう。作曲能力など順番でいえば尻の方である。どう見てもおかしな優先順位だが、それが業界の仕組みであり、大衆の求めるものなのだ。

しかし日々木塚響はそんなレールの外を走っていた。彼女はマスメディアに姿を見せない。歌も歌わない。詞も書かない。彼女が作るのは声楽曲ではなく純粋なインストゥルメンタルで、しかも日本ではニッチな購買層しかいないトランスやミニマル・テクノだ。

海外ドメインにウェブ窓口を置いたネット販売個人レーベルでデビューするや否や、《KYOW》の名はヨーロッパのクラブシーン・チャートを電撃的に駆け上った。騒動の末、結局彼女は地元日本の音楽プロダクション、ミューズプレックスとの契約を選んだわけだが、メジャーレーベル間で勃発した争奪合戦のすったもんだはまだ記憶に新しい。

『サイバー・ミューズ、故郷に引き籠もる』と海外音楽誌が報じた、その後一年間の沈黙を経て、ヨーロッパでの熱狂的な騒ぎこそようやく落ち着いたものの、あれから三年経った今もなお、アムステルダムあたりでは映画スター並の人気を誇っているらしい。最近では、劇場アニメの音楽を担当してファン層を拡大させているとも聞く。

俺の知る限り、この部屋にもその信者が一匹いた。

「日々木塚響って、あの《KYOW》ですか？　高校のときから大ファンですよあたし！」

ちゃっかり自分の分まで茶を淹《い》れてテーブルについたカリンが声をあげる。だが、そんなテンションを正面から受け止められるだけのキャパシティは、件《くだん》の依頼人には残っていないようだった。

「京子さんの居所を……特定してほしいんです」

辻神は絞り出すようにそう言った。京子というのは、関係者以外では知る者がほとんどない日々木塚響の本名である。

日本での人気は限定的だとはいえ、《KYOW》は一部海外ではいまだビッグネームで、曲も売れ続けている。本当なのかどうか知らないが、ハリウッドから声がかかっているとの噂まである。ミューズプレックスに所属するアーティストの中では、稼ぎ頭とまではいかないにしろ充分すぎるほど大きな存在だ。その日々木塚響の行方が、三週間ほど前から摑《つか》めなくなっているというのだ。

「ちょ、ちょっと待ってくださいよ」

カリンがせわしなく皆の顔を見回す。

「行方不明ってのも驚きですけど、なんでそんな話をうちに？　人捜しって、警察や興信所の仕事ですよね」

「そのお上《かみ》や探偵屋から、そういう依頼が回ってくることもあるんだよ」

関係者が直接持ち込んでくるのは珍しいがな。

いちいち説明していては話が進まないので、カリンの相手はそこまでにして辻神に向き直る。

「ってことは、通話録音か何かの解析なんだよな？」

辻神はただ小さく頷《うなず》いて、胸からUSBメモリスティックを取り出した。

誘拐事件や失踪事件の際、通話録音の背後にある環境音から相手の場所を特定する作業を依頼されることがある。いわゆる環境音解析だ。街宣車の声、種《しゅ》が特定できる鳥や虫の鳴き声、電車の踏切の音。そういったかすかな外部音を抽出し増幅し特定できれば、そこから捜索対象の土地を絞り込んでいくことが可能になる。とはいえ俺たちが普段請け負っているのは、スピーカー設備のコンサルティングや古い録音データのクリーニングといった小さな仕事がメインで、数少ない大口の発注も主に医療機器方面だ。環境音解析を引き受けたことがないわけじゃないが、実績は片手の指で数えられるほどしかない。

　だがとにかく、聴いてみなければ何も始まらない。俺はテーブルの側面にある電源スイッチを入れ、USBポートに受け取ったスティックを挿した。応接室の環境に合わせて組み上げたPCが、テーブルの底部に埋め込んであるのだ。低消費電力のCPU、ファンレス仕様の大型ヒートシンクと電源ユニット、ハードディスクの代わりに半導体《S》素子《S》ドライブ《D》を乗せ、オープンソースの軽量OSを走らせる静音PC。ほんの数秒で音もなく起動したそいつが、ガラス天板の下に仕込んだモニタにデスクトップ画面を映し出した。

　キーボードとマウスを引き出し、スピーカーに出力するためにサウンド出力設定のダイアログを出したところで、裕一郎が俺の目の前にコードの束を差し出す。何本ものインナーイヤー式ステレオイヤホンと、それを複数タコ足で繋ぐためのコネクタ。

　部屋を空けていたのは、これを取りに行っていたからか。

　問題のデータはスピーカーではなく、ステレオイヤホンで聴く必要があるのだ。ということは、データはモノラルの通話録音などではあり得ない。

　俺は大きくため息をつき、巻かれたイヤホンの束を受け取った。そもそも日々木塚響がらみなら、答などひとつしかなかったのだ。

「《ネーメ》の音……ってわけか」

社名を聞いたときから薄々感づいてはいたが、確かにこれは他の音響解析機関ではなく、この武佐音研に持ち込むべき案件だった。

なにしろ《ネーメ》は、日々木塚響のために俺と裕一郎が三年前に作り上げた装置なのだ。

「二人とも、《KYOW》と知り合いだったんですか⁉　ズルいズルい！　この卑怯者コンビ！」

何がどうズルくて卑怯なのかさっぱりわからないが、憤慨し俺たちを糾弾しはじめたカリンを黙らせるべく、まずは経緯を説明してやる必要があった。

三年前の騒動。日々木塚響の契約騒ぎと、その後一年にわたる沈黙。

公《おおやけ》にはされていないが、実は彼女は両耳をひどく患《わずら》っていた。鼓膜から内耳《ないじ》へ振動を伝える役目を担う耳小骨《じしょうこつ》が硬化し、組織が壊死《えし》することで急激に難聴が進むという厄介な病だ。音楽シーンから姿を消したのはその治療のためで、かなりの儲けを出していた個人レーベルを捨てて大手プロダクションと契約したのも、人工耳小骨への置換費用を捻出するためだった。

ただでさえ難易度が高い手術だが、そのうえ彼女はすこぶる難しい要求を上乗せした。健康時と同じ聴覚を取り戻すことに加え、埋め込む人工耳小骨に『録音機能』を搭載して欲しいというのだ。それは音の世界に生きる者ならではの発想であり、ただでは転ばないという彼女の気概とプライドの表れともいえた。もちろん保険など利くはずがない。その無茶を実現するために、契約金と合わせ、節制家だった彼女がそれまで稼いできた金の大半が、機器の開発と手術につぎ込まれた。

大学時代の恩師の紹介で、その装置の設計を請け負ったのが、俺たち武佐音研だったのだ。もちろん、実際に日々木塚の中耳《ちゅうじ》に埋め込まれた装置は、医療器機メーカーにワンオフで作ってもらったものだが、その図面を引いたのも試作品を組み立てたのも俺で、ソフトウェア部分を担当したのは裕一郎である。

装置の仕組み自体は、ペットの個体識別に使われるマイクロチップとそう大差がない。受けた電波によるコイルの電磁誘導で発電し、鼓膜から受け取った振動をデジタル波形データとして電波送信する、単純な機能の超小型チップ。日々木塚響の中耳に埋まる人工耳小骨のうち、鼓膜に接するツチ骨《こつ》にあたる部分にそれは仕込まれている。チップに動力となる電波を供給し、同じく波形データを受け取って録音するのは、バッテリー込み重量が七五〇グラムの、肩のラインに合わせて湾曲させたU字型のサーバだ。それを首にかけることで、手術後の彼女は電力供給の続く限り、自分の両耳で聞いた音をそのまま録音することが可能となった。

《Mneme》——ギリシャ神話の記憶の女神ムネーモシュネーの英名を、日々木塚響はその装置に与えた。

〈――ハ～イ。先に言っとくけど、こっちは元気にしてるから、心配は無用よ〉

記憶にある日々木塚響の声質と似ていて、そしてどこか違う声が、イヤホンを通して耳の中に溢れた。

その差異は、彼女の骨振動までをも《ネーメ》が捨っていることにある。耳から入力される外の音と、声帯が肉や骨を震わせる内側の音とが組み合わさった、彼女自身が自分の声だと認識している波形なのだ。

〈――まあ、色々と迷惑かけてるのはわかってる。そこんとこはホントごめん。事務所の方にはさっきメール出しといたけど、藤村《ふじむら》の方からもよろしく言っといて〉

《ネーメ》の録音サーバには、PCや携帯へファイルの移動が簡単に行えるように、Bluetooth規格の無線ポートと、それを使ってワンボタンで実行できるファイル送信コマンドが仕込んである。今回の録音データも、そうやってノートPCか携帯を通し、WEB上のファイル転送ストレージサービスを経由して、担当マネージャーの藤村という女性のもとに送られてきたものらしい。

〈――あと……そうね、ひと月ぐらいは自由にさせて。ちゃんと東京には戻るし、戻ったら新曲にもすぐ取りかかるからさ〉

皆に混じってイヤホンをつけたカリンが、横でもぞもぞと身をくねらせる。録音メッセージの内容にではなく、録音そのものが持つ違和感への反応だろう。正直、俺だって聴いているとむず痒《がゆ》くなってくる。

聴覚は視覚と同じく、そもそも外部認識のための感覚である。そのため人の脳は、邪魔になるいくつもの内部音にフィルタをかけて認識から除外している。だが、《ネーメ》にはそんな高度な機能などない。鼓膜が拾うあらゆる音を録音するだけの装置なのだ。鼻梁《びりょう》を通る呼吸の音も、唾液を飲み込む嚥下音《えんかおん》も、喋《しゃべ》ることでどうしても口の中で鳴ってしまう音——歯と舌と唇とが接しては離れる、湿った生理的な音までも、フィルタリングされることなくすべて記録される。

〈——ってことで、もうしばらくほっといてくれると助かる。携帯はまた切っとくから、かけてきても無駄よ。じゃあねー〉

そのあと数秒ほど、擦過音《さつかおん》や、口腔《こうくう》が発しているとおぼしき小さく水っぽい音が断続的に入り、最後になにかの電子音が鳴ったあと、「……あら」という日々木塚の小さな呟《つぶや》きで録音は終わっていた。


「最後の音、なんだあれ？」

聞こえたのは、プーピー、という間抜けな音だ。《ネーメ》が発したものでないのは確かである。録音サーバ部分にはピンジャック端子こそあるが、スピーカーの類《たぐい》は一切備えられていない。

「下の方から聞こえましたよね。うーん、なんか聞き覚えのある音なんですよねぇ……」

カリンの言うように、確かに電子音は下から聞こえた。ほぼ正面の、何十センチか下方。音源の位置がそこまではっきりとわかるのは、録音が立体音響の特性を持っているからだ。

なにしろ《ネーメ》は、〝耳〟を経由して録音するマイクなのである。

耳は左右にひとつずつしかないが、人間は音源の位置を左右だけでなく上下や前後まで判別することができる。それは脳の聴覚野が、顔や耳の複雑な形状を回り込んでくる音波の位相差《いそう》によって、音源の位置を把握する仕組みになっているからだ。

たとえば、バイノーラル録音という技術がある。耳を含めた人間の頭部をそっくり模して作ったダミーヘッドと呼ばれる装置を使い、鼓膜の位置に仕込んだマイクによって、人間の耳が聴くのと同じ、音の反射や回折《かいせつ》によって生まれる位相差までも捉《とら》える立体音響録音のことだ。その点で、《ネーメ》はダミーヘッドならぬリアルヘッド――本物の頭部と耳をそのまま使ったバイノーラル録音装置といえた。人間の耳を介して直接録音するということは、ただそれだけで立体音響の特性を持つことになるのだ。実際、日々木塚響は自分の耳で録音した奥行きのある音を、復帰後のアルバムで自由の音源としていくつも採用している。

「下……っていっても、胸のあたりですよね。これ、携帯電話の音じゃないですか？」

「ああ？　携帯がなんでそんな位置にあんだよ」

「友達がね、こーんなちっちゃな機種使ってるんですけど、世界最軽量ってコピーで売られてるやつ。小さいけどタッチスクリーンで、すごく薄くって超可愛いデザインで」

「それ、京子さ……日々木塚のものと、おそらく同じ機種です」

ずっと黙り込んでいた辻神が顔を上げて肯定した。言われてみれば、俺も何度かＣＭで観たことがある。標準でネックストラップが付属しており、首からぶらさげて使うことを前提とした、女性ターゲットのデザイン携帯だったはずだ。カリンが満足げに頷く。

「薄くて小さいだけあってバッテリーがすぐ切れるって、その友達よく愚痴ってます。っていうか動画の観すぎなんです彼女。一緒にお茶してる時なんかにもずっと携帯いじってて、おかげで何回かその音、耳にしたことがあるんです。バッテリー警告音。ちょうどこんな音で、プーピーって」

そいつとは縁切ったほうがいいぞたぶん。

だが音については頷ける話だ。日々木塚は「携帯は〝また〟切っとくから」と言った。それまで電源を切っていて、一旦スイッチを入れ、これからまた切る、そういうことだ。連絡がつかない状態での三週間、彼女はずっと携帯を切ったままだったのだろう。電源オフのままでもバッテリーは自然放電で消耗していくが、オフ状態ならそれを確認することもできない。この録音の当日になってようやく彼女は何かに電話を使い、そしてマネージャーへの《ネーメ》録音の途中で予期せぬバッテリー警告音が鳴った。つじつまは合う。

携帯の電源を入れているのに、なぜそのまま通話せず、わざわざ録音のメッセージなど送ってよこしたのかはいまいち腑《ふ》に落ちなかったが、そのあたりは当の藤村マネージャーの嘆きを辻神が代弁してくれた。日々木塚響は相手から小言や説教を返されそうな時、電話ではなくボイスメールまがいのデータ送信で一方的に用件を伝えてくることがあるそうなのだ。それは俺の知る日々木塚像とも一致している。多くの天才がそうであるように、基本的に我《わ》が儘《まま》なのだ、あの女は。

とはいえ、そんな諸々がわかったところであまり意味はない。場所の特定に繋がるのは、あくまで外部から入ってくる環境音なのである。俺は電子音のことは頭から追い出してキーを叩き、別ウインドウでスペクトラムアナライザを開いて、隣に座る裕一郎に尋ねた。

「いまのとこ、言えることは？」

「ひとつ、おそらく気密性のかなり高い室内での録音だということ。ひとつ、それゆえに肝心の外部環境音がまったくといっていいほど入っていないこと。ひとつ、カリン君の推測が当たりならば、バッテリー切れの近い携帯電話を首から提げていること」

裕一郎はスラスラとそう答え、モニタを指さしてこう付け加えた。

「あと、彼女がリラックスしていることかな。言葉は演技でなんとでもなるけど、脈拍まではそうもいかないからね」

脈拍。心臓というポンプが奏でる血流音。確かにそれも脳が勝手にフィルタリングして普段は意識させない音のひとつだ。

録音からはまったく聞き取れないが、モニタに表示されている周波数別に分けられた波の連なりには、ほぼ一秒ごとという一定のペースで低周波帯域の脈動がかすかに刻まれていた。安静時心拍数は年齢や体質で変動するので確実とまではいかないが、女性で六十前後なら充分なリラックス状態と言えるはずだ。

携帯の件と同じく、だからどうしたという話ではあろう。

だが、それは大きな問題を孕《はら》んでいた。日々木塚響が誰かに強制されてこのメッセージを録音している、という可能性がかなりの確率で排除できてしまうからだ。そのうえ、一ヶ月も先のことではあっても、彼女はメッセージの中で戻ることを謝意とともに告げている。事件性などどこにもないのである。

「ひとついいですか、辻神さん」

目を閉じて聞けば年端もいかぬ少女としか思えない甘い声で、裕一郎は切り出した。

「確認させてください。これはミューズプレックスさんではなく、あなた個人のご依頼ですね？」

「え、あ、それは……」

「失礼ながら、実は先ほど御社の方へ電話を入れさせていただきました。担当の藤村さんへ。《ネーメ》のメンテナンス時期という話を振ってみたんですけど、行方不明のことも、捜索の依頼についても、何も返ってきませんでしたよ」

辻神は真っ青になっている。

「まあ、失踪については外部に伏せて当然です。どこにマスコミの耳があるかわかりませんしね。

でも御社から音響解析での捜索補助を依頼されるのであれば、マネージャーの彼女もこちらには隠しませんよね?」

そもそも当のマネージャーは、この場に同席すらしていない。裕一郎はそこを不審に思ったわけか。

「日々木塚さん自身がこうして無事を告げているわけだし、この録音を聞く限り、上の方にも本人がメールで連絡をつけているはずです。謝罪だってしているでしょう。プロダクションの方はそれで了承しているんじゃないですか? もちろん、こちらとしてはこのまま依頼を受け、本格的な解析作業に移ることもできますよ。でも――」

一呼吸置いて、裕一郎はこの依頼が内包する最大の問題を指摘した。

「ここから先は、日々木塚さんのプライバシーを侵害することになりますよね」

これがミューズプレックスからの依頼であれば、特に気にする必要などない。勝手にスケジュールに穴を空けた所属アーティストの所在を確かめるのはプロダクション業務の一環であり、日々木塚の方としても文句は言えない当たり前のルーチンだ。だが、いくら社長の息子だとはいえ、依頼主が辻神個人となると、そうはいかない。

京子さん――。

〝うちの日々木塚〟でも《KYOW》でもなく、何度かそう洩らした辻神の、熱を孕んだ声が耳の中に蘇《よみがえ》ってきた。

ああ、そういうことかよクソ。

ねえ辻神さん、と裕一郎が親しげに呼びかける。そしてうわべの親密さが増せば増すほど、童《わらわ》のごとき裕一郎の声は、怖く、耳障りになり、圧迫感を持って響く。

「あなたが本当に知りたいことは、別にあるんじゃないですか？」

すでに辻神の額には脂汗がびっしりと浮かんでいたが、その背がびくん、と怯《おび》えるように伸びた。

「本当に、切実に、狂おしく知りたいのは、日々木塚響の、いえ――」

再び言葉を区切り、見上げるほどのその身を辻神の方へと乗り出し、

「――〝京子さん〟の気持ちの方じゃないんですか？」

能面のような顔に冷たい笑みを浮かべながら、裕一郎はそう囁《ささや》いた。

「ちょ、ちょっと、所長」

カリンが慌てて止めに入るが、もはや口をパクパクさせるだけの辻神に、裕一郎は残酷な言葉の釘を投げ続ける。

「この録音をいくら解析しようと、彼女の心なんてわかりませんよ。どんな機械やソフトウェアを使っても、人の気持ちなんて測れはしないんです。そりゃスペクトラムアナライザで虱潰《しらみつぶ》しに調べれば、部屋の外から入ってきている音だって見つかるかもしれません。もしかしたら運良く場所を絞り込めるかもしれない。でも絞り込んでどうするんです？　居場所を突き止めてどうす

るんです？　出向くんですか？　私はあなたを音響解析でストーキングしてここまで辿《たど》り着きましたって、そう言うんですか？」

矢継ぎ早に紡《つむ》ぎ出す言葉と、その声自体の圧迫力をもって、他人の内面へと踏み込んでいき、蹂躙《じゅうりん》する。最近はめったに表に顕《あら》わすことはない裕一郎の悪癖だ。その温厚そうな巨体の奥に潜めている、かつて周囲から受けた辱《はずかし》めを雌型《めがた》として鋳造した鋭い嗜虐《しぎゃく》心。俺だけは、それをよく知っている。

だから言った。

「おいデブ、それぐらいにしとけ。客だぞ客」

ちなみにこういう場合、自分の言動は棚に上げておくに限る。

「青臭ぇ思いで先走っちまうってのは、誰にだってあることだろーがよ。世の若い男どもの大半を責めるつもりかよ」

日々木塚響へその身を焦がしている。それが辻神の動機であることはもう明白だった。だが恋心といっても、純粋な憧れから生まれたものかもしれないし、職業倫理との板挟みだってあるだろう。マネージャーへ送られてきた録音の入手、という一点を除けば、今のところ社長の息子という立場を濫用《らんよう》している気配もない。辻神なりの言い訳だってあるはずだ。

「そもそも当人らの問題で俺らは関係ねぇだろーが。説教たれんのもいいがよ、そりゃ筋違いも甚《はなは》だしいってもんじゃねえのか？」

裕一郎は肩をすくめ、少し間をおいて大きなため息をつくと、ゆっくり深く頭を下げた。

「すみません、辻神さん。撤回し、謝罪いたします。どうかご容赦を」

「い、いえ……」

額の汗を袖でぬぐいながら、辻神は答えた。

「佐敷さんの仰るとおりです。僕の間違いでした。あの、この依頼、取り下げさせていただきます」

「いや、その必要はねえ。俺が受ける」

辻神だけでなく、今度は裕一郎までもがぽかんと口を開けた。ざまあみろ。

「おいおい、フジ……」

「俺もあの女にゃ以前、煮え湯の一杯や二杯飲まされてるからな。倫理的な問題はこの際目をつむるぜ」

正直なところ、日々木塚響のプライバシーなど二の次でいい。大事なのは依頼代金の方なのだ。せっかく湧いて出た金づるを失ってなるものか。

「それにな、辻神さんよ」

俺と裕一郎の間で目を往復させている若者へと向き直る。悪代官みたいだからなんとかしろとカリンから何度も注意されている口元は、しっかり意識して優しげに。

「あんたの知りたい〝日々木塚響の気持ち〟ってやつ、わかるかもしれねぇぞ」

カリンも含め、三人の頭が一斉にこちらを向いた。どの顔にも「どうやって？」という表情が浮かんでいる。

「ま、俺の勘なんだがな」

日々木塚があの録音を残した部屋の状況、そして彼女がその瞬間に何をしていたかという姿。その二つが判明すれば、辻神の知りたがっている〝答〟がそこに姿を現すかもしれない。俺はひとつの可能性としてそう述べた。うまくこれに食いついてくれればいいが。

「でもフジさん、できるんですか？　そんなこと」

ハナから俺を疑ってかかるカリンとは違い、さすがに裕一郎は察しが良く、

「花倉さんも巻き込む気かい。まったく、仕方ないなぁ……」

そう呟いて卓上の電卓を叩きはじめる。

「実は、抱えている案件がもうひとつありましてね。目の見えない、ある才能を持った女性――花倉加世子さんという方が依頼人なんですが、彼女の協力があれば、フジの言う答を得られるかもしれません。代金の方は、これぐらいでいかがでしょう」

数字の並んだ液晶を辻神へと向ける。

不作法に覗き込むと、俺の欲しい額にはやや足りないものの、かなりの価格が提示されていた。

「決して安くはありませんが、なにせ思い人の心の内を探るためのコストです。あなたなら充分に出せる額だと思いますが」

「いえ、もっと……かかるかと思ってました」

新車フルオプション付きの軽ワゴンが買える値段だぞ。このボンボンが。

予算的に少し不満ではあるが、そんな贅沢《ぜいたく》を言える身分ではない。少なくともこれで、作っていたアレをお蔵入りさせずにすむ。俺は立ち上がり、キャビネットから契約書をひと組取り出した。白衣の胸からボールペンを抜き、依頼番号の欄に「２０９」と書き込む。

「でも、本当に、どうやって……」

「フジはね、あの録音から、日々木塚さんが録音時にいた部屋の様子を立体的に再現するつもりなんですよ」

「立体的に？」

「ええ、イメージ的には、部屋のスナップショットを撮るのに近いでしょうか」

「そんなことが……」

「ええ、できるんですよ。ただし、成功は保証いたしません。もし結果が出たとしても、それがあなたにとって望ましいものとも限りません。もちろん、結果が出ればデータは即座に破棄することも条件のひとつです。これらにご了承いただけるなら――」

契約書を辻神の前へ滑らせながら、俺は裕一郎の言葉を継いで歯を見せた。

「あんたの依頼、俺たち武佐音研が叶えてみせるぜ」

「はい、ぜひ、ご協力させてください」

◇　◇　◇

翌日、当の花倉加世子はまったく躊躇《ちゅうちょ》することなくそう答えた。引き受けてくれるかどうかの心配など杞憂《きゆう》にすぎず、それどころか、こちらの不躾《ぶしつけ》な頼み事をことごとく受け入れすらした。むしろその顔は、より生き生きと輝き出したかのようだ。

「だって、人様のお役に立てるなんて、めったにないんですよ、私」

彼女はそう笑ったが、普通の人間は理由も聞かずに、顔を石膏《せっこう》やシリコンまみれにさせてくれたりはしない。

さらに三日が経過し、辻神の案件を解決すべく再び音研まで呼び出されたときも、花倉加世子の笑顔は変わらなかった。

「ジェームズ・メープルウッドという方がおられまして」

互いに紹介を終えて席につくなり、彼女は辻神に向けてそう切り出した。

先週、依頼を受けたときに聞かされたのと同じ話だった。二歳で完全に失明しながらも、舌打ち音を手がかりに世界を音で〝観る〟技を身につけた少年の物語。車の行き交う通りを自由自在に闊歩《かっぽ》し、友達とバスケットボールに興じ、スケートボードを乗りこなし、両眼がなくとも明日を見据えることはできると証し続けた、ひとつの輝ける人生。

そのドキュメンタリーに感銘を受けた加世子の父は、光を失い失意の底にあった当時七歳の娘に、愛用のバードウォッチング用カウンターを加工して作った希望を与えた。レバーとスプリングと発条《ぜんまい》と、いくつかの歯車を介して甲高い連続音を鳴らすその装置は、今もネックストラップに通され、加世子の胸元で揺れている。思うに、この一連の物語は彼女の自己証明でもあるのだ。人から譲り受け、自分の生きる糧《かて》となった形なきリレーバトンを、彼女は誰かに手渡せるよういつでも握っているのだろう。

「では、あの、本当に、目が」

「ええ、両方ともガラスの義眼です」

「でも、さっきは普通に歩いて」

辻神が間抜けに尋ね直してしまうのも仕方がない。カリンに案内されて部屋に入ってくるや否や、彼女は父親手製のクリッカーを鎖骨の下でカリリリッと鳴らし、部屋にいる皆にそれぞれ会釈をすると、迷うことも躓《つまず》くこともなく空いたソファへと腰を下ろしたのだ。「家具の配置、覚えてましたから」とはにかむ彼女と辻神が、よろしくお願いします、いえあのこちらこそ、と挨拶を交わしあう。

「美人でしょ、ね、めちゃくちゃ美人でしょ？」と辻神の背中をバンバン叩いているカリンはどうかと思うが。近所のババァかよお前。

美女の部類に入るのは確かだが、うわべの容姿など、彼女の強靭な意志と類《たぐ》い希《まれ》なる才能に比べれば些細《ささい》なものでしかない。

反響定位《ていい》。エコーロケーション。

コウモリやイルカと同じように、音波の反響で位置を測定し、形を知覚する能力。

それを身につけた全盲者たちは、反響音を確かめる際に、脳の聴覚野だけでなく視覚野も活発に使っていると何かで読んだことがある。つまり彼らは〝聴いて〟いると同時に、俺たちには計り知れない形で、世界を〝観て〟もいるのだ。

花倉加世子も、まさにそんな才能の持ち主だった。いや、後天的な環境と、彼女自身の二十年近くにわたる鍛錬の成果なのだから、適応、あるいは技術とでもいうべきか。髪を短く切りそろえているのも、その技術の妨げにならないようにだろう。《ネーメ》の手術以降、日々木塚響がショートカットで通しているのと同じ理由だ。

全員が席についたところで、カリンが立ち上がり、ぺこりとお辞儀した。

「では、不肖私、鏑島《かぶらじま》カリンが、本日の実験についてばばんと説明させていただきます」

A4のプリントアウトを握り元気よく宣言する。目の下の隈《くま》は、ここ数日俺に付き合って働きづめのうえに、一夜漬けで知識を詰め込んできた証だ。

「ところで辻神さん、《コンボリューション・リバーブ》っていう音響技術はご存じですか？」

「あ、あの私、こんな立場ではありますが、マネージメントとプロモーションの方面でして、技術的なことはそんなに……」

「でも、リバーブぐらいはわかりますよね」

「ええ、あの、音をぼかす……じゃないな、響かせるエフェクトですよね。風呂場で歌が上手《うま》く聞こえるっていう」

「そうですアレです。狭くて音の反射率がいい部屋だと、声に自然と強いリバーブがかかるからですね」

リバーブレータ。音響空間の奥行きを出すために、部屋などの残響効果を疑似再現する機器やエフェクトのことをいう。かつては風呂場と同じような反響ルームでわざわざ録音したり、薄く大きな金属板やスプリングをピックアップマイクに繋いで、鳴らした原音と共鳴させることで擬似的な反響音を作り出していた。

電子計算機の発達による情報化時代になると、あらゆるものがそうであるように、リバーブ・エフェクトもデジタル演算されるようになる。最初は単純に、原音のコピーを減衰させながら時間をずらして重ね合わせていくことで、残響音に似た効果を付け加えるものでしかなかったが、映画産業などでの需要に引きずられる形で、その後もエフェクト自体は進化を続けてきた。コンボリューション・リバーブはそのひとつの到達点だ。

風呂場なら風呂場、コンサートホールならコンサートホールの『その環境の反響特性』自体をサンプリングして、再現する技術である。

「で、どうやってそんな特性をサンプリングするかというと、普通はスピーカーとマイクがセットになったへんてこりんな装置を使います」

まず、できるだけ周波数領域の広い単純な音を基準として用意し、それを部屋や通路やホールなど、サンプリングしたい環境でスピーカーから鳴らして録音する。録音した音波には、元の基準音には無かったその環境での反響音や周波数の変化が記録されている。いくつかのアルゴリズムを通してこの差異を解析し、『もし全周波数領域をもつ単純なインパルスがその環境に放たれたらどういう波形が返ってくるか』という反響特性データに変換したものを、インパルス応答《レスポンス》＝IRと呼ぶ。

「コンボリューションってのは〝畳み込み〟って意味でして、えーと、フーリエ変換って計算をですね……」

「あー、そのへんは説明いいからよ、わかりやすい具体例あげろ」

入力波形とIRとのフーリエ変換による複素《ふくそ》乗算と、時間領域への逆フーリエ変換の畳み込み。それがコンボリューション・リバーブの肝なのだが、このあたりの解説はさすがにカリンには荷が重い。途中からウィキペディアの丸読みになるのは目に見えている。

「あっとっと、そうですね。えーと、この技術、さっきも言ったように映画業界でかなり重宝されてたりします。たとえばですね」

ひとつの例。車のトランクの中に閉じこめられた男。

狭いトランクの内側で反響する声。あるいは車外に漏れ聞こえるかすかなくぐもった叫び声。

従来なら、それらを再現するためには実際にトランクや箱の中に俳優に入ってもらって録音する必要があった。しかし、前もって車のトランクの中や外で取得したＩＲさえあれば、普通にスタジオ録音した俳優の声を後から演算加工するだけで、過酷な運命にある劇中登場人物の叫び声を容易に、そして限りなくリアルに再現できる。トランクの中の反響特性や、車のボディやトランクの蓋を音波が通過する際の周波数変動や位相の変化が、ＩＲの中にすべて記録されているからだ。

カリンの解説を聞き流しながら、俺は辻神たちの顔色を窺《うかが》った。

花倉加世子は目が見えないゆえに、顔の表情筋やボディランゲージでコミュニケーションをとる癖があまりない。だから彼女の感情こそ読めなかったが、辻神が面食らっているのはひと目でわかった。カリンが語る音響エフェクトについての長ったらしい蘊蓄《うんちく》が、どう日々木塚響に結びつくのか、まだ摑めていないのだ。

「てわけで、実験のポイントは二つです」

カリンが人差し指と中指を立てる。

「ひとつは、例のメッセージデータが日々木塚さんの耳を通して録音されていること」

《ネーメ》は人の鼓膜そのものを振動板とするマイクだ。波の反射と回折による位相変化を音に加える、人の頭部と耳という自然の立体音響装置を経由して、ステレオ２チャンネルでバイノーラル録音できるレコーダー。

「もうひとつはこれです」と、首からストラップでぶらさげた名刺サイズの薄い端末を皆に示す。

「《KYOW》さんのと同じ携帯です。この機に機種変更しちゃいました」

そう言いながら、携帯のサウンド設定項目を手早くいじって、プーピー、というあの間抜けな音を鳴らす。

「メーカーのプリセット音なんですよこれ。まったく同じ音です」

録音にあった日々木塚の携帯のバッテリー警告音と、その原音。その二つがあれば、周波数領域こそ限定されるものの、コンボリューション・リバーブのためのインパルス応答、IRを生成できる。

普通の音源からIRを取得したとしても、それで再現できるのは録音場所の一次元的な反響特性だけだ。しかし《ネーメ》を通して録音された日々木塚のデータには、彼女が録音時にいた部屋の反響特性だけでなく、彼女の耳という立体音響装置が加えた位相変化の特性までもが刻み込まれている。人が空間を立体として認識するための情報が、左右のチャンネルに分けられ音の中に格納されているのだ。

「音の中に……立体の」

少し遅れて、ようやく飲み込めたらしい辻神が、誰に尋ねるともなく呟いた。

「そうです。えーと、所長の言うにはですね、最速クラスのスパコンを一週間ぐらいぶっ続けで使えたら、そのIRデータから三次元空間の様子をある程度まで逆算することも可能らしいんですけど、あいにくうちは貧乏所帯でして、ブルース・ウェイン並の資産もなければ設備も用意できません。ですから――」

盲目の女性にぺこりと頭を下げ、

「花倉さんにご協力をお願いするわけです」と、カリンは締めくくった。

「なんだか、妙な感じがしますね」

テーブル内の静音PCに繋いだインナーイヤー式イヤホンを耳にさしながら、花倉加世子がくすぐったそうに言う。

「イヤホンをつけてこれをやるなんて、初めてです」

PCは床下を通したLANケーブルを介して、別の部屋にあるサーバーラックと繋がっている。高負荷の演算自体はそっちで行うのだ。

タコ足分岐させたイヤホンを皆がそれぞれ装着しているのを確認し、市販のゲームコントローラーをPCのUSBポートに挿して加世子へ手渡す。

「こいつを両手で握って。そう。右手人差し指のトリガー……そうそれだ。そいつであの装置の音が鳴るようにしてある。押してみてくれ」

特徴的な連続クリック音が、カリリリッ、と耳の中で鳴った。

「わ、ちょっと怖いですね。床も壁も、なにもない感じがして」

「今はそのまま鳴らしているだけだからな」

出力しているクリック音は、加世子の装置から出る音を音研内の無響室で録音したものだ。応接室の遮音設備とはレベルも用途も異なる、吸音素材と特殊な壁の構造で音の残響を限りなくゼロに近づけた部屋。そこで採取した、残響がまったく付随しない音。俺たちにとってはただの音でしかないが、光のない世界で生き、音の反響で世界を観ている花倉加世子にとっては、あらゆる方向に無が広がる空っぽの空間に感じられるのだろう。

「この音に、次はコンボリューション・リバーブをかける。日々木塚響の携帯音から割り出したIRを使ってな」

IRを取得するための基準音も、カリンの携帯を使って同じ無響室で録ったものだ。端末から波形データを直接吸い出すことも簡単にできるのだが、今回はそうしない。日々木塚響の首からぶらさげられている携帯と同じスピーカー特性を含む音として、〝原音〟を用意する必要があるからだ。

「いいぞ、裕一郎。やってくれ」

仰せのままに、とキーを叩き、裕一郎が演算処理を走らせる。

カリリリッ、と、再びクリック音。

花倉加世子以外の四人にとっては、少しだけ音が通るようになり、下の方から聞こえるようになったな、ぐらいの変化でしかない。

音源の位置は胸だ。日々木塚響がストラップで下げている携帯電話の位置。それはちょうど、花倉加世子が父親の作った装置を首にかけているのと、ほぼ同じ位置でもある。

胸の携帯から発せられ、日々木塚響の耳が拾って《ネーメ》が録音した数日前の電子音。その録音と原音との差異から割り出したIRを畳み込み演算し、クリック音に反響特性を付加する。そのは、花倉加世子にとってそれは、なじみの位置からなじみの音が聞こえる形になる。ただひとつ違うのは、周囲から跳ね返ってくるエコーが、この部屋――武佐音研の応接室ではなく、録音時に日々木塚響がいた場所のものだということだ。

無茶を承知で視覚に言い換えるなら、ここにいながらにして日々木塚響の視線で景色を観る、というのに近いだろうか。

もちろん、実験が成功すれば、の話ではあるのだが――。

「あの、もう一回いいでしょうか」

しばしの沈黙の後、少し眉をひそめて加世子はそう言うと、再びコントローラーを操作した。

カリリリッ。そしてもう一度、カリリリッ。

何度も音を発しては首をかしげる彼女の様子に、こりゃ失敗かな、と諦めかけたとき、当の花倉加世子が「あ、そうか」と小さく呟いた。

「頭、少し傾けてるのね。顎もちょっと上げぎみで……」

首をやや右に倒し、少し上を向いて、彼女はトリガーを再度握る。

カリリリッ。「ああ、やっぱり」

小さな声をあげると、加世子は左手で口を押さえ、コントローラーをテーブルに置いた。

「な、何かわかりましたか」

たまりかねたらしい辻神が、腰を浮かせて尋ねる。

「あの、部屋の大きさは八畳ぐらい……でしょうか。彼女、立ってます」

反響音から頭がある高さを認識したのだろう。加世子が俯《うつむ》きぎみにそう答えた。

「左手に小さなデスクと椅子が、右の方には音をかなり吸い込む、低くて大きいものが。たぶんベッドです。あと、その……」

なんだか言いにくそうに彼女は続ける。

「日々木塚さん、一人じゃありません。すぐ目の前に、少し背の高い誰かがいます。顔と顔が、触れそうなぐらい、近くに」

マネージャーへのメッセージを喋り終えた数秒後。録音終了間際の、あのバッテリー警告音が鳴った刹那《せつな》──。

揃《そろ》えた指で恥ずかしそうに唇を隠したまま、真っ赤に頬を染めた花倉加世子が、音の中に自分が見出した、その瞬間の光景を言葉に紡いだ。

「たぶん、その、キスの最中じゃないかと、思うんですけど」

辻神が崩れるように席にへたりこむ音が、イヤホンの外で響いた。

◇　◇　◇

「ねえねえフジさん、こういう結果になるって、最初からわかってたんですか？」

一息入れるために茶を淹れ直すという名目で立ち上がったカリンが、俺と裕一郎を奥にある給湯室へと一緒に引っ張り込んだ。

「ああ？　勘だよ勘。言っただろーが」

そのあたりは適当に誤魔化そうと思っていたのだが、狭い空間で窮屈そうに身を縮めた裕一郎が、まったくもって余計な情報をカリンに吹き込む。

「まあ、日々木塚女史は惚《ほ》れると一直線で豪快な人だしね。以前、フジを追い回してた時は眺めてて楽しかったよ」

「嘘っ、マジで？」

なぜ俺を睨む。ものすごい形相だぞお前。

あたしファン続けられるかなぁ、と唇を突き出しながら、カリンは茶筒の蓋をぽん、と開けた。どういう意味だよそりゃ。

辻神には心を整理する時間が必要だろうが、いつまでも応接室に客二人だけ残しておくわけにはいかない。まず俺が、次いで裕一郎が部屋へと戻り、再びソファへ腰を下ろした。人数分の茶を淹れたカリンが、後を追って入ってくる。

「あのぉ、大丈夫ですか？」

熱い茶を差し出して伺うカリンに、ええ、大丈夫です、薄々わかってたことですし、などと答えながらも、辻神はまだ心ここにあらずという感じである。俺は少し心配になった。望まぬ結果だからって支払いに影響出たりはしねぇよな。

「では、辻神さん」そんな若者に、裕一郎が申し訳なさげに尋ねる。

「あなたのご依頼——二〇九案件についてはこれにて解決。データは破棄ってことでいいですね？」

ソファへ体重を預けて天井を見上げ、はい、と答える辻神の声にはやはり力がない。だがその響きはどことなくすがすがしく、その顔には放心と同時に、安堵《あんど》に似た何かが浮かんでいた。この様子なら大丈夫か。忌々《いまいま》しい恋って病の中には、破綻しない限り自分を縛り続け、破れてこそ前に進める類のものがあるのも事実なのだ。勉強代になってくれたのならいいが。

失恋した若者の姿を哀れんでいるのか、楽しんでいるのか、それとも無言のエールを送っているのか、付き合いが短い者には判別のつきにくい裕一郎の細い目がかすかな微笑とともに一度閉じられると、その視線が今度は盲目の女性へと向けられた。

「順番は逆になりましたが、次は二〇八案件——あなたのご依頼の方です、花倉さん」

「は、はい」

「これを納品させていただきます。クリーニング済みのデータです」

ケースに入ったディスクを、裕一郎が加世子の手にそっと握らせる。細く白い指が、愛おしそうにそれを包み込む。

かつて彼女自身が古いテープレコーダーで録った音。家族と共に東京に移り住んでくる前の、まだ彼女の目が光を捉えていた頃の、在りし日の故郷の姿を記録した、ただ一本のモノラル録音。

その故郷である下町のアーケード街は、昨日、この世から消えた。取り壊し工事が始まったのだ。

「モノがモノなので限界はありますが、できるだけクリアにしたつもりです。すぐ再生できますが、お聴きになりますか?」

「あ、はい、ぜひ!」

元気にそう返事した加世子は、テーブルの上をさぐって再びイヤホンを持ち上げ、耳にはめる途中でふと動きを止めた。どうしたのかと思いきや、放心気味に隣に座る若者に恐る恐る話しかける。

「あの、辻神さん。こんな状況でお誘いするのもなんですけど、もしよろしければ……ご一緒にどうですか」

「あ、はい……いいんですか、僕なんかが」

「元気ないとき、よくこの録音聴くんです。あ、でもその、ただの街の音ですし、他の人が聴いても元気が出るかどうかは……っていうか出るわけないか。何言ってんだろ、私」

加世子は恥ずかしげに俯く。

「手助けになれるかと思って、こうしてしゃしゃり出てきたんですけど、あの、なんだか逆効果だったみたいで……」

辻神はしばしの間、きょとんとしていたが、

「いえ、きちんと助けていただきました」

そうしっかりと答え、加世子へ深々と頭を下げた。

「じゃ、みんなで聴きましょうよ」とカリン。

皆がイヤホンをはめ直す。デスクトップに展開した納品データのコピーに、裕一郎がカーソルを合わせる。

マウスのクリックと同時に、加世子が大きく息を吸い込んだのがわかった。今はもうない商店街の喧噪《けんそう》が周囲に満ちたのだ。

行き交う人々の会話や足音も、店舗から漏れ聞こえる調理音や呼び子の声も、走り回る子供たちの歓声や人を縫うように通り過ぎていく自転車の音も、この録音の中に詰まっているのだろう。しかしそれらは個々の判別など不可能なほど混ざり合い一体となって、ざわつくうねりにしか聞こえない。そこそこの都会なら日本中どこであれ、昼飯時の繁華街にでもレコーダーを置けば、似たような雑踏の音など簡単に録れる。

しかし彼女は、「わ、すごい」と感嘆の声を洩らした。

「こんなに音、綺麗になるんですね。まるで」

あの頃のよう。

そう呟き、見えぬその目で景色を確かめるかのように、ゆっくり首をめぐらせる。

この録音を聴くと、色を思い出せる。依頼時に聞かされた花倉加世子の言葉だ。なら今まさに彼女は、自分の人生から失ったはずの色彩を追体験しているのだろうか。

だとしても、俺たちにはわからない。先ほど加世子自身が述べたように、この録音は彼女に属し、彼女だけに過去を見せるものなのだ。

耳の中のざわつきはやがて薄れはじめた。裕一郎が画面のスライダーを操作し、ボリュームをゆっくりと絞っているのだ。加世子は名残惜しげに、可聴レベル以下へと波高を下げていく故郷の音に耳を澄まし続ける。

すべてが静寂の中に消えたタイミングで、俺は手にしたコントローラーの右トリガーを握った。


――カリリリッ。


花倉加世子の笑顔が、一瞬で消えた。

「なん……ですか……今の」

鳴らしたのは例のクリック音だ。だが、彼女が尋ねているのはそういうことではない。

「〝なに〟じゃなくて、〝どこ〟ってことなら、東列の、北口から数えて九軒目だよ。あんたがいた当時にあったのは――」

「私の……」

花倉加世子の父親が経営していた玩具店。彼女の生家。

その正面で採取したIRデータから演算したクリック音。

「実は、フジさんとあたし、現場まで行ってきたんです」とカリンが続けた。

「でも……工事で、中には」

花倉加世子も現場を訪れてはいる。かつての生家が区画整理のため取り壊されると人づてに聞き、居ても立ってもいられなくなり家族と共に出向いたのだそうだ。しかし、すでに立ち退きが済んで無人となったアーケード街は工事用の柵で封鎖されており、中までは立ち入らせてもらえなかったという。

「ちゃんと許可とってますからご安心を。肩書きの力ってやつですね。あとこう見えても、人を丸め込む口の方だけは達者なんです、あたし」

えらく不審がられてたような気もするが、まあそれは俺のせいでもあるので不問としておく。とにかく中に入れたのは事実なのだ。俺とカリンはクソ重い録音機材を抱え、そこで二晩にわたる力仕事と録音作業に打ち込んだ。役目を終えたその機材は、今は再び作業室の金属ケースの中で、ウレタンフォームに身を横たえ静かに眠っている。辻神が初めてここを訪れる直前に、俺が

『208-HATS』と書き殴ったケースの文字は、もうかすれて消えてしまっていた。

HATS。ヘッド・アンド・トルソー・シミュレータ。バイノーラル録音に使うダミーヘッドのいわば拡大版で、人間の頭部だけでなく胸部までを模した録音装置だ。素材は市販のトルソーマネキンだが、大きくくり抜かれた胸部には、防振ゴムを挟んで一〇センチコーンサイズのスピーカーがエンクロージャーボックスごと埋め込んである。そしてなにより大事なのが、首から上――花倉加世子の顔と耳だ。

「てなわけでな、もうひとつ納品だよ。ほら」

彼女の手に、俺はもう一度コントローラーを委ねる。

シリコン樹脂で取られた自分の顔型――それが辻神の件ではなく自分のためのものだったことに、加世子はようやく気づいたのだろう。両の目はガラスの半球でしかないが、そうと知らぬ者が今の彼女を見れば、その瞳に期待と恐れの入り交じる輝きを見出したかもしれない。

白い指が、ためらいつつも右トリガーにかかる。

――カリリリッ。

相変わらず俺たちにとってはただの音でしかない連続クリックを放つと、彼女はすぐさま、ぐっ、と何かを喉の奥に飲み込んだ。嗚咽《おえつ》か、それとも歓喜の声か。

二〇八案件用のHATS装置。花倉加世子のクリッカー装置と同じ位置にスピーカーを仕込んだ、IR採取用の特殊なヘッド・アンド・トルソー・シミュレータ。封鎖された深夜のアーケード街で胸のスピーカーから鳴らした原音は、より精度を上げるために全周波数領域を含ませて作成したスイープ音だ。空間に放たれ、無数の反射を繰り返して戻ってきたその音は、加世子を象《かたど》ったHATSの顔と頭部を回り込み、耳部を介し、立体音響のために必要な位相の変化を記録して、両鼓膜の位置に設置してあるマイクに集音される。その録音と原音からIRを左右別にステレオ生成し、シミュレートされた反響特性をクリック音に加える。

——カリリリッ。

人間にとっては気の遠くなるような入れ子状計算の末、演算結果として返ってくる残響の中に彼女が見出すのは、時間が静止したように静まりかえった、生まれ故郷の姿のはずだ。そこには、俺たちが映像を眺めるのとは根本的に異なる点がある。

人の耳は、左右、上下、そして前後までも、音の位相差で聞き分けることができる。

加世子は今、三六〇度全方向に広がる、音響によって展開された景色の中に立っているのだ。

「このままじゃ少し寂しいから、色々重ねてみるね」

そう告げて裕一郎がキーを押すと、耳の中に人の行き交う雑踏の音がかすかに漂いはじめる。先ほど聴いたばかりの、加世子の古い録音。元がモノラルなので、平坦なバックグラウンド音としてボリュームは抑えてある。

——カリリリッ。

ざわめく人々が放つ雑音の中で、足音がひとつ、少し離れたところを通り過ぎていく。そして別の足音が背後を。もうひとつ。さらにひとつ。

ＨＡＴＳの耳のマイクを使って個別にバイノーラル録音した、俺とカリンの足音。重ねたレイヤーでそれらを再生しているのだ。バリエーションを出すために、カリンは違う靴を二十足以上も用意していた。俺だっていつもの靴のほかに、サンダルとゲタで貢献している。自転車も使ったな。

――カリリリッ。

「実はね、歩けるんですよ、これ」

震える加世子の手をカリンが包み、親指をコントローラーのレバーへと導いてやる。

「左親指のレバーで移動、右ので回転です」

アーケード街の床で所々剝がれかけていた正方形のタイル。

それを基準グリッドとして、ＩＲデータは四百九十二の地点で八方向ずつ取得してある。裕一郎の組んだ補完処理がその間をなめらかに繋いでくれる。

少しのためらいを経て、親指にゆっくりと力がかかる。

――カリリリッ。

加世子の唇が、かすかに開く。

一歩を踏み出した足元でぶつかり跳ね戻る響きに、コンクリートとタイルの感触を確かめているのか。聳《そび》える天井のアーチから返ってくるわずかなエコーの向こうに、空を感じているのか。

俺とカリンがひとつひとつひとつシャッターを開けてまわった店舗の奥へ籠もり消えゆく音の中に、かつての店主たちの姿を見出そうとしているのか。長いアーケード回廊の先へと反射を繰り返し遠ざかるこだまの中に、行き交う人々の息づかいを読み取ろうとしているのか。

やっぱり、俺たちにはわからない。わかりっこない。

――カリリリッ。

わからなくとも、彼女の頬をつたい落ちる、ひとしずくの流れに気付ければ充分ってもんだろう。

カリンはそんな加世子を優しげに見守りながら、辻神はどこか遠くを見据えるように目を細めて、裕一郎はいつもの無表情で、そして俺は思いっきりソファに体を沈ませて、雑踏の中に響く加世子のクリック音に耳を澄ます。

故郷の形をつぶさに刻み込み、彼女のもとへと戻ってくるエコー。

回り込み、跳ね返り、拡散し、消え入りながらも耳に届く、象られた世界の形。

俺たちにはただ聴くことしかできないその景色の中を、ガラスの目を閉じたまま、花倉加世子は歩きはじめる。

◇　◇　◇

「さて、一件落着といきたいところは山々なんですが」

何度も頭を下げ続ける花倉加世子をタクシーで送り出し、辻神とも別れて部屋に戻ったとたんに、カリンが領収書の束をテーブルにどん、と乗せた。

「辻神さんからかなり頂いてますけど、加世子さんの件で差し引きゼロどころか、けっこう赤字出ちゃってますよコレ」

ＩＲ録音の際、アーケードの出口や脇道の開口部ひとつひとつに、バカ高い料金でレンタルした遮音カーテンをかぶせねばならなかったし、そのためには工事用の足場を業者に組んでもらう必要もあった。土地の権利者と工事請負業者に頭を下げて解体作業を一日引き延ばしてもらってもいる。当然、それ相応の金額を支払ってだ。個人的なストックパーツで組み立てたＨＡＴＳユニットの制作費を抜いたとしてもかなりの出費である。

辻神からのギャラを外注費としてそっくり花倉加世子へ支払い、それをそのまま音響仮想空間の構築代金に当ててもらう。うまくいくはずだったのだが、裕一郎の奴が少なめの見積もりを出したせいで足が出てしまったのだ。

「そりゃ当然、フジの給料から補填《ほてん》するつもりだよ。半年ぐらいは天引きかな」

「おい、そりゃねえだろ、な？」

「辻神氏だけに負担を強いるのはどうもね。そもそも花倉さんの案件、僕は当初の依頼通りクリーニング作業だけの予定でいたんだ。それを誰がこんな大ごとにして、楽しげに仕切ってたのかというと……」

裕一郎の指に合わせて、カリンの首がぐるっとこっちを向く。

「自業自得ですよね。だいたい変ですよ、いつもは超のつくケチなのに」

三白眼《さんぱくがん》で睨むな。ケチとか言うな。

「やっぱフジさんって美人に弱いんだ、へー」

こいつの数ある暴走癖のひとつでね、と、裕一郎が鈴を転がすような音色で笑う。

「何かを失っても、悲壮感に押しつぶされたりせず、前向きに歩みを続けられる人間が世の中にはいるよね。そう、体機能の一部を失い、世間的には不具と見なされても、哀れみや差別や無関心の壁を乗り越えて生きてきた、花倉加世子さんのような人が。そういう人を見ると、とにかく放っておけない性分なんだよ、こいつは」

うるせえ黙れよ。小娘相手にベラベラ喋ってんじゃねえよ。

「それが同情を源とするものだってことも、無意味な同情が当事者の益となるどころか、その逆の結果をもたらす方が多いってことも、こいつはわかってる。感謝されることもあれば、疎《うと》まれることだってある。いつも今回みたいに上手くいくとは限らない。でもね、フジには理由なんてどうでもいいんだ。勝手に体が動いちゃうだけなんだよこの馬鹿は。まあ、そんな奴だからこそ――」

裕一郎は最後まで口にせず、ただ笑った。

ぜったい相手が美人だからですよもう、とカリンが膨れっ面で引き継ぐ。

だからうるせぇってんだよ、という俺の叫びも、カリンのブーイングも、天使のような裕一郎の笑い声も、分厚い防音扉の向こうにはほとんど漏れず、壁やテーブルや天井で何万回何十万回と反射と拡散と回折を繰り返し、波長を変え、位相を崩し、世界の形をその身に刻みながら、感知できないほどの小さな波へと減衰して消えていく。

亡霊と天使のビート

亡者《もうじゃ》が、この世にメッセージを届ける――。

そんなことが、はたしてあり得るだろうか。普通なら首を振るべきだろう。

でも私が受けたのは、そういう事件だった。

依頼人が武佐《むさ》音研を訪れたのは、三日前の夕暮れ時のこと。

普通なら所長が全部仕切ってくれるのだけど、外出中だったので仕方なく私が率先して応対した。なにしろ一緒に残っていたフジさんこと武藤《むとう》富士《ふじ》伸《のぶ》チーフエンジニアは、もし客前での口と態度の悪さを競う競技があったら、オリンピックや日本記録とまではいかなくとも、関東地区大会ぐらいなら表彰台を狙えそうな人なのだ。単独で接客させるとろくな事にはならない。

来客は、身なりの良い四十代のご夫婦だった。弁護士の夫にヴァイオリニストの妻、というのだから家柄や育ちの良さもわかろうというものだ。アポなしで突然やってきたにもかかわらず、ソファに腰を下ろした二人の口は重く、本題を切り出してもらうには二杯目のお茶が必要だった。

「いや、その、私らも決して頭から信じてるわけじゃないんですが……なあ？」

「ええ、非科学的だというのは重々承知の上なんです。でも実際に息子が……」

私たちに向けられた訴えの目。その視線を一度も逸らすことなく、要領の得ない説明をじりじりと小出しにしていく二人。不用意にいきなり口に出せば頭を疑われかねない内容なのだから、その気持ちもわかるのだけれど。

なにしろそこに並ぶのは、オカルト雑誌ぐらいでしかお目にかかることのない「霊障《れいしょう》」の二文字なのだ。

毎晩のように酷《ひど》くうなされ、原因不明の病に伏せる九歳の少年と、その彼が悪夢に苦しむ寝室で、虚空からわき出してくるという死者の囀《さえず》り――しかもその声は、耳には聞こえるのに、どうやっても録音することができないという。

夫妻が事態に気付いたのは、ひと月ほど前のことらしい。二人が詳《つまび》らかにしていくその断片を、装飾を取り払いつつ、私は頭の中で並べ直し組み立てていった。

ある冷え込みの激しい夜がその幕開けだ。追加の毛布をかけてやろうと少年の寝室に向かった夫人が、苦悶の表情で布団に爪をたて、うなされ身悶えている息子を見つける。悪い夢から目覚めさせ、安心させてやろうとベッドへ駆け寄ると、すぐ背後から何者かの声。家には少年と夫妻しか住んでいないので、当然夫人は夫だと思い振り向くが……誰もいない。

気のせいだろうと取り合わなかった夫もあきらめ気味に折れ、次の夜遅く二人で部屋を覗くと、首筋に囁《ささや》きかけてくる不気味な声を確かに耳にし、苦しむ息子の姿も目の当たりにする。翌日も、またその翌日も謎の声は訪れ続け、少年は日増しに衰弱していき――。

「思い悩んだすえ、ミューズプレックスの辻神《つじがみ》社長に打ち明けたところ、こちらを紹介していただきまして……」

あのクソじじい、とお得意様を小さく罵《ののし》るフジさんを肘《ひじ》で小突いて黙らせ、依頼人に怪訝《けげん》な顔をされる前に身を乗り出した。

「で、その声って、どんなことを喋ってるんですか？」

私たちも知りたいことなんです、とご主人の方が答えた。

「それが――」

「死んだ母が、いったい何を伝えようとしているのかを」

◇　◇　◇

霊媒師でも医者でもなく、音の技術屋にすぎない私たちが引き受けられるのは音に関することだけだ、というのは、さすがに依頼人の方も承知していた。

夜な夜な聞こえる謎の声をどうにかして録音し、その声が何を訴えているのかを突き止める――

——それが今回受けた依頼の内容だ。

「霊なんてもんとクソ話がしたきゃ、青森まで行ってイタコに頼めっつんだよ」

　フジさんはそう毒づきながら、仕事を受けることに最後まで反対していたけど、それももっともだとは思う。

　録音ができず当事者にしか聞こえない声、などというものはただの思いこみや幻聴である可能性が高く、精神的な方面に原因を求めた方がいい、というフジさんの言い分だって理解できる。それでも私は反対を押しきって、所長にも無断でこの一件を引き受けた。理由のひとつは純粋な好奇心だ。でも、自分に手を挙げさせた動機の核心部分は、なんだか雲を摑《つか》むような感じで、どうにもうまく説明できなかった。

　ひとことで言えば、違和感……だろうか。

　依頼を聞きながら感じた、何とも妙な感覚。心の奥の何かが、この事件は私が解決すべきだと訴えているような、演じられる舞台をすでに見て知り覚えているような、既視感めいた何か。タクシーの中でも心にひっかかるその何かを突き止めようと、ずっと考え続けていた。おかげで運転手さんに到着を告げられるまで、車がすでに停まっていることにも気付かなかった。

　降り立つと思わず声が出た。

「うへぇ、これはまた……」

　苔《こけ》むしたレンガ造りの門柱と鉄格子めいた門扉。庭を挟んでその向こうに身を横たえている小振りな洋館は、古びた漆喰《しっくい》にからまる蔦《つた》すらも、曇り空の影なき光の下でどこか煤《すす》けて見え、のっぺりと薄い色あせたモノトーン写真のように感じられた。

「まんま……幽霊屋敷って……感じ？」

インターホンや呼び鈴の類《たぐい》は付いていなかったので、軋《きし》む門を押し開け、玄関へと延びる石畳にそって荷物を載せたキャリーカートを押しつつ進むと、人の気配がないにもかかわらず、庭先のポーチに佇《たたず》む古い木製のベンチに、つい今し方まで誰かが腰掛けていたような、そんな妙な錯覚をおぼえた。

獣の口に咥《くわ》えられた金輪、という映画の中でしか見たことがないドアノッカーで扉を叩き、依頼人の二人――咲晴彦《さきはるひこ》氏と、その奥様の由美子《ゆみこ》夫人――が並んで出迎えてくれたときには、どっと安堵《あんど》が押し寄せた。

つい三日前に顔をつきあわせて話を伺ったばかりだったが、念のために名刺を添えて名乗る。

「先日応対させていただきました、武佐音響研究所の鏑島《かぶらじま》カリンです。改めて、よろしくお願いします」

こんな小娘ひとりで大丈夫なのか、という不安顔も覚悟していたのだけど、そこは杞憂《きゆう》に終わり、名刺の力の強さを毎度ながら実感する。たった三人しかメンバーのいない零細企業の、役職すらない下っ端雑務要員にすぎないのだとしても、だ。

「お電話でもお伝えしましたが、解析するにしても、とにかく問題の声が録《と》れなきゃ話になりませんから、まずは録音のチャレンジからですね。それで、早速ですけど……」

「ええ、二階です。こちらからどうぞ」

玄関から続く小振りなホールは吹き抜けになっていて、階段が踊り場でL字に折れ、上階へと続いていた。黒光りする手すりの木目が、この館が経てきた年月の長さを感じさせる。

家来のように夫妻をつき従えて上り始めたとき、小刻みな足運びで下りてくる少年と目が合った。

小柄なシルエット。病的なほど白い肌に、所々で跳ねた色素の薄い癖毛。なで肩のおかげでか幾分長く見える両の腕は、今にもポキリと折れそうな細さだ。少年は踊り場ですれ違うと、俯《うつむ》いたまま階段を下りていく。

「継音《つぐね》、お客さんですよ、ご挨拶なさい」

由美子夫人の声に立ち止まると、継音と呼ばれた少年はちらりとこちらに目を向け、何事かぼそぼそと告げて会釈した。声が小さすぎて何と言ったのかも聞き取れないまま、きびすを返し階下のどこかへと消えていく彼を目で追っていると、晴彦氏が申し訳なさそうに言った。

「すみませんね、本当は、もっと明るい子なんですが……」

「人見知りするのは、昔からですけど」由美子夫人も続ける。「あの声が聞こえるようになってからこっち、ほとんど口も利かなくなりまして……」

「医者には、何度も診せてはいるんですが……ね」

氏の声にも、打てる手を尽くした者独特の疲れが感じられた。

「きっとお笑いになるでしょうが、あの人の声が、私どもから継音を遠ざけようとしている……そう思えてならないんです」

あの人というのは、二年前に亡くなったという晴彦氏の母親、咲瑤子《ようこ》さんのことだ。依頼の際に、彼女についてもある程度は聞かされていた。アイルランド生まれの貿易商を父に持つ、人を不安にさせる青い瞳をした大柄で気の強い女性で、晴彦氏の見解をさらに付け加えるなら、狭量で、傲慢で、ひどい癇癪《かんしゃく》の持ち主。

過去にいかなる衝突があったのか、晴彦氏は瑤子さんのことをあまり良くは言わない。というか、人生の大半、彼女のことを強く嫌い避けてきたことがありありとうかがえる。ときおり自分の母親を「あの人」と突き放して呼ぶところに、親子の間に横たわる溝の広さと深さが滲《にじ》み出ているように思えるのだ。おそらく、当事者の片方がこの世から去ってしまったことで、その関係は修復のチャンスを失ったままになっているのだろう。

親と子――か。

何も言えなかった。私と両親も、同じように修復が必要な関係を抱えていたからだ。

結局口は開かないまま、残りの段に足をかけた。

問題の部屋は、東西に長い建物の中央から少しだけ西寄りにあった。本当に子供部屋かこれ、というのが扉をくぐって最初に受けた印象だ。

入口から見て向かいになる南側の壁には、庭に面した広いアーチ窓があり、その下には床に埋め込まれたオイルヒーターの熱交換機《ラジエータ》が並んでいた。左右に束ねられた重そうなカーテンの左脇には、アンティークめいた……というか実際にアンティークそのものなのだろう小柄な勉強机と椅子。反対側の壁際にあるベッドは、足元の部分が衣装入れとおぼしきいくつかの引き出しになっていて、調度品の中で唯一、そこそこ新しそうに見える。あとは枕元に、ナイトスタンドと目覚まし時計が載った小さなサイドテーブルがあるだけの部屋だ。

がらんとしていて広く、床に転がるオモチャや携帯ゲーム機もなければ、漫画本や壁に貼られたアニメのポスターもなし。机にもシールのひとつすら貼られていない。椅子の背にかけられた黒いランドセルだけが、この部屋の主が小学生であることを示す唯一の記号だった。

気付いたことはもうひとつある。

「なんかここ、めちゃくちゃ防音効いてますよね」

「やっぱり、わかりますか」

部屋の中まで踏み入ることを恐れているのか、入口のところで立ち止まったまま由美子夫人が答えた。

ドアは子供の力ではちょっと開け閉めに苦労するんじゃないかというぐらい分厚くて重いし、枠との隙間をウレタン材が埋める作りで気密性を高めている。壁はよくある薄いパネル材や石膏《せっこう》ボードなんかじゃなく、中にレンガがみっしり詰まっていそうな分厚いものだ。窓はおそらく防音防露仕様の二重ガラスだろう。

「もとは、お義母《かあ》様が演奏に使っていた部屋だそうで」

「演奏？」

「ああ、言ってませんでしたか」晴彦氏も扉のところから動こうとしない。

「母はフィドラーだったんです」

「ふぃ……ふぃどら？」

恥ずかしながら、私はその瞬間までフィドルというものの存在を知らなかった。弓を使う四本弦の弦楽器で、大きさも材質も構造も弾き方も、全部ヴァイオリンと同じ……つまりはヴァイオリンそのもの。イギリスやアイルランドを中心に、フォークやカントリーミュージックの世界ではフィドルと呼び、ヨーロッパを中心としたクラシックの世界ではヴァイオリンと呼ぶらしい。

由美子夫人は管弦楽団のヴァイオリニストだ。つまるところ晴彦氏は、ヴァイオリンとフィドルという呼び名の違いはあれど、忌《い》み嫌う母親と同じ楽器の奏者を伴侶《はんりょ》に選んだということになる。その時の心境はいかなるものだったのだろうか。

「私も幼少時、スパルタで叩き込まれましたよ。もっともあの人は、演奏旅行って名目で家を空けて遊び回ってた時間の方が多いですけどね。まあその後は、私の方がここを出てほとんど戻らなくなったわけですが」

その話もすでに聞いていた。疎遠になっていた親子の関係が修復されないまま、瑤子さんがこの館で孤独死したらしいということも。

「お亡くなりになるまで、ずっとおひとりでこの館に？」

「いえ、家政婦のかたがいらっしゃいましたわ、ねえ？」

由美子夫人が部屋から目を背けるように、壁の方に視線を泳がせながら夫に確認する。

「ああ、鞆《とも》さんか、そういえばいたな。十年ぐらい前に雇ったみたいですね。私どもがここに移るときに暇を出しましたが」

何かはわからないものの、再びあの違和感が頭をかすめる。念のため、その家政婦さんの連絡先も控えておくことにした。

「祖父が残した財産はほとんど使い切って、残ったのはこの館と土地だけですよ。その相続にも、母は妙な条件を……」

「条件？」それは初耳だった。

——ひとつ、演奏部屋を孫のものとすること。

——ひとつ、愛用のフィドルを孫のものとすること。

「つまり、この部屋と、あれですよ」

促《うなが》された方へ頭を向けると、あのアンティーク机の上にまっすぐ置かれた、古びたヴァイオリンの——否、フィドルのケースが目にとまった。

「継音はすぐに夢中に……いや、夢中なんて言葉じゃ足りないな。それこそ取り憑かれたようにアレに打ち込むようになりましてね。私どもが先に買い与えてあったヴァイオリンなど見向きもしなくなりました。何度取り上げようと思ったことか」

「そうされなかったのは、やっぱり遺言があったから？」

「あの子が手放さないんですよ。無理に遠ざけようとすると泣きわめきますし、食事も摂らなくなる。別の部屋に移るのも頑《かたく》なに拒んでまして……」

晴彦氏の返事にため息が混じる。

継音少年は夢の内容を覚えておらず、悪夢と共に訪れる亡霊の声も耳にしてはいないらしい。しかしほとんど毎晩のように、囁かれる不気味な声にうなされ苦しみ続け、日増しに生気を失い、もともと弱かった体をどんどん衰弱させているという。

「先々週から学校も休ませてます。食事の量は減る一方でして、医者に診せたときなど、育児放棄《ネグレクト》を疑われたぐらいです。まったく、よりにもよって育児放棄ですよ、この私どもが……！」

なんだか出来すぎてるなぁ。

晴彦氏の憤慨はともかくとして、さすがの私でもそう思った。

孫を名指しで残された楽器と部屋。その孫は楽器に取り憑かれ衰弱していき、部屋では怪現象が起きる。いかにもな幽霊屋敷モノの筋書きだ。ホラー映画だったら続きはどうなるかなと思い巡らし、いやいや待て待てと慌てて頭を振り打ち消す。往々にしてこういう場合、調べに訪れた調査員や学生たちが恐ろしい目に遭うのだ。さすがにそっち系は勘弁願いたい。

ともあれ、色々とヒントは得られた。

怪現象は、この部屋でしか起きないという。なら、部屋がもつ何らかの特性が引き起こす音響的な偶然のいたずらだという可能性が出てくるし、きっと所長やフジさんでもそこに焦点を置くはずだ。もちろんその特性がどんなものなのか、今の私にはさっぱり見当もつかないのだけど。

いや、ひとつだけ怪しいものを見つけた。

天井付近の壁にある、格子蓋のはまった四角い穴。換気口としか思えないのだけど、庭に面した窓のある南側ではなく、西側の壁に穿《うが》たれているのがどう考えても妙だ。録音機材が入ったままの金属ケースを足場にして格子の隙間を覗き込むと、遠くにかすかな光が見えた。

ネジ止めされた格子蓋を外し、LED電灯で中を照らすと、穴の内部は楔《くさび》状の細かな凹凸が並ぶウレタン素材でずっと奥まで覆われているのがわかった。似たようなものは音研で何度も目にしている。吸音シートだ。

「あの、隣の部屋も見せてもらっていいですか?」

「はい……と言っても物置ですが」

実際にそうだった。はるか昔にはゲストルームとして使われていた場所だというが、かつて客をくつろがせたのであろうその面影はどこにも残っていない。壁は段ボールの積まれた棚で埋められ、床には布がかけられた古い家具やら何やらがすし詰めに並び、カーテンの取り外された窓はすべて雨戸が下ろされていた。そして、部屋の天井を横切る不自然な梁《はり》のようなもの。

玄関から庭に出て建物の西側へ回り込んでみると、確かに二階の壁に雨避けカバーのかかった換気口が開いているのが見えた。やはり、換気ダクトなのだ。

すぐ外気に触れられる窓側の壁ではなく、離れた西側外壁まで、分厚い壁を二枚も貫通させてわざわざ長いダクトを通す意味など、ひとつしか思い浮かばない。外界から入ってくる音の遮断と換気扇の作動音の排除……つまりは静謐《せいひつ》性の確保だ。録音スタジオ並みとまではいかないにせよ、亡き瑤子さんはあの部屋に、満足いくだけの静音・防音環境を調《ととの》えたかったのだろう。

念のため部屋側から換気口にマイクを差し込んで音を録ったあと、どうせならひと通り思いつく実験はしておかねばなるまい、と脚立をお借りし、ダクトを通して屋外で発した音声を部屋まで導けるかどうか確かめてみることにする。結果、開口部真下の地面から叫んだ程度では無理でも、換気扇のそばまでよじ登りさえすれば、部屋までなんとか声を届けられるとわかった。

とはいえ、その声は当たり前ながらちゃんと部屋で録音できたし、何者かが毎晩のように脚立を用意して二階の外壁に張り付いているなどとはさすがに思えない。部屋の中で聞こえ具合を確認してもらった咲夫妻の反応も薄かった。

「聞こえるには聞こえましたが……明らかにこの穴から出てるとわかりましたわ。あの声は、もっとこう、耳元で……」

すぐそばで囁かれるという声。真夜中の暗闇の中で突然そんなものが聞こえたら、さぞ不気味だろうし怖いのはわかる。しかし、その声を体験していない私には、どうもいまいちピンと来なかった。説明を聞けば聞くほど、そんな現象など起こりえないと思ってしまうのだ。

「この部屋にお泊まりになれば――」

そんな私に、晴彦氏は静かに断言した。

「――嫌でも、わかりますよ」

◇　◇　◇

「女の子……みたいな声？」

声は声でも、まったく別の話題。ベッドにちょこんと腰掛けて恐る恐る問いかけてくるのは、あの少年、継音くんだ。

子供と仲良くなるにはちょっとしたコツがある。どんな大人しい子であっても、この年頃って基本的には好奇心の塊だよね、と自分自身の過去を鑑《かんが》みてその経験に倣《なら》えばいい。つまり、なるたけ変な話を面白おかしく聞かせてやること。私が昔、喫茶店のマスターをしていた母方の叔父に預けられたとき、一発で彼に懐《なつ》いたのも、それが理由だった。

「そう、でも見た目とのギャップがすんごいの。身長は一九〇近くあるし、もうちょっと太ってたらお相撲さんかってぐらいの体格でね」

話のネタは、武佐音研の佐敷裕一郎《さじきゆういちろう》所長について。ただでさえ高い声質のうえ、第二次性徴を迎えないまま成長したせいで、少女としか思えない可憐な声を今なお持ち続けている音響工学プログラマで、人の考えや行動を読むのを得意とし、頭の中だけで遠隔地にいるクライアントの依頼を片付けちゃえるような、天才肌の巨漢だ。

ダシに使ってすまぬ所長よ、と心の中で謝ってはおくけど、実際こういう時にはネタ的にすこぶる便利なのだ。フジさんの方も相当妙な人だけど、他人に説明しようとするとただの口汚いおじさんになっちゃうわけだし。

「なんか安楽椅子探偵みたいでかっこいいな。え、うん、難しいのじゃなかったらけっこう読むよ。おばあちゃんの本がいっぱいあるしさ、部屋で横になってることが多いから――」「学校の友達でフータってのがいて、その子も身体が大きくってさ、すっごく頭がいいの。でさ――」「フータってネズミが苦手なんだって。え、ダメなの？　かわいいのに。この前だってさ、台所の壁の裏から――」

うち解けてみると、継音くんは実にいい子だった。そりゃ多少引っ込み思案な面はあるかもしれないけど、病弱な身体の内に瑞々《みずみず》しい才気と知性が宿っているのが感じられる。

話すネタには事欠かなかった。音研の仕事で知り合った中には、音で周囲を観ることができる女性もいれば、耳に入った音をそのまま録音できるアーティストだっている。もちろんそれぞれのプライバシーや守秘義務には障《さわ》らない範囲でだけど、少年は興味津々でそうした話題に食いついてきた。

「ねえ、もうちょっと……お話ししててもいい？」

丸一日喋り続けたあとのようにかすれた、かぼそい声。所長の声ほどではないにせよ、かなり印象的だ。人見知りをするのもこのあたりを気にしてのことかもしれないな、と時計を確認しながら思う。呼吸器系が先天的に弱いらしくて、未発達な喉と狭い気道のおかげでこれまで何度も苦労してきたそうだ。今も風邪気味のようだけど、症状が酷くなると呼吸困難に陥ることだってあるという。

「いいけど、もう少しだけね。お布団には入ってた方がいいよ」

こほこほと咳き込んだりもしているので、無茶をさせてはならぬと布団をかけてやる。

正直言うと、最初は彼を疑っていた。なにしろ依頼人である咲夫妻を除けば、この館に住んでいるのは継音くんだけなのだ。通学を避けたい何らかの理由があり、登校拒否を正当化するために仮病をでっち上げる、なんてのは子供にはよくあることのはずだし、私だって経験がある。でも彼の衰弱は見る限り本当だし、仲のいい友達のいる学校生活に戻りたがってもいる。

それに、彼の悪戯《いたずら》とするには、謎の声の説明がつかない。もし彼がその特徴的な喉で不気味な幽霊の声を演じていたのなら、由美子夫人が音の出所に真っ先に気付くだろう。騒音の中でというならともかく、耳の良さが求められる演奏家が、こんな静音環境で聞き誤るとはさすがに思えなかった。

第一、もしそうなら、夫妻も録音に成功したはずなのだ。

「あの、おね、お姉ちゃんもさ……」

布団からはみ出た顔が、少し赤らんだ。そういう呼び方でいいよと言ったのはこっちだけど、どうにも照れくさいようだ。

「お姉ちゃんも、おばあちゃんの幽霊だと思う？」

その目には、かすかな不安が見え隠れしていた。

「どうかなー。うん、まず幽霊がいるかいないかって話から始めなきゃなんないけど」

茶化したりせずに、できるだけ真摯《しんし》に答えようと努める。

「正直、そこんとこはわかんない。たぶん、十年経っても百年経っても、科学技術がどれだけ進歩しても、誰にもわかんない事なんじゃないかな。神様と同じで、いるかいないかじゃなくて信じるか信じないかの問題だと思うの。あたしはどっちかっていうと……うーん、信じるっていうのとはちょっと違って、『信じたい』って感じ？」

「信じたい？」

「うん、死んで自分がなくなっちゃうのってやっぱり怖いから、霊魂とか死後の世界はあるって考えた方が楽だなーって思うの。思っちゃうの。でも今回の声については、たぶん――」

幽霊の仕業なんかじゃないと思う、と宣言する。

「夜中に声が聞こえてきたらそりゃ怖いし、あたしだってきっとぎゃーって叫んじゃう。でも音や声が聞こえるってことと……」

「幽霊がいるかどうかは別の話ってこと？」

やっぱり頭のいい子だ。その表情に浮かぶ安堵が心地いい。

「そう。それに、もしホントに幽霊だったら、うちの所長やフジさんでもお手上げだしね。商売あがったりよ」

継音くんは笑顔を見せ、そのあと、たった二度しかないという瑤子さんとの邂逅《かいこう》の思い出を、楽しげに語ってくれた。

例えば、二人っきりで彼女の演奏を聴かせてもらったこと。瑤子さんの軽やかなフィドルさばきや、最初のワンフレーズだけで顔がほころんじゃうような楽しい曲のこと。そして、いつかその曲を教えてくれると指切りした、小さな約束のこと。

咲夫妻に対しては違ったのだろうけど、瑤子さんは少なくとも、孫である継音くんの前では優しく楽しいおばあちゃんだったらしい。そこまで聞いてふと気付いた。さっき訊ねてきたときの不安そうな目は、幽霊を怖がってるからじゃなくて、大好きな瑤子さんの事を悪く言われないかと心配してのものだったんじゃないのか。

「――で、おばあちゃんはさ、その曲で、レプ……」

どんな単語が続くのかとしばし待ち、ふと見やると、少年はすでに安らかな寝息を立てていた。

レプって何だ、と気にしつつも、椅子からそおっと腰を上げ、掛け布団を整えてやる。

ここからがお仕事なのだ。

部屋の各所に設置した合計八つの高感度マイクが、床に這わせたシールドケーブルを経て、扉の脇に据えたマルチトラック録音機へと繋がっている。部屋の四隅、中央の床、枕元にあるサイドテーブルと、ベッドの足元付近、そして念のため、あのフィドルのケースの上。それぞれの録音レベルと現在の入力値を確かめ、赤いスイッチを押す。

「二十二時四十三分、録音開始」

囁き声でもしっかりと音が拾われているのを液晶画面で確認し、おだやかに眠る少年の枕元まで移動して、ナイトスタンドのダイヤルで光量を少し絞る。

あとは待つだけだった。

椅子を壁際まで下げ、もう一度腰を下ろす。防音が行き届いているだけあって、外部からの侵入音はほとんどない。お喋りする者がいなくなっただけで、部屋の中はきんと張り詰めた静寂へと転じていた。付近を通る車の灯りなのか、下ろしたカーテンの上をおぼろげな光の濃淡が通り過ぎることはあるけど、何の音も伝わってはこない。一方、継音くんの寝息や自分の息遣い、椅子の上で身じろぎする際の衣擦れの音までもがくっきりと耳に届く。

本当に録れるかどうかは、まだわからない。

依頼のときに咲夫妻が持ち込んだ録音データの中身は、すでにフジさんが虱潰《しらみつぶ》しにチェックしてくれていたけど、結局は何も見つかっていない。

もし今夜、本当に声が聞こえて、しかもそれが録れなかったとしたら、私も自分の精神を疑うべきなのだろうか。ぶるっと身を震わせ、時間潰しにと所長が貸してくれた電子書籍端末を鞄《かばん》から取り出した。

「う、ぐうぅ……」

大事な録音中なのに、電源を入れたとたんに呻《うめ》いてしまった。所長は所長で、フジさんとはまた違ったタイプの困った人なのだということを失念していた私が愚かなのだけれど。端末には、ものの見事に、ホラー小説と心霊体験談集しか入っていなかったのだ。

怖い物見たさ、というのは本当に厄介な代物だ。

時おり端末を伏せては頭を抱え、なんでこんなの読んでるんだと自分を呪う。もちろん所長のことは念入りに呪い済みだった。

思い知ったのは、ほんの三秒で耳鳴りが始まるような静けさの中では、頭が勝手に架空の音を作り出してしまうということ。何かが聞こえた気がして、ついつい窓のカーテンや部屋の隅の暗がりへと目を向けてしまう。今なら、問題の声は幻聴だとする説に十票ぐらい入れてしまいそうだ。

時計の進みはえらく遅かったけど、それでも一冊分を読み終える頃には四時間ほどが経過していた。端末のスイッチを切り、昼間に水分を摂りすぎなかった自分を褒めてやる。心が落ち着くまでしばらくはトイレに行けそうにないからだ。

ふと、寒気を覚え、顔を上げてベッドの方を見やる。

反射的にびくんと背が伸び、椅子から転げ落ちそうになった。こちらを向いて眠っていた継音くんの顔が、いつの間にか恐ろしく歪《ゆが》んでいたのだ。

眉と目は眉間《みけん》に向けてしわくちゃに引きずり込まれ、歯のむき出された半開きの口と相まって、忌《いま》わしき何かへの強い拒絶なのだとひと目でわかる、苦悶の表情。

心構えはしていたはずなのに、いざとなると体が動かなかった。ごくんと喉を鳴らして唾を飲み込むと、なんとか手脚の感覚が戻ってくる。意を決して立ち上がり、そして少年の様子を見ようと一歩踏み出したそのとき——。

それ《ヽ》が《ヽ》聞こえた。

ぼそり、ぼそりと、途切れながらも耳に届く音。

人間のものとは思えない、それでいて、誰かの呟《つぶや》き声としか捉《とら》えられない何か。

ばっと後ろを振り向いた。もちろん誰もいなかった。部屋をぐるりと見回し、隅の暗がりにも目をやるが、やはり何もいない。当たり前だ。いるはずがないのだ。でも、声は確かに聞こえた。どこからだった、と数秒前の記憶を反芻《はんすう》する。すぐそばからだった。下方でもない。上からでもない。ちょうど耳と同じぐらいの高さから——。

毛穴という毛穴が逆立った。

つまりそれは、人の頭の高さなのだ。

人間と同じ背丈の、見えない何かが、いる。

うなされている少年を起こし、抱きしめ、安心させてやりたいという思いが、胃の腑《ふ》と心臓とを鷲掴みにしたまま首筋へ抜けていく恐怖で、あっという間に塗りつぶされていく。

口から飛び出しそうになる悲鳴を必死に飲み込むだけの理性は、ギリギリ残っていた。録音はまだ進行中なのだ。自分の仕事をなんとか思い出し、ポケットに入れていたPCMレコーダーとマイクを、震える手でゆっくりと取り出した。

読書中もずっと首にかけたままだったヘッドホンを装着し、入力端子に繋いだ高感度マイクを握って八方にかざしてみる。が、声はすでにない。街角インタビュアーのような間抜けなポーズでマイクを構え、待ち続けること、二十秒、四十秒、一分……。

一向に何も聞こえないので、ベッドの少年へと視線を落とし、ばくばく跳ね続けている心臓をなだめつつヘッドホンを外した、そのとき、

『ゔぇあ…うぃ…ぁあ』

耳元で呻かれた。

耳を澄ませば聞こえるとか、もはやそういうレベルのものではなかった。私の、右後ろに、すぐそばに、誰かが立っているのだ。不気味な呻き声のようなものを洩らす何かが。相手が人間なら、吐息が首筋を撫でているほどの近さに。

ほんの少しだけ首を回し、ほんのわずかに眼球を右に寄せさえすれば、そこを確かめられる。でも動けなかった。そこには何もなく、誰もいないのだという事実を今すぐ確認したかった。でもできなかった。

手綱を放され暴れまわる想像力が、私の右肩にかぶさるように首を伸ばしているモノの姿を、その表情を、黒よりも黒い墨で殴り描いていく。私の耳に次なる呪詛《じゅそ》を流し込もうと、ゆっくりと開いていく、虚《うつ》ろな穴のごとき口を。

もう一度囁かれたら、もう一度呻かれたら、正気でいられる自信はなかった。

逃げ出したかった。絶叫ですべてを追い払いたかった。叫びながら部屋から飛び出て、この館からも永遠に去りたかった。でも体は言うことを聞いてくれなかった。

もはや時の経過すらわからなかった。

目は横たわる少年に釘付けにされたまま、瞬《まばた》きすらできず、苦しみ悶える彼の表情をただ網膜に刻み続けていた。やがて外側から、滲んだ闇が徐々に広がり視界を覆い始める。夜色に塗りつぶされながら狭まっていく視野の中心で、醜く歪んだ少年の顔だけが最後に残り、そして——、その両瞼《まぶた》が、白目も露《あら》わになるほど、がばりと見開かれた。

もう、叫ぶことを我慢はしなかった。

◇　◇　◇

へこむ。正直へこむ。

昨夜は、悪夢にうなされ目を覚ましただけの継音くんに驚いてパニックになり、あまつさえ小学生の彼に慰《なぐさ》められるという醜態をさらしてしまった。ていうか、マジ泣きしてんの見られた。分厚い壁を通り抜けるほどの悲鳴に、すわ何事かと隣の部屋から飛び起きてきた咲夫妻にもご迷惑かけたし。

そして、録音の失敗。夫妻の寝室に移って再生確認してみた際の、二人の失望まじりの声が蘇《よみがえ》る。

やっぱり録れてないのか——録れてないみたいね——。

なくても一向に構わない自分の絶叫こそ大ボリュームで入ってはいたものの、この耳で確かに聞いたはずのあの声は、データのどこを再生してもスピーカーから出てこなかったのだ。

人間の耳にしか聞こえない、録音できない音。そんなどう考えてもオカルトな存在が、この世には本当にあるとしか思えない。

あの時、耳元で確かに聞こえたのに。

ぐたっと机に伏せていた頭の下から腕を抜き、右耳を撫でる。

そう、右の耳の、すぐそば。

顔を起こすと、スーツ姿の巨体とよれよれの白衣とがPCモニタを覗き込んでいるのが見えた。所長とフジさんが録音をスペクトラムアナライザにかけて可視化し、チェックしているのだ。

二人に提出したものとは別にコピーを取って、自分もラップトップで確認は済ませている。でも、いわゆる人間の声の帯域どころか、人が耳で捉えられる可聴域の範囲すべてにわたって、私や継音くんの呼吸音や衣擦れの音といった背景ノイズ以外、録音データには何も残されていなかった。

フジさんが腕を組みながらなにやら悪態を吐き、所長がこっちを手招きした。席を立って重い足を運ぶ。

「さて、カリン君、君が反対を押しきり、独断で受けた——」

透き通るようなメゾソプラノが、真っ先に退路を断った。

「——二二四案件、報告を聞かせてもらおうかな」

はい、と頷《うなず》き、頭の中を軽く整理する。所長の言う通り、私の責任において受けた仕事なのだ。言い訳などできない。

「録音は……失敗です。でも、意味のつかめない呟き声や呻き声みたいなのは、この耳元で確かに聞こえました」

シンプルに結果を伝えたあとは、咲家に出向いてからの流れと昨夜の顚末を時系列に沿って説明していく。

「ふむ」「続けて」「興味深いね」「録音の段取りは？」

所々で短く差し込まれる佐敷所長の声に押されて視線はどんどん下がっていき、結局最後には、床を見つめながら話すことになった。

所長の見た目と声のギャップ……視覚情報と聴覚情報との大きすぎる差異が、前に立つ者の自律神経を揺るがし不安にさせるんだ、とフジさんはよく言うけど、私はどっちかというと、その巨体がこうして自分の視界から外れた時の方がずっと辛い。脳裏に描かれるのは、男でも女でもなく、片手には天秤を、もう一方には断罪の剣を握った、凛々《りり》しく冷たい姿。自分が何か恐ろしい審判の場に立たされているような心境になってしまうのだ。

ひと通り報告を終えて顔を上げると、幻想は消え、鋭く妙なる声の主は、椅子いっぱいに体重を預けた巨体へと戻った。

「状況はだいたい摑《つか》めたがね」その巨体が同じ声で訊ねる。「現場で体験した者として、何か所感は？」

「幽霊のせいなんかじゃ、ないと思います」

確信はいくぶんか揺らいではいたけれども、昨夜、継音くんに伝えたのと同じ意見だ。

まがりなりにも技術屋で働く者としては当然の見解だね、と、冷たい目が表情なくこちらを見据える。

「で、そう思う理由は？」

「えっと、その、うまく説明できるかどうかわかんないですけど、耳元ってところがポイントだと思うんです」

人が音源の位置を把握する仕組みは、これまで関わったいくつかの仕事で学んでいる。音を耳が捉え、両鼓膜に到達するまでの時間差と、頭部を回り込み、耳介《じかい》の複雑なひだによって反射し集められる過程で生まれる位相《いそう》の差によって、人の脳は音が発せられた位置を突き止めている。もし本当に幽霊の声なんてものがあって、それが頭の中に直接語りかけてくるとかいう摩訶不思議なテレパシー的存在なら、位置も距離も方向も感じられないはずだ。なにしろそれらは、人の頭蓋と耳という物理的形状があって初めて生まれる効果なのだから。

「耳がそうやって捉えたってことは、音源がちゃんとそこに実在するってことですよね？」

「普通に考えればね。でもその音源こそが瑤子さんの霊だとは思わないのかい？　本当に彼女がそこで囁いてたとは？　君の耳のそばまで、見えない唇を、そっと近づけて」

「ま、ま、まがりなりにも技術屋で働く者ですから」

本当は、昨夜の体験が一瞬蘇ってぞくりと何かが背筋を這ったのだが、なんとか胸を張って返した。

「ならいいがね。この件の責任者は君だ。次はどうするつもりか訊いておこうか」

「えーとその、録音さえ済ませれば、あとはお二人がいつもみたいにずばーんて解決してくれるんじゃないかって、まあ、そう思ってたんですけど……」

だんだん声が小さくなっていくのが我ながら情けない。他力本願なうえ、肝心の録音すらできていないのだから。

「だから、まず録音手段を改めます。外注に出そうかと思うんです。日々木塚《ひびきづか》さんに」

ミュージシャンの《KYOW》こと、日々木塚響《きょう》さん。武佐音研のお得意様のひとりであり、所長とフジさんが開発した耳小骨置換型録音装置《じしょうこつ》の装着者。継音くんに昨夜語って聞かせた、耳で聞いた音をそのまま録音できる、世界でたったひとりの人物だ。

「人の耳にしか聞こえない音が世にあるんだったら、人の耳そのもので録音すればいいんです。まあその、問題はその分、見積もりが高くなっちゃうことなんですけど……」

「馬鹿かおめぇは」

横からフジさんの罵倒が飛んだ。

「仕事にかこつけて憧れのアーティスト様とご一緒にお仕事できるぜ万々歳、ってか？」

さすがにちょっとムカっと来た。じろりと睨《にら》み返してはみるけど、完全に否定しきれないところが辛い。音研の仕事で、高校のときからずっとファンだった彼女と関われた時は飛び上がって喜んだものだが、まだ直接お会いしたことは一度もなく、紹介してくださいサインもらってきてくださいと所長やフジさんに何度も頼み込んでいたのだ。不純な動機がひとつも混じっていないと言えば嘘になる。

「だって、実際のところ彼女しか録れそうな人いないじゃないですか」

口が尖《とが》っているのが自分でもわかるし、視界は涙で滲みはじめている。ダメだこんなのじゃ、とは思うけど止められない。

「馬鹿だっつったのはそっちの事じゃねぇよ」

ため息まじりに、フジさんが親指で所長を指した。

「おめぇもこのデブのサディスト具合は知ってんだろーが。いいように遊ばれてんじゃねぇよ。学べよちったぁ」

遊ばれ……てる？

何のことかわからずに、目が所長とフジさんとの間を往復する。所長は首をすくめて笑い、フジさんはそれを眺めてけっと吐き捨てる。

「へ？」

「あのクソ女の手を借りるまでもねぇんだ。この案件、もうほとんど解決してんだからよ」

まあちょっとした検証は必要だがな、と呟いて席を離れようとするフジさんに、慌てて食い下がった。

「ちょ、ちょっと待って。え？　録音できてないんですよ？」

咲夫妻の依頼は、霊の声を録音し、その霊が何を伝えようとしているのかを突き止めること。その第一の前提すら満たしていないのに、解決？

「だから、そこがそもそも間違ってんだっつーの」

やれやれとばかりに頭をかき、フジさんが言う。

「録れてたんだよ、ちゃんと」

今度は、への音も出なかった。

「でも、何も聞こえないし、スペアナで見ても……」

どうせ表示領域を絞ってたんだろ、と手を伸ばし、モニタをこちらに向けてくれる。そこには、私がラップトップ上で設定していたよりも格段に広い周波数帯域。その上で踊る線の連なりには、確かにある周波数成分の存在を告げる鋭いピークが何本か見えた。でも、その位置は――。

「可聴域より、ずっと上……？」

「いわゆる家庭用のデジタルレコーダーで、超音波が記録できない理由はいくつかあってね」

冷淡さがなりを潜め、もはやアニメの美少女声優と聞きまごうばかりの声色で所長が説明してくれる。妙に楽しげで、時折くすくすと思い出し笑いが混ざるほどだ。電子書籍の中身といい、さっきの無駄な問答といい、さんざからかってくれた詫びとして蓮華堂のレアチーズケーキを約束してもらうつもりだったけど、この際もっと吹っかけようと心に決めた。

「まずは四四・一キロヘルツのサンプリングレート。いわゆるCD規格なんだけど、記録できる最大の周波数はその半分の値、つまり二二・〇五キロヘルツまでしかないんだ」

人間の可聴域限界も、たしかそのあたりだったはずだ。

「そう、もともと可聴域を基準に作られた規格だからね。そのうえ、録音時にはローパスフィルタを通されてる。ハイカットフィルタと言った方がわかりやすいかな」

決められた値より低《ロー》い周波数成分は通し《パス》、それより高《ハイ》い成分は遮断《カット》するフィルタ。データにゴミが残らないように、必要ない高周波域を録音前に切り取ってしまう門番だ。

「もちろんマイクの性能もある。だから咲夫妻の録音はからっぽだったわけだ。でも、君に持たせたのはウチの機材だからね」

一九二キロヘルツという高レートでサンプリングでき、集音装置の方も超音波対応の高感度マイク。使ってた私がそれを理解していたかはともかく、だからこそ可聴域外の超音波まで記録できた。そこまではわかる。

でも超音波は、人の耳に聞こえないからこそ超音波なのだ。

あの声と超音波にどんな関係があるのか。その肝心なところを所長はまったく解説してくれないので、クエスチョンマークだけが頭の上に溜まっていく。フジさんに至っては部屋の向かいにある自分の作業机にとっとと戻ってしまっていた。

「あ・の・で・す・ね、所長」

たぶん今こめかみに血管浮いてんだろうな、と自分でも思いながら、そのあたりを詳しく説明してくれと詰め寄ると、佐敷所長は珍しく、うーんと唸った。

「講釈するのはいいけど、非線形音響学からになっちゃうよ？　カリン君、数学得意だったっけ」

「数式とかはなしの方向で。キレちゃいそうですから」

「ふむ……弱ったな」

「弱ったなじゃないです。顎《あご》の肉摑みますよフルパワーで」

それも困るなぁ、とぷにぷにの顎を撫でてから、所長は手早くキーを叩き始めた。

「じゃあ、音の伝播に関する〝線形《せんけい》〟と〝非線形《ひせんけい》〟についての理解からいこう」

モニタが二つのウインドウで分割され、左側には波打つ曲線の波形図が、右側に周波数成分分布《スペクトル》が映し出される。音響用スペクトラムアナライザの表示画面と同じで、横軸に周波数、縦軸に音の成分量を表すグラフだ。

波形の方は綺麗な正弦波で、スペクトル側には一箇所だけ棒のようなピークがあった。その場所の目盛りは四百と四十。つまり、周波数四四〇ヘルツの純音だ。

「これにまず、線形の加工を施してみるよ。英語だとリニア、直訳すると〝直線的〟かな。つまり比例関係の成り立つ単純な変換だね」

再びキーが打たれると、波形画面に変化が出た。正弦波の位置が少し横にずれ、縦方向への振れ幅が大きくなっている。スペクトル画面の方では、周波数の位置はそのままで棒の長さが少し伸びただけだ。

「位相、つまり横方向のずれが出たこと以外は、波の振幅の大きさが変化しただけだよね。そして振幅が増えた分、元からあった周波数の成分量が増えてる。つまり、音が単純に増幅されたってことだ。じゃあ次に非線形……比例関係の成り立たない、ちょっと複雑な変換をかけてみよう」

今度の操作では、波形がぐにょりと形を変えた。一方向に強く撫でつけられたかのごとく、連なる波が全て斜めに傾《かたむ》いたのだ。もはやそれは正弦波とは呼べず、エッジが丸まったサメの背びれが並んでいるようにしか見えない。

スペクトル画面の方にも大きな変化があった。もとの周波数にあった棒はいくぶんか低くなり、代わりに、より高い周波数域に何本も新しいピークが等間隔で出現している。

「この新しく出たのがいわゆる高調波《こうちょうは》。音楽用語で言うなら倍音だね。この過程をベッセル関数を交えて解くと……」

「それ系はNGって言ったはずですけど」

「言ってたね」お手上げの仕草でため息がひとつ。

「直感的には理解しにくいけど、波の形が斜めにゆがむと、元の周波数にあったエネルギーが移動して、その整数倍のところに新しい周波数成分がいくつも作り出されちゃうんだよ。これをオーディオの世界では『音が歪《ひず》む』っていう」

そのあたりのことは、ある程度だけど理解していた。なにしろ武佐音研が受けている普段の仕事は、スピーカーの設置や調整、音響設備のコンサルティングなどが主で、入社してまだ一年ちょいとはいえ、私も色々と身をもって体験してきたからだ。

突き詰めて言えば、音の歪みをどこまでなくせるかが、オーディオ業界では最も重視されることだった。アンプ、スピーカー、信号の伝達経路……回路のどこかに線形を満たさない箇所があると、出力される音は歪み、元の音にはなかった余計な成分である高調波を生み出してしまう。

「でも所長、それってオーディオ機器での話ですよね？　何の関係が……」

「関係はあるよ。大ありだ。何しろ音というのは、ほっとけば勝手に歪むんだから」

「勝手に……歪む？」

現実の音というものは、伝播していく過程で大なり小なり歪み、周波数成分も変化していく、と所長は言う。そこを理解するには、空気中を伝わる音というものが圧縮と膨張の繰り返し、つまり正と負の気圧の波だってことを指摘されなきゃならなかった。そして水中の音が空気中より速く伝わるように、音の速度はそれを伝達する媒質《ばいしつ》の密度によって変わる、ということも。

「音速っていうのはね、部分部分を見ると実は一定じゃないのさ」

空気が圧縮される瞬間には速くなるし、膨張する際は逆に遅くなる。ひとつの波の中で、速い音速と遅い音速が交互に繰り返される。

前者は先へ進もうとして倒れ込むし、後者は歩を緩めて足踏みしようとする。モニタ上でサメの背びれを描く曲線の斜めの行程と縦の行程は、そうやって音の波が正弦波の形を離れて傾いた結果だ。

「問題は、空気という媒質にあるんだ。だから空中を伝わる音を歪ませる要素は、大きくわけて三つになる。ひとつは距離だね。より多くの空気分子を通り抜けるほど音は歪む。次に音圧だ。

大きな音になるほど空気分子を強く押し、同時に押し返され、収縮と膨張が極端になる分、より短い距離で歪むようになる。そして最後は――」

周波数の高さ、と所長は静かに言った。

「言い換えれば波の間隔の短さ、つまり空気分子をシェイクする速さと回数になるかな。周波数が高ければ高いほど、より短い距離、より小さな音圧で音は歪む」

「てことは……」もう一杯一杯になってきた頭になんとか鞭打って訊ねてみる。「超音波は、歪みやすいってこと？」

「その通り」

いやいや、その通りって言われても、まったく関連がわかんないままなんですけど。

「それを踏まえて、次のこいつを見てごらん」

同じウインドウ配置のままで、新しい波形と周波数分布図がモニタに映った。一番最初に見たものと似ているけど、波形はより細かく複雑で、スペクトル側の表示も超音波域にあることがわかる。そして、周波数成分のピークはひとつではなく、二つあった。

「色々と簡略化したシミュレーションだけどね、空気中を伝播するこの超音波の変化を追ってみるよ」

なにやら数値が入力され、こん、とエンターキーが叩かれると、先ほど非線形の変換をかけたときと同じような変化が、二つの画面に現れ始めた。

波形は次第に斜めにかしいでいく。そしてスペクトル画面では元の周波数成分がどんどん減少し、それに合わせて倍音を表すいくつものピークがにょきにょきと生えてきた。でも、変化はそれだけではなかった。

「あれ、あれれ……?」

生まれ成長していく新しい周波数成分の群れ。等間隔に並ぶそれら高調波の中に、まったく別の突起が混じっていたのだ。それどころか、元の周波数よりずっと低い場所にも、同じように成長し続ける確かなピークがはっきりと見える。もはや超音波ではない、人の耳に聞こえる周波数帯にだ。

関連がないどころか、いきなり私の問いはゴールに辿り着いていた。

——超音波から生み出される、可聴音。

「空気を伝わる過程での音の歪みというのはね、空気分子という非線形な媒質のせいで波の形が傾けられて、元の基音が持っていたエネルギーが周波数を跨《また》いで動いてしまうってことなんだ。伝わっていくごとにエネルギーはどんどん漏れ出していくし、それを譲り受けて高調波は累積的に成長していく。そして今見たこのシミュレーションのように、元の周波数成分が複雑な場合、余り物を譲り受ける赤ん坊は高調波だけにとどまらない。複数の成分が混じり合って生まれた結合音も、貪欲にそのエネルギーを食べていくのさ」

——混じり合った、結合音。

「信号処理で言うところのヘテロダインってやつでね、元の周波数の和の周波数成分と差の周波数成分がそれぞれ新しく生み出されるんだ。しかもこの場合、伝播するにつれ累積的に増幅されるっていうオマケつきときてる。もちろん足し合わされた方は、より高周波域へ行っちゃうけど……」

――等間隔に並ぶ高調波に混じる、まったく別のピーク。

「引き算された方は、当然基音よりも低い周波数になる」

――可聴域に出現した、新しい周波数成分。

「まあ、言うほど簡単にこんな事が起きるわけじゃないんだけどね」と、所長は巨体をそらせて窮屈そうに伸びをした。

「実際、僕たちが普段聞いているようなレベルの音って、ほとんど線形に伝わってるんだ。短距離で非線形性による歪みを生み出すためには、それこそ轟音ってレベルのボリュームが必要になるからね。歪みやすい超音波だとしても、大気圧の◯・一パーセント近くは音圧が要るかな。でも、音が周波数に応じた充分な音圧を満たしてさえいれば……つまり、非線形領域にあれば、面白い現象を色々と起こせるんだ。例えば」

『こんなのとかな』

「ひゃあっ！」

いきなり耳元でフジさんに囁かれて飛び上がった。拳骨の一発でもお見舞いしようかと火照《ほて》った顔で振り向くが、視線が行き場を失っておろろと泳ぐ。てっきりすぐ背後に立っていると思ったのに、不機嫌そうな髭面は離れた作業机に座ったままだったのだ。その手には、三〇センチぐらいの黒い板のようなものが握られている。

「パラメトリック・スピーカーってやつだよ」

所長が笑いをかみ殺しながら補足してくれる。

たった今説明してもらったばかりの『音の非線形性』を応用し、異なる周波数成分をあらかじめ混ぜてある超音波を使って、絞り込まれた狭いエリアだけに人の耳に聞こえる音声を届ける装置。体験してみてわかったことなのだけど、博物館や美術館の展示説明アナウンスなんかで、私自身すでに幾度も接したことがある技術だった。

「じゃ、じゃあ今のと同じことが、あの部屋で起きてるってことですか?」

チーズケーキだけじゃ絶対に済ませないと決意を新たにしたが、ひとまずはぐっと飲み込んで訊ねる。

「厳密には、ちょいと違うがな」

フジさんが黒い板を置き、椅子から立ち上がる。もうその声は距離に応じた遠さに戻っていた。

「今回のはどっちかつうと、音のビートだろうよ」

「ビート……えーと、ビートっていうと、たしか……」

所長が補足してくれる。

「物理用語の方だよ。『うなり』とも言うね」

そうだ。うなり《ビート》。こればっかりは私も知っている言葉だった。高校の物理の授業で習ったのだ。わずかに周波数の異なる二つの音叉《おんさ》をはじくと、混じり合った音が周期的に大きくなったり小さくなったりする。一秒に一回の周期なら、音叉の周波数が一ヘルツだけずれていることを意味し、二ヘルツの差異なら一秒に二回、五ヘルツずれていれば一秒に五回というように、差異が大きくなればなるほど周期が細かくなっていく。周波数が異なる二つの波の干渉で、両周波数の差の周期を持つ振幅の波が作り出される現象だったはずだ。

でも、それが超音波で起きるところなど、いまいち想像できない。うなりというのは振幅……つまりボリュームの大小の波だったはず。音量だけが変化しても、超音波は超音波に変わりなく、人の耳では捉えられないんじゃないだろうか。

「そうだね。二つの超音波を重ねてビートを起こしても、線形の領域ならまず聞こえないよ。なにせ超音波だからね。でも、非線形領域なら話は別なんだ。さっき言ったように……」

非線形領域の音は、媒質である空気を伝播する過程で急速に歪む。歪むということは周波数を跨いでエネルギーが動くということであり、新しい周波数成分を実際に生み出し得るということ。ビートにおいても差音の部分にエネルギーが移り、人の耳で捉えられる周波数成分を実在させるのだという。

「実際、おめぇの録音にゃ超音波が二種類入ってた。ありゃ発振源も別だろうしな。そこの陰険デブに見せてもらえ」

所長のモニタに、さっそく録音ファイルを展開して並べてもらった。

ひとつめの場所はすぐにわかった。一番大きな波形を捉えていた録音データのタイムスタンプは午後三時すぎで、部屋を下見しているときのものだったのだ。あのとき録ったのは一箇所しかない――やはりあの、換気ダクト。

そしてもうひとつは、夜の録音だけに入っていた。入力の大小に違いはあれど、部屋に仕掛けた八つのマイクすべてがその超音波を拾っている。一定のピークを指して動かなかったひとつめとは明らかに違って、周波数成分も振幅の大きさも、時間と共に揺れ動くギザギザの山だ。

「あとは現場で発振源を確認すりゃ、一件落着ってこった。解決だよ解決」

フジさんの声が近づいてくる。乱雑に積んである機材を避けつつ、頭をボリボリ掻きながら面倒くささそうに歩いてきているのだろう。

でも私の目は、モニタに釘付けになっていた。

部屋の四隅、中央の床、サイドテーブルとベッドの足元、そして……フィドルのケースの上。どの録音が、部屋のどこに設置したマイクで録ったものなのか。二つめの超音波をもっとも強く捉えているトラック番号に対応するマイクの位置を、頭の中でメモを開いて何度も確認する。

もうひとつの、発振源。

ぐるぐると、何かが回る。

かたかたと、何かがはまっていく。

――周波数が僅《わず》かにずれた、二つの音。

――それらが干渉して作り出される、ビート。

――あの違和感と、既視感。

「間違ってます、フジさん」

「あぁ?」

フジさんにはきっとわからない。所長でも無理かもしれない。

「この件、まだ解決なんてしてません」

たぶん、私にしかわからない、歪み。

◇　◇　◇

フジさんのちっちゃな車に揺られて咲家を再び訪れたのは、それから二日後のこと。到着を窓から見ていたのだろう。蔦の絡まるレンガの門をくぐったとたんに、玄関から継音くんが駆け寄ってきた。

「来ないと思ってた」

かすれた声でひと言だけぼそっと言うと、彼は恥ずかしげに下を向き、おずおずと両手を私の胴体に回してくる。こっちが拒否しないとわかると、ぎゅっとお腹に顔を埋める。そっち方面の気《け》はないつもりなのだけど、これはヤバいマジ可愛い誰かさんたちとはえらい違いだぞ、と、あの夜とはまた違ったパニックを起こしそうになった。

どうやら継音くんは、恐ろしい目に遭った私が二度とこの館に近づくことなんかないと思っていたらしい。

鼻水まで垂らしてたからなぁあの時。

「大丈夫大丈夫、こう見えてもあたし、けっこう立ち直り早いんだから」

その小さな頭をぺしぺしと叩いてあげる。

車から機材を下ろしているフジさんに目配《めくば》せして、舌打ち交じりとはいえ「やっとくよ」と返事をもらったので、継音くんを伴《ともな》って庭先のポーチへ向かう。機材の搬入にダクトの調査と、色々と手間がかかることをフジさんがやってくれている間に、どうしても彼に訊ねなきゃいけないことがあったのだ。

「ね、この前の夜さ」

ベンチに並んで座り、両の眼がこっちを捉えているのを見つめる。

「瑤子おばあちゃんの話、してもらったよね。そのとき、レプなんとかって言ってなかった?」

「うん、レプラコーンのこと」

アイルランド民話に登場する妖精の名だ。

眠りにつく直前だったにもかかわらず、継音くんは中断されていた会話を憶えていた。そして改めて、祖母である瑶子さんのことを話してくれる。あの晩にも聞かされた、二人っきりの演奏会のことだった。

瑶子さんの奏でる朗《ほが》らかな曲。おねだりして触らせてもらった彼女のフィドル。いつかその曲を教えてもらい、そのフィドルを譲ってもらうという祖母と孫との約束のこと。場所はもちろん、瑶子さんの演奏部屋――今は継音くんが寝起きしている、あの部屋だ。

そのとき瑶子さんは、こんなことを彼に語ったという。

――この部屋には、悪戯好きな妖精が住んでいる。

――フィドルの音色が大好きな、小さなレプラコーン。

――好みの曲がかかったら、こっそり一緒に歌い出す。

瑶子さんが実際にどんな口調で話したのかまではさすがにわからない。でも私には、アイリッシュの血を引く大柄で碧眼《へきがん》の老女が、茶目っ気交じりに身振り手振りを交えて小さな孫を楽しませ、わくわくさせている様を思い浮かべた。

「妖精……かぁ。その時のおばあちゃんの演奏、妖精は歌った？」

「歌ったって、おばあちゃんは言ってたけどさ……」

「継音くんには聞こえなかった？」

「うん、でもおばあちゃん、もっと大きくなったら、聞こえるようになるよって笑ってた」

すでに真相を知る私には、それが子供相手の戯《ざ》れ言なんかじゃないとわかる。

やっぱりあの『霊の声』は、瑤子さんの生前から起きていた現象なのだ。

「言っとくけど、妖精がいるなんて……信じてるわけじゃないよ。でも……」

両親の心配をよそに、継音くん自身は声のことをまったく恐れていない。しかし夜な夜な聞こえるらしい――そして継音くん自身は耳にしたことのない――その声が、大好きだった瑤子さんの言っていた何かだということは確信しているようだった。

「このことは、お父さんやお母さんには？」

少年は俯き、言ってない、と小さな声で呟く。

「おばあちゃんの話すると、怒るもん」

この子に覆いかぶさる陰りは、幽霊なんかのせいじゃない。もっと別のところに原因がある。

「あともうひとつあるの。継音くんがずっとうなされてる悪夢だけど……うん、そうよね、中身の記憶はないってご両親から聞いてる。でも――」

少年に、優しく微笑んでみせる。

「――本当は、覚えているんじゃないの？」

目を伏せ、黙り込む継音くん。私はじっと待った。

やがて、その小さな頭がこくりと頷く。

「そっか。やっぱりね。じゃあさ、継音くん」

ベンチから降りて膝をつき、少年と頭の高さを合わせる。小さな目が、おずおずと私を見つめる。

「お姉ちゃんの昔話、ちょっと聞いてくれるかな?」

◇ ◇ ◇

霊の存在を頭から信じているわけではない。

依頼のとき、咲夫妻は揃《そろ》ってそう言った。もちろんそれは、心のどこかでは信じているという意味だ。でなければそもそも、こんな依頼などするだろうか。

信じる、という心の動きを軸にして、人は見たいものだけを見、聞きたいものだけを聞く。心霊写真を信じる人には、木漏れ日が作り出した岩の陰影は霊の顔に見えるし、怨霊の声を信じる者の前ではノイズですら恨み辛みの言葉になる。

あの日フジさんが指摘したように、音を霊によるものだと咲夫妻が認識したのは、それが瑶子さんの声だと思い込んでしまうだけの理由が二人の中にあるからだろう。そして、実際にどんな溝や確執が母親と息子の間に——あるいは嫁と姑との間にあったのかはわからないにせよ、瑶子さんの死後、その力を駆動し続けているのは溝自体ではないはずだ。むしろ、断絶によって閉ざされた過去への後悔なんじゃないかと私は思う。

たとえば、孤独死したという瑶子さんへの懺悔《ざんげ》の思い。

だからまず、そこを崩そう。

「ここで家政婦をされていた鞆さんのことですけど、彼女がアイリッシュ・フルートを嗜《たしな》まれることはご存じでしたか？」

二階への階段を上る途中で、後に続く咲夫妻を振り返ってそう訊ねてみる。返事を聞くまでもない。二人の表情を見れば初耳なのだということはよくわかった。

「実は昨日、押しかけて色々とお話をうかがってきまして」

歳のわりにぴしっと背筋が伸びた、朗らかな壮年女性で、瑤子さんとの思い出を懐かしみながら語る、童女のような笑顔が印象的だった。

「色々と面白いセッションのことを聞かせてもらいました。雇い主と使用人、っていう関係以上に、音楽を共にした長年の友人だったみたいですね、お二人は」

瑤子さんは、決して、ひとりなんかじゃなかった。

孤独死どころか、死の床でも最期まで冗談を交わしあえるような友人に看取られてこの世を去ったのだ。

「そう……ですか……あの人が」

やはり実の息子である晴彦氏の方が驚きが大きかったようだ。あの人というのが鞆さんを指すのか、それとも不仲だった母親を指すのかはわからないが、続けて何かを口に出そうとし、その表情が複雑に揺れ動く。

結局、階段の途中で立ち止まったまま、再び言葉が出てくるまでには二十秒ほどの間が空いた。

「母のこと……まったくわかってなかったのかもしれませんね、私は」

「あたしだってそうですよ」

思わず口に出た。もう長く連絡をとっていない、父と母の顔が頭に浮かんだからだ。

「両親のこと、未だにわかりませんから」

親子なのにわからない、ではなく、親子だからこそわからない、ということも世の中にはあるのだろう、きっと。


継音くんの寝室であり、かつての瑤子さんの演奏部屋。

八畳は余裕であるはずだけど、私とフジさん、咲夫妻に継音くんの五人が一堂に会せば、さすがに少々狭く感じる。

すでに現象の再現と検証を終えて待っていたフジさんが、技術的な解説を買って出てくれた。ヴァイオリン奏者とその夫だけあって、咲夫妻はすぐに音のビート現象を理解し、納得してくれる。そもそも弦楽器では、二つの弦を同時に鳴らして、うなりが聞こえなくなる箇所を探して調弦するのだから知っていて当然だ。

「でも、その……何が超音波を出してるんでしょう?」

由美子夫人が発したのは、私たちも頭を悩ませていた当然の疑問。その答のひとつめは、フジさんが換気口から長いファイバースコープカメラを差し込んで確認してくれていた。

ダクトの奥、家の外に面する換気扇の裏側に取り付けられていた無骨な装置の姿が、小さな液晶画面に映し出される。それが何のための機械なのかは、商品名や型番を確認するまでもなく、埃の下にうっすらと透けて見えるロゴイラストで一目瞭然だった。音波を表す円弧の重なりを背景に、擬人化されたネズミが両耳に指を突っ込んで逃げまどう様。

ネズミ避け装置。

「絵柄からして海外製かもな。こんな高出力のは見たことねぇし」

フジさんが独り言のように呟きながら、超音波を聞こえる音に変換するコウモリ探知機《バットディテクタ》という測定機器を換気口に近づけると、小さなスピーカーの出力限界を超えているのが明らかな、割れきった甲高い騒音が鳴った。音の非線形性による諸現象を起こしうるだけの、充分な音圧をもったひとつめの超音波源だ。

「そして、これに干渉していたもうひとつの超音波を出していたのが……」

めいっぱい優しい笑顔を作って、私はすぐそばの壁際に佇《たたず》んでいる、その発振源へと微笑みかける。

「ここにいる、継音くんです」

夫婦が揃って目を剝《む》いた。

「裏声ってのがありますよね。気道と声帯を閉じて高音を出すわけですけど、世の中にはさらに狭く声帯を閉じて、甲高い笛みたいな声を出すことができる人がいます。ホイッスルボイスっていうらしいですね」

そしてさらに高周波の、人の耳には聞こえないウルトラサウンドボイスを出すことができる者も、世には存在する。

「継音くんは気道と声帯が未発達で、普段はか細い声しか出せませんけど、その狭さのおかげで、声帯に強い力がかかったときに可聴域を超えた音が出てるんだと思うんです」

もちろん確証を得るためには、病院なり研究機関なりで調べてもらう必要はあるだろう。でも状況証拠の方はすでにあった。あの夜の録音に最も強く残っていた二つめの超音波は、サイドテーブル——少年の枕元に設置したマイクから採取されたものだったのだ。

「意識してのことじゃなく、眠っている時にうなされて出てたんですね。喉をずっと痛めてたのは、風邪なんかじゃなくてきっとそのせいです。じゃ、頼みますねフジさん」

「おうよ」

フジさんが換気口からファイバーケーブルを引き抜き、ベッドの枕元に置いた超音波エミッタのスイッチを入れる。発振させる波形は、問題の録音から切り出してつなぎ合わせ、リピートさせた超音波だ。

「えーと、もう二歩ぐらいこっちの方がいいですね。そう、そのあたり。どうですか？」

咲夫妻を誘導し、部屋のある一点に並んで立ってもらう。

口に人差し指をあて、静かにするよう伝える。

部屋の防音性のおかげで、皆が身じろぎをやめただけでほぼ完璧な静けさが訪れた。暖かな日差しさえなければ、氷のようなとでも表現したくなる静寂だ。

そして——。

「き、聞こえます」「ほんとだわ……」

夫妻の耳元で作り出されているのは、もちろんあの〝声〟だ。

そしてそこから一メートル半ほどしか離れていない私のそばは、まったくの無音。

おそらく今、右に立つ晴彦氏は左耳にだけ、左に立つ由美子夫人は右耳にだけ、その音が聞こえているはずだ。それほど狭い、限られた音場。

超音波は普通の音とは違い、簡単に拡散したり回折したりしない。だからネズミ避けの装置から発振された強力な超音波は、吸音材の張られた長いダクトを通ることによって指向性が絞られ、換気口の出口からまるでビームのように伸びてこの部屋の上部を貫いている。そしてベッドに眠る継音くんの口から発せられたもうひとつの超音波が、空中でそのビームと出合い、干渉し合ってビートを起こす。音波の非線形性の歪みが、二つの超音波がうまく重なるその狭い空間に、局所的かつ仮想的な音源を作り出す。

結果として、空中から、音が浸み出してくる——。

一定の周波数で鳴り続けるダクトからのものとは違い、少年の喉が発した超音波はゆらいでいた。そのゆらぎが、生み出されたビート音にあたかも呟き声のような断続性と音域の幅とを与えていたのだった。いわば、この部屋の環境と、継音くんの未発達な喉とが生み出した、偶然の魔法。

南に面した窓からは陽光が差し込み、部屋には暗い雰囲気などどこにもない。そして靭さんの証言のおかげで、夫妻の内側にあった呪縛も解けはじめている。今の咲夫妻は、自分たちの耳元で鳴るその音が意味のある喋《しゃべ》り声なんかではなく、ただの無意味なビート音の連なりにすぎないことを実感しているはずだ。

「やっぱり……母の幽霊なんかじゃなかったんですね」

再生を止め、発振機のスイッチを切ると、晴彦氏は照れた自嘲の笑みを見せながら頭を掻いた。

「はい。録音ができなかったのも、ほんと単純な理由だったんです」

部屋のほぼ中央、大人の頭の高さだけに作り出される、ごくごく狭い音場。私が部屋にしかけた八つのマイクも、手に持っていたものも、そして咲夫妻が録音を試みたレコーダーも、すべてこの音場の外にあった。ただそれだけのことなのだ。

「このビート音を作り出していた二つの超音波は、ごらんの通りデータに残っています。これで『謎の声を録音する』ってご依頼、完了したと思うんですけど、いかがでしょうか？」

「そりゃあもちろん文句など。いや、本当にありがとうございます」

「不安も、胸のつかえも、全部取れましたわ」

当然ながら、真相を知った咲夫妻は目に見えて安堵していた。声は瑤子さんの霊がもたらした恨みの声なんかじゃなかったし、継音くんが瑶子さんの霊に取り憑かれているわけでもないのだとわかったのだから。

「では――」

表情を引き締め、姿勢を正す。


「――二つめのご依頼の解決に、移らせていただきます」


は？　という単音が二人の口から重なって発せられた。

「ご依頼の内容は、まず『謎の声を録音する』こと。そして『その声が何を訴えているのかを突き止める』ことでした。二つめはまだ残ったままですから」

「いや、しかしそれは……」

口ごもる夫妻に、私は続ける。

「おっしゃりたいことはわかります。霊の声だと思っていたものは、偶然が作り出したビート音にすぎなかった。そこには内容なんてあるはずがない。不安が取り除かれた以上、もうこれで充分じゃないのか」

「は、はあ、その通りですが。なあ？」

晴彦氏が、私の顔を見つめたままで由美子夫人に訊ねる。

「ええ、私も、そう思いますが」

由美子夫人もまた、こちらを向いたままで同意を告げる。

視線のひとつも交わさないまま、揃ったように同じ意見を並べる二人。

だから私も、二人の凝視を正面から受けながら問い返す。

「本当に、そうでしょうか？」

今回の事件では、そもそもの順番が間違っていた。取り憑いた瑤子さんの霊によって継音くんが霊障を受けていたなんてことはなく、うなされた彼の声帯こそが謎の音を作り出していた。二つの超音波が偶然干渉し合って生み出された、音の羅列を。

それを可能にしたのは、空気中を伝わる音波の非線形性だ。

「音の非線形性ってのはですね、音圧が高くなければ簡単には表に現れないものなんです」

いくら超音波が歪みやすいとはいえ、その音量が小さければ今回のような現象は起こらない。

「可聴域の外だから、それは晴彦さんにも由美子さんにも届かなかった。同じ部屋にいた私も気付けなかった。でも継音くんの出していたのは――」

二人を見据えたままで、告げる。

「叫び声――大音量の絶叫だったんです」

人は悪夢にうなされたとき、自分自身の声に驚いて目を覚ますことがある。でも、継音くんの叫びは本人の耳にも聞こえることがない。この部屋の特異な環境がなければ、誰にも届くことがないままだった、切実な、声なき叫び声。

「それこそがすべての原因です。だとすると、彼が悪夢にうなされながら出し続けていたメッセージこそ、お二人が耳を傾けねばならない『訴え』なんじゃないでしょうか」

夫妻の視線が、わずかに揺らぐ。

視線――。

私が最初から抱いていた、あの違和感と既視感の源だ。同じ場所にいながら、意見を述べるときも、何かを尋ね合うときも、認め合うときすらも、まったく視線を交えない夫婦。

今ならもうわかる。すでに見て知り覚えているような印象を、この夫妻に対してずっと抱いていたのは、似たような夫婦をすでに知っていたからに他ならないのだ。

庭のポーチで継音くんに話した、私自身の昔話。

中学に入る前に、別居してしまった父と母のこと。

決定的な破綻に至る直前の数ヶ月間、家庭内で感じられた歪《いびつ》な空気。ありとあらゆることに表面上だけは同意し合い、外に向けてはおしどり夫婦を演じながら、爆発までの圧力を溜め合う期間。互いの顔を見もしないで、打ち合わせたかのように同じ言葉を繰り返すだけの、見えない壁を間に挟んだつがい――。

「「……継音」」

二つの声が重なり、その重なりを引き金にして、夫妻がちらりとだけ互いを見る。おそらく今日初めて見せるアイコンタクトであり、どこか恥じ入るような視線の交錯だ。

周波数のずれた二つの音が発生させる干渉音――ビート。

少なくとも今、少年の名を同時に呼んだ二人の声には、それを想起させる心のずれは感じられなかった。

ならきっと、まだ引き返すこともできる。

「さ、継音くん」

自分が叱られているかのように、俯いたままずっと隅で縮こまっていた少年の背を、軽く叩いてあげる。

「私が両親に言えずにいたこと、今の継音くんなら、伝えられるんじゃないかな」

少年は小さく頷き、勇気を振り絞るように顔を上げる。

父と母を見据え、自分の口でその言葉を紡《つむ》ぎ出す。

もちろんそれは、このうえなくシンプルであり――、
彼にとっては、とても切実な訴えなのだ。

◇　◇　◇

階下では咲夫妻が、言葉少なげに応接間のソファで向かい合っているようだった。さっきトランクを運んで車まで往復したときに耳にしたのは、鞆さんの家を家族三人で訪れてみようかとい

う静かな提案。ホールからちらりと見えた二人は目を伏せがちだったけど、ほんの少しだけ、互いへの小さな理解と照れ隠しの微笑とが滲み出ていたように思う。

「しかしよくもまぁ、余所様《よそ》の家庭の事情にずかずか踏み込んでいけるもんだ。その図太さだけは感心するぜ」

巻き終わったコードをバッグに詰め込みながらフジさんが言った。

「普通ならしませんてば。今回は、ちゃんと依頼にあったことでしたからね」

「そういう開き直りまで含めて、図太いっつってんだよ」

口こそいつものように悪いが、無精髭のまばらな口元はかすかにほころんでいる。

本人が気付いていている癖かどうかはわからないけど、満足できる仕事を終えた後、決まってフジさんは「ビールでも買って帰るか」と言う。帰りの車の中でその台詞《せりふ》をもし聞けたら、まだまだ半人前である私にとっては、なによりのご褒美なのだけど。

「さーて、粗方片づいたし、いいわよ、継音くん」

超音波エミッタを収めた金属ケースひとつだけを部屋に残して、ベッドに腰掛け待ってくれていた少年に声をかける。帰る前に、自分の演奏をぜひ聴いて欲しいと言ってきたのだ。継音くんの手には、瑤子さんの残したあの古いフィドルと、破れかけの折り目がついたくしゃくしゃの紙。

「それが例の楽譜？」

「うん、フィドルと一緒に入ってたんだ」

孫との約束を果たすために、継音くん宛に残されたもうひとつの遺産だ。おそらくは瑶子さんの作曲なのだろうけど、手書きされていたアルファベットの題名はどう読むのかすら悩むものだったので、綴りを携帯で検索してみる。結果、アイルランドでわずかに使われている古いゲール語だとわかった。

その意味を目で追い、画面をそっと切る。私なんかがしゃしゃり出なくとも、咲家の問題はきっと解決されていたに違いないと確信できたからだ。

顔を上げると、継音くんは松脂《まつやに》を弓に塗り終え、ちらちらとフジさんの方を見ていた。

「お姉ちゃ……カリンさんにだけ聴いてもらおうと思ってたんだけど」

「へっ、色気づいてんじゃねぇよガキのくせに」

フジさんが床の金属ケースをこつんとつま先で蹴る。

「それよりいいのか？　今ならまだこいつを繋ぎ直せるが」

「うん、ズルはしたくないから」

継音くんは立ち上がり、慣れた手つきでフィドルを構えた。背筋を伸ばし、添えた弓が軽く弦を撫でると、次の瞬間には軽快に踊り始める。

飛びはね遊び回る子猫のごときイントロから、そよ風を連想させる静かなフレーズが何度か繰り返されたのち、一転してアップテンポで紡《つむ》ぎ出される音階の群れが、空気を揺さぶり、震わせ、部屋中を駆け抜けていく。ほんの少し寂しげでありながら、どことなく朗らかなケルトの調べ。

そして弓の動きに呼応して合いの手を入れるかのように、部屋の真ん中に立つ私たちの耳元を、フィドルの音色とは異なるかすかな別の音が、ときたま通り過ぎていく。

レプラコーンが歌っているのだ。

フィドル＝ヴァイオリンの音色は多量の倍音成分を含んでいて、その多くは非可聴域——超音波域にまで届いている。そしてもちろん、それらの一部はダクトからのあの超音波と干渉して、ビート音を作り出す。

亡き瑤子さんはおそらく、偶然できてしまったこの部屋の特質に気付き、それを享受していたのだろう。「もっと大きくなったら聞こえる」というのは、そのわずかな音場に少年の身長がまだ届いていない、という単純な意味だったのだ。

継音くんが体を反らし、弓を大ぶりに振るうと、駆け上がる音色のクレッシェンドに合わせ、妖精たちもまたコーラスの声をどんどん強めていく。

足元のケースに入っているのは、自在に超音波を出せる装置。それを使って換気ダクトと同じ波形を低い位置に放射すれば、小さなフィドラーでもレプラコーンの歌が聞こえるはず——そんなフジさんの提案を、継音くんはあっさり断った。

今や楽器と一体となった少年が、まぶしい笑顔を向けてくる。その小さな瞳の中に輝くのは、腕を磨き、学び、自分自身で成長したいという決意だろうか。母の歩む道と並びつつ、父がかつて足を止めた峰を手を携えて越え、祖母のいた場所をいつか共に訪れる……芽生えはじめたそんな希望の瞬きなのかもしれない。

笑顔に浮かんだ一瞬のきらめきをスイッチとして、細身の上体が揺れ動き、足が小刻みにステップを踏み始める。それに合わせて、さらに音の奔流が躍動を増していく。

「そういやあっちの人間は、よく言うな」

フジさんが英語で小さく続けた。

——A violin sings, but a fiddle dances.

——ヴァイオリンは歌うが、フィドルは踊るんだ。

「歌はともかく……」私も小声で返す。

「踊りってのは幽霊には似合いませんよね」

口の端《は》をつり上げるフジさんの傍《かたわ》らで、少年の紡ぎ出す旋律とレプラコーンの歌に、ただ耳を委ね、目を閉じる。

いつかこの部屋で、継音くんたち親子三人でこの曲を演奏する日が来るかもしれない。そこにはたぶん、見えない四人目も肩を並べていることだろう。

わずかな寂しさをその内に包みながらも、伸ばした手で掴み取られることを笑顔で誘っているかのような、道はいつでも延びているんだとウインクしながら告げているような、快く弾み、踊るメロディ。

題名は——ティアイリヒ《Teaghlaigh》。

意味するところはただひとつ――家族。
亡霊のメッセージは、きっと届く。
帰ったら、久しぶりに、父に電話をかけてみよう。

サイレンの呪文

頬から口元を横切っていく鋭い痛みで目覚めると、覆面の男たちが僕を覗き込んでいた。そして、問いが降ってきた。

「《青い海》はどこにある」

灯りの落ちた部屋で、床に転がされている僕の体。両手両足は背中側でまとめて縛られ、男の手には、僕の口から剥《は》がしたばかりらしい銀色のダクトテープ。幸いにも、指に感じるカーペットの感触や、目に映る壁紙のパターンは見知ったものだ。

遅い帰宅の準備をしていたとき、侵入してきた二人組に襲われたことを、僕はなんとか思い出す。スタンガンか何かで失神させられてから、どれだけ時間が経ったのだろう。ほんの三十分ほどか、それとも数時間か。朝には社員のフジとカリン君が出社してくるはずなので、さすがに丸一日気を失っていたということはないはずだった。

気になるのは、これが悲劇の開幕か、それとも喜劇の冒頭部なのかである。前者はさすがに勘弁してほしいので、ちょび髭《ひげ》の喜劇王の名言に従い、頭の中で視点をクローズアップからロングショットへと切り替えてみる。カメラが四、五歩程度しか引けないほどに舞台は狭いし、見栄えの方も甚《はなは》だしく地味だ。なにしろ見知った我が城、武佐《むさ》音研社屋のいつもの応接室なのだから。

もし陽が落ちる前なら、ブラインドの隙間から断続的に差し込む雷光が、役者たちの顔をさぞや効果的に照らし出していたことだろう。ときおり窓を軋《きし》ませる強い風は、大雨波浪警報を各地にまき散らしながら日本列島を舐《な》めていった低気圧の余波である。稲妻の照明はとうにサボタージュを決め込んでいたし、暴風が奏でる緊迫感溢れるBGMも、念入りに施工してもらった防音窓のおかげで部屋までは届いていない。状況の演出には、あまりにも外連味《けれんみ》不足と言えた。

カメラの画角は狭く、そのうえ照明と音響との死角。

そんな恵まれない舞台に横たえられている哀れな役者こそ、この僕――武佐音研の所長である佐《さ》敷裕一郎《じきゆういちろう》の大切な身体なのである。

「《青い海》はどこにある」

幕開けと同時に浴びせられた台詞と、一字一句違《たが》わぬ響きが繰り返された。覆面の一人が、取り出した刃物を僕の喉に当てて問い直したのだ。

もちろん僕は、その名をよく知っていた。若い頃に偶然手に入れた楽曲データのファイル名だ。オリジナルがすでに失われたその曲の、唯一のコピーを所持しているのは僕であり、スタンドアローンの記録媒体に収め、この武佐音研の社屋内に厳重に保管してあった。

刃物が皮膚に食い込んでいる以上、とぼけ続ける選択肢はもう無い。顔に傷でもつけられれば仕事に差し支えるし、なにより、命は惜しい。というか、死ぬのはよくても痛いのは嫌だ。

慌てて我が肉体に助言を送る。言っちゃえよ、と。

「そんなに、アレが、聴きたいんなら……」

粘着テープの置き土産でまだひりひりと痛む口は、もちろん逆らったりはしない。それでも緊張で舌が絡んだ。溜まっていた唾液を嚥下《えんか》し、一呼吸置いて、尋問への回答をメゾソプラノで綴《つづ》る。

「資料保管室の、一番奥にある金庫を開けるんだね。棚をひとつ脇にどかさなきゃなんないけど」

幼い頃にうけた怪我のせいで、僕の体は声変わりを経験していない。第二次性徴での発達を妨げられたその喉から出てくるのは、一八九センチの身長にも、三桁目に片足を踏み入れた体重にも、どう足掻《あが》いても釣り合うはずのない幼子《おさなご》の声だ。

侵入者たちがその響きに驚かないのは、僕個人のことをよく下調べしている証だろう。覆面から覗く彼らの視線には、これまで何度も遭遇してきた色――侮蔑《ぶべつ》と嘲笑《ちょうしょう》とが、はっきりと見て取れたのだ。

脚の縛《いまし》めを解かれ、追い立てられるように廊下を進んだ。

両手はまだ背後で結《ゆ》わえられたままであり、急《せ》かされて歩く以外にはできることなど限られているとはいえ、それはあくまで肉体面だけである。ひどく痛む頭の中で僕は、金庫が開いた後に押えていくべき手順を順繰りに確認していたし、ついでの余力でカレンダーさえ開いてみた。

同僚のフジと一緒に作り上げた録音装置のメンテナンスのため、明日にはそのユーザーであり武佐音研のお得意様でもある音楽家、日々木塚響《ひびきづかきょう》のところへ出向く予定だった。この無様な劇の、出来の悪い脚本《スクリプト》の転びようによっては日を改める必要があるだろう。該当スケジュールにクエスチョンマークを書き加えておくことにする。

資料保管室に灯りが点《とも》ると、牧歌的な旋律が僕らを出迎えた。もちろん、侵入者たちの望む楽曲ではない。左右の壁を棚とキャビネットで埋められた細長い保管室は、たったひとつしかない入口ドア上部にはめ込まれたスピーカーから、照明のスイッチに連動して『花のワルツ』が小ボリュームで再生されるようになっているのだ。我が社のチーフエンジニアご自慢のスピーカーゆえ、音質だけは格別である。なにより、押し込み強盗に刃物を突きつけられているこの状況を、あっという間に喜劇へと転じさせてくれたチャイコフスキーに、僕の体が思わず感謝の笑みをこぼした。

背中で両手首を縛り付けていた結束バンドが切断され、金庫を開けるようにとの強い口調がそれを追う。脇腹をちくりと刺す尖《とが》った刃先が、横隔膜ごと貫くべき肺か心臓かを仰ぎ見てもいる。刺される確率はそんなに高くはないだろうとはいえ、正直、冷や汗が出る。

手抜かりのないよう体をしっかりと制御しながら、ダイヤル錠とパスワード錠の組み合わさった金庫の解錠手順を踏む。でも同時に、僕の思いはそのプロセスから抜け出し、過去を振り返ってしまう。

いったい、始まりはどこにあったのだろう。

過ぎ去った日々へと思いを馳せるとき、僕の一部がひとつの探査モジュールとして起動する。記憶の井戸を彩《いろど》るあらゆる光を吸い込むかのごとき、黒く長い影を引きずりながら、それは覗き込むべき岩陰を求めて沈んでいく。

目指すは、偶然あの曲を手に入れた十九歳の夏か。《U《ユー》》を作り始めた十四歳の冬か。親友のフジと出会った八歳の春か。それとも、両親の命もろとも僕の下腹部を砕いた、六歳の秋の自動車事故なのだろうか。

そういえば、この覆面たちが望んでいる楽曲を最初に見つけたのも、僕ではなく《U》だった。ならばやはり、そこがこの劇の始まりなのだろう。

記憶の暗がりにある足場を、より黒い探査体が踏みしめ、さらに潜るべき脇道へと軌道を定め直す。遠き日々の光や匂い、そしてゆだるほどの暑さと喉の渇きとを湛《たた》えた細い空洞が、そこからさらに奥へと伸びているのだ。

もしそれが現実の洞窟で、案内用の札でも壁面に打ち付けられていたなら、そこにはこんな文字が並んでいるはずである。

○○一案件／未解決――。

がちり、とロックが外れ、金庫の蓋に隙間が開く。同時に背後から、保管室入口の鉄扉が閉じる金属音と、男たちが息を呑み、身じろぎする空気の震え。もはやそれらはただの雑音にすぎず、頓着することなどないと判断した僕は、金庫の中へと手を伸ばし――そして、大切に保管されていた〝それ〟を摑《つか》んだ。

◇　◇　◇

高校最後の夏休み。

それは社会的義務猶予期間《モラトリアム》の終わりを意味し、だからこそ強く思い出に残る夏となるのだ、と何かで読んだ憶えがある。でも当時の僕にとっては、暑いだけで何の変哲もないいつもの夏であり、あの出会いがなければ、ただ僕の十九歳を通り過ぎていっただけの季節だったはずだ。その猶予期間なるものは、とっくの昔に僕から奪い取られていたのだから。

一学期の終業式から、まだ十日も経っていない真夏日。僕はマンションの六階にある一室で、《U》に追加する新たなモジュール用のコードを書いていた。

「おい、裕一郎、長袖貸してくれ」

背後やや下方からの声は無視して、僕の指はキーを叩き続けた。当時、入浴や就寝時以外はほとんど外さなかった薄手の白い手袋でのタッチを確かなものにするため、各キーごとに滑り止めのゴムシートを貼り付け、おかげでキートップが文字のない平坦な黒一色になってしまっていた愛用のキーボードだった。

「なあ。おいこら、聞いてんのか、骨一郎！　ガリノッポ！　カマ！　ハゲ！」

その罵倒がどこまでエスカレーションするかにも興味あったが、ひとまず手を休め、体を椅子ごと振り向かせた。見えない指揮棒《タクト》を軽く薙《な》ぎ、口と舌に指示を飛ばす。

喚起すべきは軽い怒りとイライラ。おちょくりだという意図は明白に。スパイスに蘊蓄《うんちく》を少々。

「遺伝的には、この先三十年は薄毛に悩むことはないと思うし、アンドロゲン不足で男性型脱毛症とも縁がないはずだよ。ついでに言うなら、女装なんて高尚な趣味も僕には――」

「るせぇ。とっとと返事しろっつうんだよこのボケが」

広げた音楽雑誌を片手で保持し、残る腕で寒そうに身を抱いて床の上に縮こまっていたのは、親友のフジ――武藤富士伸《むとうふじのぶ》だ。

今でもそうだが、フジはとにかく口が悪い。当時も、長身で痩せぎすだった僕のことを「もっと食って太れよガリ」だの「骨一郎」だの「末生《うらな》りウド」だのと罵《ののし》る毎日だった。

フジの背後で彼の口をそう操っているはずの本当のフジは、いくつか条件分岐の閾《いき》値が緩く設定されすぎていやしないか、と僕は常々思っていた。特に、他人への印象を調整するアルゴリズムは、まったくの空席という可能性すらあった。なにしろそいつがフジの体に命じる悪態は、相手が誰であろうが飛び出してくる類《たぐい》のものなのである。教師だろうが、クラスの人気者だろうが、一目置かれる不良だろうが、あるいは学年のマドンナだろうが、フジにかかればどれも罵倒のターゲットでしかなく、この僕も、そこに含まれる一人でしかなかったのだ。

それが、どれだけ有り難かったことか。事故以来、いろんな特別扱いを受けてきたこの僕が、フジといる時だけは、皆と同じ〝その他大勢〟の仲間に入れる、ということなのだから。

「寒すぎんだよ。なんとなんねぇのかこのクソ冷房」

「そんな恰好で来る方が悪いよ。エアコンが不調だってちゃんと伝えといたはずだけど？」

「不調っつったら普通、効かねぇから暑いぞって意味だろうが！」

もちろん、そうとれるようにメールの文面をわざと省略したのである。空調が止まっていたのも僕の部屋ではなく、隣のサーバルームだった。十二台もある大事なサーバに熱暴走されては困るので、扉を開け放って部屋同士を繋げ、キャパの大きく余っていた僕の部屋の冷房を全開にしてあったのだ。ジャージの上下とパーカで武装していたこちらとは違い、フジはスリーブレスのTシャツ一枚にバミューダパンツという出で立ちで、部屋の温度は摂氏二十度を割っていた。

「何でもいいから、長袖貸してくれ。つか貸せ」

「やだよ、他人に服着られるなんて気持ち悪い……」

今思えば、なんと気の抜けた日々だったことか。

三年生だというのに、二人とも受験勉強もせず、ダラダラと夏休みを過ごしていた。フジの方は模試だけはひと通り受けているようだったし、成績だって悪くない感じで維持していたみたいだが、進学すべきかどうか自体はまだ悩んでいて、本気で勉強に打ち込めないらしかった。彼の言い分はこうだ。

「クソ親父は行けっつうんだけどな、ハンダあてたりフライス盤いじってたりする方が性に合うっつうか……」

僕の方はといえば、大学に進む気など、もとよりさらさらなかった。技術はすでに一人前と自負していたし、学ぶのも家で充分だと決めつけていたからだ。そのうえ僕は、生きていくための資本だけは有り余るほど持っていたのである。より正確に言うなら、二十歳の誕生日と同時に持つことになる、という形だったが。

僕とフジは、小学校の頃からそれぞれ別の理由で、転校を繰り返しつつ育った。幼なじみと言えないことはないが、共に過ごしたのは小学二年と三年にまたがる八ヶ月ほどと、高校の途中で再会してからの二年間だけだ。フジは父子家庭で、転勤が多い父親の都合での転校生活であり、一方僕の方は、まったく別の理由でいくつもの土地を渡り歩いてきた。事故のおかげで小学校の入学早々に一年近く休学して以来、ずっとである。

体の一部——子孫を残すための生殖機能を、僕はその事故で失った。

世には無精子症の男性など百人に一人の割合でいるらしいし、子宮や卵巣の疾病で後天的に子供を作れなくなった女性だって数多い。フロントガラスを突き破って、父の体と運転席ごと僕の内股を貫いた鉄骨の冷たさや、泡を吹いては気絶してを何十回も繰り返した、言葉では言い表しようのないあの激痛を別とすれば、僕の身に降りかかった不幸など、そう珍しいものではないわけである。

子孫を残せなくとも、人生の価値は変わらない。多くの者が口を揃《そろ》えてそう言うのは、もちろんそれがある種の真実だからだろう。でもその言葉には、前提条件がつくはずでもあった。子孫を残す機能こそが何を置いても求められる世界にさえいなければ、という一文が。

歴史を大きく遡《さかのぼ》れば、やんごとなき家系にも繋がると（その真偽はともかく）主張する、とある裕福で古い名家。僕はかつて、その本家筋の跡継ぎたる長男だった。もちろん、完璧に過去形である。次の世継ぎを残す可能性を、両親と共にまるごと失ったことで、その一族の中での僕の立ち位置は、風に吹き流された砂絵のように消え去ったのだから。

当時、父の父であり一族の当主でもあった祖父は、末期ガンで死の床にありながらもギリギリのところで存命で、それゆえ相続に関する問題が持ち上がったのだろう。気がつけばいつの間にか、僕の名字は変わっていた。父方の戸籍から外され、母の旧姓を名乗れと言われたのだ。助手席で父の後を追った母には、僕たち家族以外には身寄りがなく、つまりは残された僕にとってもそれ以降、親類縁者という四文字は意味を成さない単語となった。

別に家柄や金に未練があったわけではない。そんなことに考えを巡らせられる年齢ではなかったし、起業家だった父の個人遺産は、まだ小さかった相続人が成人するまでの間は管財人が預かる、という条件つきであったにしろ、僕にはちゃんと残されていたのだ。おかげで衣も食も住も、何不自由ない満たされた環境で僕は育った。

ただし、高校でフジと再会を果たすまで、人間関係にだけは恵まれなかったと言える。

名目上の保護者であってくれた管財人や、機械的に僕を世話してくれた雇われ人たちに、今さら文句があるわけでもない。問題は僕が、学校で顔を合わせる同年代の誰とも、立場においても肉体においても異なっていたことなのだから。人は、それが大人であれ子供であれ、自分たちとは違うものを疎《うと》み、遠ざける。

だから僕は学校よりも、図書館やネットで知識を吸収することを選んだ。人付き合いが希薄な分、そこにだけは貪欲だったとも言える。高校生となった僕が改良を続けていたエキスパートシステム《U》も、元はといえばその飢えを満たすために組み上げたものだった。

巨大データベースと推論エンジンからなり、サーバの中で言葉を食べて育つ、僕の分身だ。

その基本機能は、データを貪欲に吸い上げ自身の書庫を肥大させることと、蓄えたリソースから有意の値を抽出すること。

組み上げた当初、半分は手作業でやるしかなかった《U》の食事も、とうの昔に完全自動化され、高校に上がった頃にはネットを巡回するクローラーに任せるようになっていたし、そうやって《U》に流し込まれる情報のダイジェストを、ごくたまに覗き込んで確認するだけにもなっていた。

「おい、点滅してんぞ、そこ」

クローゼットを勝手に漁ってきたらしいフジが、長袖スウェットに袖を通しながら指摘した。画面の隅に踊る小さなポップアップという形で、十分ほど前から《U》が異物の存在を告げていたのだ。毎度のことだし、手が離せなかったのもあって無視していたそれは、隣の部屋で必死に熱交換を続けているサーバのひとつに、何かがアップロードされたことを知らせるメッセージだった。

僕が当時運営していたサイトやドメインは、《U》にとっては目の前のテーブルにあるおやつ皿であり、そこを通過するデータは優先度の高いチェックと食事の項目になっていた。《miuz.info》ドメインはそのうちのひとつで、音楽に関する様々な討論や情報交換、素材共有などのための多数のスレッドを持つ複合掲示板サイトだ。

そのサイト内の、デスクトップミュージック《DTM》の技術情報交換用スレッドに上げられたzipファイルが、アラートの元だった。著作権に絡む違法なファイルなどをアップロードされては困るので、楽曲取り込みデータとおぼしき圧縮書庫だけは、見つけ次第警告させるように設定していたのである。

投稿者自身がすぐにデータを消してしまったらしく、僕がサーバ内の該当ディレクトリを見に行ったときには、すでにファイルは跡形もなかった。一時的な置き場として違法データの受け渡しに利用された可能性も踏まえ、念のためログも確認してみたが、問題のファイルのダウンロードに成功したものは《U》だけだった。

結局、《U》のダウンロード・キャッシュから圧縮ファイルを取り出し、偽装したトロイの木馬でないことを確認しつつ、手作業で解凍した。転がり出てきたのは、《AOIU-Mi.aif》という波形データだった。僕の口が、その字面を読み上げる。

「あおいう……み？」

そう読めた。そう読むしかなかった。

◇◇◇

一度目の再生は、ありがたくも途中で止まった。フジが僕の手からマウスをもぎ取り、停止ボタンを押してくれたのだ。

「……あれだ、その、前衛音楽っつうやつか？」

ごくりと唾を飲む大きな音を鳴らしたあと、フジは中断したばかりの〝曲〟をそう評した。口の端《は》は無理矢理つり上げられ、なんとか笑いの形を作ってはいたものの、彼の目はモニタに映る波形をずっと睨《にら》み付けたままで、眉間《みけん》には深い皺《しわ》が刻まれていた。おそらく僕の額《ひたい》の根元にも、まったく同じ溝が彫られていたことだろう。

「も一回、最初っから聴かせろ。ヘッドホンあったよな？」

言うや否や、フジは部屋の隅にある冷蔵庫へと向かい、ペットボトルを取り出して乱暴に開栓した。勝手に飲んでいいよと告げてあるものだし、それ自体はいつもの事なのだが、この時ばかりは僕も降って湧いたような喉の渇きを覚えていたので、フジが呷《あお》るのと同じミネラルウォーターを一本頼んだ。

それは、伴奏なしの独唱、とすら表現できない何かだった。少なくとも、タイトルから連想されるような楽曲ではなかった。ＰＣに繋いだスピーカーから染みだしてきたのは、「あ、お、い、う……」と呟《つぶや》く、若い女性の声だったのだ。

最初は単純に、タイトルコールをイントロの一部としてボイスで流し、その後から本番のリズムやメロディが始まるのだろうと思った。延々とリピートされるフレーズに次々と別のトラックが被さっていき、やがては厚みを増して大きな流れとなる、といった作りの曲もある。しかし「う」の次に囁《ささや》かれたのは「み」ではなく「え」だったし、その後も無意味な母音が延々と連なるのみだった。

音の上下はあっても、音階は不確かでメロディと呼べる周期性もなく、母音がランダムに並ぶだけで歌詞など存在せず、短音それぞれの音高は、調律などとは無縁のいいかげんな周波数としか思えなかった。声はサンプリング素材から切り貼りされたものなのだろうが、透明感があり、それでいて蠱《こ》惑《わく》的で、同時にどこか幼そうでもある不思議なアルトだけに、一層奇妙だった。

巻かれたヘッドホンのコードを解きながら、フジが怪しむような視線を送ってくる。

「先に確認しとくが、おめぇの声じゃねぇよな？」

「僕の声質よりはずっと低いよ。まあそこは加工でどうにでもなるけど。なんなら、スペアナに周波数成分並べて比較してみる?」

「いや、俺をかついでんじゃねぇならいい。ちっ、音声端子、裏側かよ……」

結局、フジは二度目の挑戦でも、最後までそれを聴き終えることができなかった。今度は七万円もするスタジオヘッドホンを頭から乱暴にもぎ取り、洗面所へと走り込んでいったのである。

僕はモニタへ向き直ると、投げるように手渡されたそれを両耳に被せた。フジが何を感じたのかを問い質《ただ》したくはあった。でもそれより、この耳でもう一度体験し、確かめてみたいという好奇心の方が勝っていたのだ。

そして、僕も再び捉《とら》えられた。

無作為に並べられたとしか思えない母音の連なりは、ゆるやかにテンポを上下させながら次第に速度を増していき、やがては日本語の発音では区分けされていない中間母音すら混ざり始め、それどころか、どのような唇形《しんけい》、どのような顎《あご》の開閉、どのような舌形《ぜっけい》や舌位《ぜつい》でそんな音が出せるのかもわからない、摩訶不思議な響きへと変化していった。

もはや人の声ともつかない、何かに。

未知の生物が、未知の発音器官で出しているかのような、それでいて機械語か何かを十六進数でダンプしているかのようでもある、不気味な音の集合に。

カウンタの数字を読む限り、僕の体がヘッドホンを振り外して床に投げ捨てるまで、四十秒ともたなかった。残っていたペットボトルの中身を必死で喉に流し込み、それでも全然足りず、冷蔵庫へと走った。

二十五秒あたりで、その強い渇きは再びやってきた。

三十秒ほどの地点で、風呂場で冷たい水に浸りたくなった。

三十五秒目には、近くの川まで走って飛び込みたくなった。

そしてそれらを全て塗り込めてしまうほどの強さで――海へ行きたくなった。

潮騒《しおさい》や磯の香りといった類のものを連想したわけではない。そもそも、心に湧き上がるようなイメージなど皆無だった。ただ音だけがあり、そしてそれは、水を渇望していた。

見渡す限りに満たされた、巨大な水の塊を。

僕の体の奥底で、僕のコアの傍《かたわ》らで、僕を構成するありとあらゆるモジュールの周囲で、ひっそりと微睡《まどろ》む何かが、呟き続けていた。

海へ行こう。海へ。海へ。海へ。海へ。海へ。海へ。海へ。海へ。海へ――。

あとわずか数歩踏み入れれば、それらは無数の瞼《まぶた》をばちりと一斉に開いて、叫び出しそうだった。

「も、も一回確認し、しし、しとくがよ」

気付いたら、頭とスウェットから水滴をしたたらせたフジが、歯をガチガチ鳴らしながら脇に立っていた。効き過ぎた冷房でまいっていたくせに、蛇口から水道水をがぶ飲みしたうえ、頭から冷水を被ってきたらしい。

「お、俺をかつぐ、新手のお、お、おふざけじゃねぇよな?」

「じゃない。絶対に。保証する」

「じゃ、なな、なんなんだよ、こいつは」

すぐには答えなかった。答えられなかったのではない。それが何なのかはひと言で表現できたし、尋ねたフジ自身もわかっているはずだった。

「……海に、行きたくなる、曲」

いざ口にしてみると、その陳腐《ちんぷ》な響きに可笑しくなった。

でも、笑い飛ばすことなどできなかったし、フジも笑わなかった。気のせいや偶然だと決めつけて忘れることも無理だった。ファイルは現にそこにあったし、二人が二人とも、不可思議なその力を身をもって体験したという事実は、無かったことになどできなかった。

人を、海へと誘《いざな》う、楽曲。

僕のハードディスクに三五・三メガバイトの容量で居座る、サンプルレート四八キロヘルツのステレオ波形ファイルは、まさにそうとしか表現できない代物だったのだ。


誰が、何のためにこんなものを作ったのか。

後者を確かめるには、前者を見つけるしかない。僕は作り主を突き止めるべく、カレントの仕事を優先度に関係なくすべて脇にどかした。ファイルを作成したのはどんな奴なのか、その背後にいるのは、いかなる形とルールを抱く魂なのか、デジタルで音を紡《つむ》ぐその一挙手一投足に、どれほど繊細な細工を施しているのかと、興味はつきなかった。

まずは第一歩として、問題のファイルをわずか数十秒間だけ僕のサーバに放り込み、ネットの向こう側に消えてしまった投稿者の特定を先決とした。

彼ないし彼女は、海外の公開プロキシを経由していたらしく、ＩＰアドレスこそ辿れなかったものの、《miuz.info》の掲示板は記名制だったので、ログにはアップロード時点で書き込まれたハンドル名がしっかり残されていた。

toadstomb《トーズトゥーム》――カエルの墓――というその文字列を、僕は《U》のコンソールに打ち込んだ。

エンターキーから僕の指が離れるよりも速く、《U》はスタンバイ状態にあったモジュールを起動して本来の自分を取り戻し、長い手を伸ばす。その先にある書庫は、僕らが簡単に思い描けるようなものではない。かつて飲み込んだ文章の部分部分が、それぞれ何を指し示し、どこと繋がっているのかというリンクアドレスに変換され、様々な強さをもった無数の矢印となり交錯し合っている構造体なのだ。

言葉というものを受け取ったとき、僕らの脳が勝手かつ無意識にやってくれていて、それゆえに決して意識には上ることのないプロセスを、《U》はぎこちなく模倣する。

矢印の繋がる先は、同じ文章内のどこかなのか、それとも外にある存在なのか、もしそうなら、かつて咀嚼《そしゃく》し分解しアドレス付けした別の場所で言及され、辿ってみるべき未踏破のアドレスや矢印を持っていないか……。その流れは、次なる接点を踏むごとに枝分かれし、増殖し、波及して、三次元空間では描きようのない地図模様を染め上げていく。

巨大な昆虫の羽音めいた響きが隣の部屋から洩れ聞こえはじめたのは、《U》が並列に占拠している六台のハイエンドサーバが過負荷に音を上げ、放熱ファンの回転数を上昇させたからであり、僕の投じたたった九文字のアルファベットから、そんな新たな地図が組み上げられている証でもあった。

推論の結果は、その音から十五秒ジャストで表示された。

#

toadstomb は、ほぼ間違いなく、二文節の英語であり、
［toad's tomb］を省略し、連結した文字列です。
toadstomb は、客観事実として、
散発的に表層活動するテキスト記述者です。
また、ウェブ上で使用されたハンドルネームです。
toadstomb は、おそらく、［天文知識］に通じる人物です。
またおそらく、天文学者あるいは天文を学ぶ学生です。
またおそらく、［十一B子］と同一の存在です。
またおそらく、男性です。
toadstomb は、ひょっとすると、女性です。

#

《U》は確率分布を、数値ではなく文章で返す。

とはいっても稚拙なもので、有意と思われる値が振り落とされずに残ったとき、意味と関係の連鎖を地図の末端から辿り直し、極端に簡略化した日本語の構文枠に押し込んで吐き出すだけのものにすぎない。まだ原始的な仮実装にすぎず、将来的にはチューリング・テストを誤魔化せるレベルにまでしつらえてやりたい、などという過ぎた野望もあったものの、もっと興味深いものを見つけてしまった以上、当面その作業は後回しになりそうだった。

リスト上にカーソルを滑らせ、それぞれの推論の元となったリンク先を順番に開いてみると、いくつかの天文系の掲示板やサイトに、同じハンドル名での書き込み跡があることがわかった。下から三番目に挙がっている奇妙な名前も、同様にリンクを辿ってみる。

「といち・ぴーこ……って読むのかな？　これ」

寝室から引っ張り出してきたタオルケットにくるまって、ようやく震えを止めたフジが、「知るかよ」と吐き捨てる。

ともあれ、かなりの部分が共通する天文関係の話題を、toadstombと同じハッシュタグで四度だけ書き込んだことがあるハンドル名だということは、すぐに判明した。

《U》が共通項をハイライト表示してくれたそれらのテキスト断片を見比べる限り、単語の選択や構成、そして言い回しそのものに明らかに類似点があり、中には一字一句違《たが》わぬ書き込みすらあった。当然、片方が残したテキストをもう一方がコピーしただけ、という推測も成り立つのだが、同一人物の可能性がわずかでもある以上、こちらも分けて《U》にかけてみることにした。

\#

十一B子は、客観事実として、

ほとんど表層活動しないテキスト記述者です。

また、ウェブ上で使用されたハンドルネームです。

十一B子は、おそらく、

［toadstomb］の模倣者です。

あるいは、［toadstomb］と同一の存在です。

\#

あとは同じ場所を参照した天文サイトのリンクが並ぶだけだったので、今度は両者が書き込んでいた専門的な内容自体を、推論エンジンの一次参照リンクとして全文ピン留めしておき、類似の学術論文がないかどうかの条件フィルタを与えてリトライさせてみた。多くの候補が出た中で、明らかに単純な引用でしかないものをそぎ落としていき、より絞り込んで答を求めていくと、《U》は最後に、ひとつの推論をまとめあげた。

その出力を眺めて、口の悪い親友がちっと舌を鳴らす。

「なんだ、野郎かよ」

「フジとしては、女性の方がよかったわけかい？」

興奮のためか、僕にしては低い声が出た。そして我ながら空恐ろしくなるほど、それはあの楽曲の中で意味不明の母音を並べる女の声と、そっくりの響きだった。

コンソールウインドウには、たった一行の簡潔な文だけが残されていた。

#―――――――――――――――――――――――
toadstomb は、おそらく、［引柄慶太郎］という人物です。
#―――――――――――――――――――――――

◇　◇　◇

当時も今でも、喫茶《みうず》でモーニングセットを頼むと、カレーが出てくる。

僕の住んでいたマンションから歩いて三分ほどの小洒落た路地。ゆるやかにカーブするその通りに華やかなパステルカラーで並んでいたのは、小振りな花壇を見下ろす出窓までついた、ちょっとばかしハイソでしょと主張する、まっさらな建て売り住宅の列だ。

かつてそこに広がっていた古びた商工街が、一戸建ての建ち並ぶそんな住宅街へと変貌していった過程をしぶとく生き残り、その後もずっと移築を拒み続けてきた小汚い雑居ビルの根元に、《みうず》はあった。

一階の半分を占拠するその店がなければ、建物のオーナーには景観を乱すとの苦情がさぞや殺到したことだろう。漆喰《しっくい》とレンガ積みと、歪《ゆが》みの出始めた古ガラスをわざわざはめ込んだアーチ窓で外壁を飾った、その古風な店構えは、醜悪と言っても差し障りのない薄汚れた鉄筋コンクリートの四階建てを、周囲の景色に不思議なほど溶け込ませていた。

その朝、見事な木張りの店内を流れていたのは、アンデスあたりの民族音楽だったと思う。カウンター席に座った僕とフジ以外には、たったひとりしか客のいない空間を、寂寥《せきりょう》とした笛の音が物寂しく包み込んでいた。

「いつもながら朝は繁盛はしとらんな、トーマくん」

その唯一の客である老人が、出口へと杖をつきながら禿頭を揺らした。奥の壁際にあり、店のどの場所より完璧な音像を楽しめる〝一番席〟をようやく離れたのだ。

「続ける秘訣は、商売じゃなく道楽にしちゃうことでしてね」

自慢の口髭を親愛の微笑みで飾りながらカウンターから出てきて、おどけるように片眉を上げて見せたのは、店のマスターである鏑島当麻《かぶらじまとうま》氏だ。

彼が手で支えた玄関扉をくぐって、鼻を鳴らしながら去っていく気むずかし屋の老人――シルバ老、と僕たちが呼んでいたその老家主の言うとおり、店内はガラガラだった。でもランチタイムにはそこそこ客が入るし、それどころか、陽が落ちてからは大繁盛といえるだけの盛況を維持していたことだって、老人自身ちゃんとわかっていたはずだ。

ある日はモントリオール交響楽団のフルオーケストラ、ある日はフレディ・マーキュリーの歌声、ある日は名も無きディジリドゥ奏者のプリミティブな音色……と、トーマ氏はその節操のなさを遺憾なく発揮して、日替わりで店内を音楽と客（と大盛りカレー）で満たしていたし、毎月頭に刷られる「今月のみうず」というB5判白黒コピーのプログラム・カレンダーを、精算時にレジ横から摘んでいくのが常連たちの習いにもなっていた。

様変わりしてしまった地域住人になかなか溶け込もうとしない頑固なシルバ老すら、そうした常連たちのひとりだったのである。

トーマ氏とは、一年半ほど前に彼がドイツで手に入れてきた古いバックロード・ホーン型エンクロージャー（つまり、スピーカーの箱だ）の補修を、手先が器用で工作に長《た》けたフジが手伝って以来の知り合いだった。セッティングを出す際のソフトウェア面で僕にもお呼びがかかり、それ以来ちょっとしたバイトとして、店の音響設備の改修に何度も関わってきていた。より正確に言うなら、フジとトーマ氏に無理矢理引きずり込まれ、関わらせられたというのが正しいのだが。

金になどまったく困っていなかった僕はともかくとして、親友にとってはまたとない小遣い稼ぎの場だったらしく、音楽を愛《め》でることに関しては節操がなくノリのいいトーマ氏と共に、フジは《みうず》の店内環境をここ一年ほどでまるごと作り替えてしまっていた。

僕の管理していた《miuz.info》は、音楽の女神《ミューズ》をもじったこの店の名に由来している。というより、本来はこの店のサイトとドメインなのであり、法的な持ち主も僕ではなくトーマ氏なのである。「店のホームページやりたいんだよね」などと意気込んで僕に制作を依頼してきたのはいいが、小難しい管理や更新の手間に顔を青ざめさせ、自分は一利用者として楽しむ側に回ったのだった。

　申し訳なさそうに垂れた眉から「頼むよ」のひと言ですべてを押しつけられたとき、僕とフジはトーマ氏から、高校を卒業するまではモーニングセットが無料、という特権を手に入れていた。おかげで当時、僕らの体細胞の五分の一近くは《みうず》のカレーを素材として出来上がっていたはずである。

「二人とも、お代わりは？」

　空になったカレー皿を無言で押し出したのはフジだけだった。無愛想な友人とは違い、ちゃんと言葉に出して断った僕へと、トーマ氏が毎度のうっとり顔を見せる。

「相変わらずいい声だねぇ……でもさぁ、佐敷くんはもっと食べた方がいいって」

「いえ、太りたくないんで」

「もうちょっとぐらいは肉をつけなきゃ。もしかして、前に言ったこと気にしてる？」

　まだ出会ったばかりの頃、一度だけだが、カストラートになるつもりはないのかとトーマ氏に訊かれたことがあったのだ。

「特には。脂肪を溜めやすいのは事実ですし」

　変声期を迎えるまでの、小さな少年にだけ許された天使の声、ボーイ・ソプラノ。かつて中世のヨーロッパにおいて、その音域と声質を成長後も持続させることと引替えに、男であることを剝奪された歌の僕《しもべ》たち――去勢歌手《カストラート》。

トーマ氏に悪気があったなどとは、これっぽっちも思っていなかった。確かに無神経ではあったが、ただ僕の声による声楽を無邪気に夢想してのことであって、つまるところ、節操のない音楽への愛から出てきた言葉なのである。

言われたその頃にはまだ、僕は人との会話が苦手で、口ごもりながらたどたどしくしか舌を操れなかったのだが、それでもしっかりと反論はした。いくらその音域が簡単に出せても、ただそれだけで歌手になれるわけではないのだ。そもそも去勢されることより、歌唱法を理解し、実践し、たゆまぬ鍛錬を続けることこそが肝要なはずである。歌唱の世界など右も左もわからぬ高校生が、声質だけで歌い手を目指すなど愚の骨頂であり、かつてのカストラートたちへの冒瀆《ぼうとく》だけでなく、現役で活躍しているソプラニスタたちにも失礼であろう、と。

まあ本音を言えば、衆目に姿をさらす仕事など死んでも御免だったというだけなのだが、僕が無理を通して肉体に喋らせたこの後付けの言い訳に、トーマ氏は気付くどころかぐうの音もなく同意し、申し訳なさげに頭を掻いたものだった。

ただ、こと体質だけに限れば、滅んだあの歌い手たちと僕は同じなのだ。

カストラートって、太るはずなんだけどねぇ――。

トーマ氏はあのとき、痩せぎすの僕を不思議そうに眺めてそう言った。それは僕自身、とうに調べていたことだった。

スポーツ界のドーピングで問題となる、男性ホルモン投与によるタンパク同化作用の促進――筋肉量や骨密度の増加とまったく逆のことが、僕の体の中で常に起きている。付くべき筋肉は付かず、少しでも余ったエネルギーは、即座に脂肪へと転用されて溜まっていく。

今こうして思い返している僕がそうであるように、近い将来に必ず肥え太ることはとうに約束されていたのだ。にもかかわらず当時の僕は、なんとしてもその運命に抵抗しようと足掻いていたのだった。

「でもさ、過ぎたダイエットってのはホント危険だよ。気胸《ききょう》とか恐いんだからね。骨粗鬆症《こつそしょうしょう》とかも」

向けてくる目にまったく嫌な光がないので、当時も今も、僕はトーマ氏のことを嫌いではない。僕が観察する限り、彼の瞳や口をコントロールしているのは、ひどくシンプルな魂だった。無節操な共感と博愛心、そして溢れんばかりの音楽への愛だけが服を着てコーヒーを淹《い》れている、という具合なのだ。

とはいえ、かつては海外を飛び回る商社マンだったという彼には、なかなか褒められない面も多々あった。何事にかけても楽天的すぎたし、後先のことを考えずにノリだけで事を進める点もかなり問題だった。病弱な奥さんと二人暮らしで子供がないせいか、僕やフジの保護者を気取ってやたらと世話を焼きたがるのには、さんざ閉口した。

でも同時に、助かってもいた。人間不信とコミュニケーション不全の見本市みたいだった僕が人並み以上に他人と喋れるようになったのも、半分以上はこうやって度々世話を焼いてくれるトーマ氏のおかげだったのだ。

細かな気配りと無神経さが不思議と同居した天然っぷりを武器に、本来なら内包しているはずの押しつけがましさや馴れ馴れしさを微塵《みじん》も感じさせることなく、境界をぴょんと飛び越えては、ちょっとした拒絶になど易々と橋を架け渡してしまう。彼のそんな話術は、ほんの少しピントをずらしてやれば、逆方向への応用も利きそうだった。

人気《ひとけ》のない朝、まばらに客が訪れる昼、そして、店中が埋まって賑わう夜……そのそれぞれで常連たちと話を弾ませるトーマ氏の姿を、隅の席に潜めた体にキーボードを叩かせながら、僕はひっそりと観察し続けてきた。間延びした口調こそコピーはしなかったが、そもそも僕が高校時代に確立した唇と舌と呼吸のコントロール――口を操るスキルの大半は、このトーマ氏から吸収したものなのである。

「気味悪いよねぇ、なんか」

その彼が、イヤホンを耳から外しながら小さく呟いた。

皿が下げられたあと、携帯オーディオプレイヤーにコピーしてきていた例のデータを聴いてもらったのである。安全措置として、通しでおよそ九十六秒あるファイルの後半部分は切り捨ててあった。

用意しておいたグラスの水をずずっと啜《すす》り、大きなため息をついてから、彼は残りの言葉を続けた。

「誤解を恐れずに言うとさ、音楽って、幻を与えてくれるものなんだよね。まあ〝幻覚〟なんて言葉にすると、なんか変なモノ見えるよ的に聞こえちゃうんだけど、幻の感覚って意味なんだから、眼だけに限ったことじゃないわけ」

音楽は聴く者に、光を介さずに色を与え、触れもせずにテクスチャを感じさせ、匂いや味の記憶すら呼び覚まし、さらには、五感から外れた新しい感覚そのものすら、頭の中に現出させてくれる。そういう話だった。

音楽のことを話すときだけは、トーマ氏の声はお調子者っぽさを脇にどかして、真剣さを帯びる。

「僕の勝手な見解だけどさ、物陰に隠れてるとか、背後にあるとかで、眼で捉えたり手で触れたりできない範囲をカバーするための、いわば危機警戒のための仕組みとして発達したのが〝聴く〟って行動なんだとするとだよ、そこには、何が音を立ててるんだろって、頭の中で音源の正体を突き止めようとする動きが必要なはずだよね」

「推論……ってことですか？」

「そう、もっと簡単に言うなら、想像力かな。僕程度の人間が言葉にすると陳腐になっちゃうけど、音楽ってのは、聴き手の想像力に女神の手が触れることであってさ、それが人の心を揺り動かしてくれるわけだ。で、心が動いちゃうから、人だって動いちゃうし、変えられちゃう」

無指向に放射し拡散する波の集まりでしかないにもかかわらず、それでも人生にベクトルを与え、時には希望、時には欲情や悲しみや絶望、そして時には死への衝動なんてものをよこすことだってある。

「そういう点で言えば、小説とかと似てるかなぁ。でもほら、言葉が理性やロジックにも訴えかけてくるのとは違って、こう、もっと心や感情に近い根源的な部分にさ、他の何よりもビビッドに手を伸ばしてくれるわけ。僕にとって音楽――ミューズのひと触れってのは、そういうもんなんだけど」

店中に配置してある十二ものスピーカーが静かに震わせる、福音の媒質である空気そのものへ同意を求めるかのように、トーマ氏はゆっくりと首を店内のあちこちへめぐらせた。

言いたいことはよくわかるつもりだった。彼の信奉する女神が司《つかさど》るのは、そういう代物であるはずなのだ。

しかし問題の波形ファイルは、心よりももっと姿が無く、もっと深いなにかのスイッチを入れる。そこには快楽はなく、感動もなく、幻もない。空っぽのイメージの中で、ただ体が強い欲求に突き動かされるだけであって、得られる感情があるとすれば、リモコンか何かで自分が外から操られているのではという、薄ら寒い恐怖だけだ。

「だから僕に言わせりゃこれってさ、音楽って言うより――」

トーマ氏は、自分の見つけた表現に戸惑うかのように、口に出すのをしばし躊躇《ちゅうちょ》した。

「――魔法の呪文か何かだよね」

《U》が見つけ出した例の人物の住まいを突き止めるのに、そうそう時間はかからなかった。公開されていた唯一のメールアドレスはすでに失効していたものの、とある大学ドメインのものであることは明白で、そこさえ解ればソーシャルハックで現住所を探り出すぐらいは数ステップで済んだのだ。

地方都市の郊外に住むらしい彼に、僕は是が非でも会いに行くつもりであり、出発前の腹ごしらえのために《みうず》に立ち寄ったのだった。

前日までフジは「どうせイカれた野郎に決まってんだろ」と乗り気ではなかったのだが、旅費と宿泊費は全部僕持ちという誘いで、ようやく同行を承諾してくれていた。

日帰りが難しい距離なので、二人だけの夏の一泊旅行となる計画だった。フジの父親はフィリピンの企業へ出向中だったし、もともとひとり暮らしの僕を気遣う者などいない。もちろん《みうず》のマスターを除けば、の話ではあったのだが。

そのトーマ氏は渋面《しぶづら》で、心配だなぁ、と何度もこぼしながらも、フジと僕のために昼食用のサンドイッチを包み、水筒を手渡し、出発を見送ってくれた。

「呪文……かぁ」

駅までの道を黙々と歩く途中で、僕は彼の言葉を反芻《はんすう》した。それは、まさにあの曲にぴったりの表現だった。

人を、海へと向かわせる呪文。

「どっちにしろ、クソみてぇなもんだろーがよ」

「でも原理がわかったら、とんでもない発見だと思わない？　あ、そういや僕さ、ひとつ気付いたことあるんだけど」

けっ、という音しかフジの口からは返ってこなかったが、聞く姿勢ではいてくれたのでそのまま続けた。

「あれのイントロ、『あ、お、い、う』だったよね」

「次が『え』だろ」

「そう、『み』じゃなくて『え』だった。ちょうど五つの母音が出そろうわけだけど、その『え』の基音周波数、ちょうど六五九・二五ヘルツだったんだよ」

「頼むから日本語で言え」

「第四オクターブの『ミ』の音ってこと」

そして音階の『ミ』をアルファベットで表せば、もちろんＥだ。親友が心底げんなりした顔になった。

「あおいう、ミ……って、駄洒落かよ、くだらねぇ」

よほど呆れかえったのか、それ以降フジはほとんど喋らなかった。静かになってしまった彼と並んで、僕はショルダーバッグを揺らしながら、街ゆく人々を興味ない目で眺めた。

満たされた他人が行き来していて、満たされた街が佇《たたず》んでいた。そんな満たされた世界など、僕にはどうでもよかった。

当時の僕も、欠損こそが自分の本質なのだとすでに気付いていた。体の一部が欠けており、それ以上に心の一部が大きく欠けている。常にその欠けている何かへの飢餓に苛《さいな》まれているのが、僕という人間なのだ。

でもその何かは朧気《おぼろげ》で、つかみ所が無く、だからこそ僕は、行き場のない飢えを他の場所へと向けてきた。知識を貪《むさぼ》ってきたのも、《U》を作ったのも、その飢えがたまたま情報へと向かったからにすぎない。

その貪欲な矢尻が、toadstombが垣間見せてくれた魔法のような御技《みわざ》へと向いていた。

もちろん魔法などこの世には存在しないと僕は解っていたし、今でもそう信じている。でも万が一それが実在するのなら、何が何でもその秘密を知りたかった。それどころか、あの日の僕ははっきりと決意していた。

絶対に、手に入れてやる――。

好奇心だけではなかった。僕の欠損が、飢えが、そう駆り立てていたのだ。

◇　◇　◇

「ったく、ちったぁ静かにできねぇのかよ糞ノッポ」

バスを降りると、いつものようにフジが僕を罵《ののし》った。

「ただ黙って窓から景色みてろって？　冗談でしょ」

新幹線でも、乗り継いだＪＲの在来線でもバスでも、僕とフジは無数の視線に晒《さら》された。ジーンズに明るい色のＴシャツとショルダーバッグという、二人ともごく普通の恰好だったので、注目を集めたのは明らかに僕の喉だった。幼い少女としか思えない声に振り向くと、げっそり痩せたノッポの男が小難しいことをぺちゃくちゃ喋っているわけなので、まあ仕方あるまい。

かつては苦痛だったそんな奇異への眼差しも、その日の僕にはどうでもいいことだった。フジやトーマ氏といった自分に深く関わる人物以外には、何をしようが何を思われようが関係ないし、相手をするどころか、気にすることすら無駄だと思っていたのだ。

なにしろ世界には七十億もの人間が溢れていて、皆が皆、勝手気ままに自分の肉体を操り、無軌道に囀《さえず》りあっているのである。ひとりの人間がそれらすべてを個別に認識し相手することなど、到底無理かつ無駄な話で、理解しようとするなら総体として捉えるしか手はない。表層に浮かぶ泡沫《ほうまつ》や底に沈む澱《おり》を観察するだけで、集団としての肉の群れなど、そこそこのレベルで理解することはできるし、僕にとってはそれで必要充分だった。

泡沫をつまみ取ることも、澱をすくい上げることも、僕と《Ｕ》にはワンコマンドで実行できることだったのだから。

「まだけっこうありそうだね。タクシー呼ぶ？」

小振りな都市から山ひとつ隔てられただけにもかかわらず、目の前には郊外というより、山里とでも表現した方がいいような田園風景が広がっていた。そして目的地は、集落を突っ切って向かい側に聳《そび》える山の中腹にあるはずだった。フジはしばし景色を眺めてから、首を振った。

「せっかく田舎来てんだから、歩こうや」

後から思い返してみれば、フジのこの提案は、一種の時間稼ぎだったのだと思う。新幹線でもバスの中でも、取り憑かれたように呪文のことだけを延々と喋り続ける僕の頭を、なんとかクールダウンさせたかったのだろう。もちろん僕はそんなことにはお構いなしで、気付いてすらいなかった。

普段外を出歩かず、サーバ冷却のために強めの空調を効かせた部屋で閉じこもっていた僕の肉体にとっては、まさに悲鳴を上げるに値する暑さだったし、実際に何度も音《ね》を上げた。白手袋の下に隠れた指がふやけ始めるほどの汗が浮き、シャツはあっという間に絞れそうなぐらい重くなった。水筒の中身もすぐ空になり、自販機で冷たい烏龍茶を補充しなければならなかった。トーマ氏が水筒と共に貸してくれた薄いベージュのサファリ帽にも、心底感謝した。フジも何度か、自前のベースボールキャップをミネラルウォーターで湿らせてはかぶり直していた。帽子がなければ、早々に日射病で倒れていたかもしれない。

南北を山に挟まれた狭い田舎の平野を並んで歩きながら、あまりの暑さを紛らわすために、僕はバスの中でも喋りっぱなしだった話題を再開することにした。ここ二日間、睡眠時間を大きく削って《U》と共に仕入れた知識についてだった。

「えーと、どこまで話したっけ、暑さで揮発しちゃったよ」

「そのまんま蒸発させとけっつーの」

うんざり気味の表情を向けられても、僕は気にしなかった。

「あ、そうそう、外から入ってきた信号……外部入力に対して人間の脳で行われる情報処理だね。これがまたほんと面白くてさ」

フジの目論見もむなしく、暑さも田舎の景色も、僕の口を止められなかったわけだ。まあそもそも、真夏の太陽が炙《あぶ》る陽炎《かげろう》の中の道行きなのだから、加熱こそすれ、頭の冷却になど寄与できるはずもない。

「最初はさ、聴覚のことだけ調べるつもりだったんだけど、視覚の方も相当ヤバいね。たとえばほら、信号が伝わるスピードだと、人の体に張り巡らされてる神経網の中で、格段に速いのが視神経なんだけど……」

視神経の伝導速度は、毎秒一〇〇メートルに及ぶという。

時速に直せば三六〇キロだとか、新幹線より速いとか、見知った単位に変換すれば大したことはないように思えてしまいがちだが、その信号が渡るのは、眼と脳との間にあるわずか数センチの距離なのである。伝達にかかる時間など、刹那《せつな》という言葉が相応《ふさわ》しいほどの小ささだ。

「でも眼から入ってきた映像ってさ、意識に認識される前に、前段階として脳で画像処理が噛まされちゃうんだよね。網膜に映った平面情報を、立体情報にまで復元するわけだから相当なことやってるわけ。それにほら、盲点ってあるじゃない。あれが普段は知覚できないのもその処理があるからなんだけど」

錐体《すいたい》細胞がそもそも存在しないエリアとして、眼球の奥に確かに存在する盲点。それによって本来なら情報的に空白となってしまうはずのスポットは、まるで高度な画像修正ソフトでレタッチされたかのように、周囲の映像から色や形状を綺麗に補完されて埋め合わされ、目にする景色のどこかに埋没してしまう。

「だからさ、神経の伝導速度がいくら大きくっても、目にした映像が意識まで伝わって認識されるのは、画像処理を途中にいくつも噛ませた分、かなり遅れちゃうみたいなんだ。それこそびっくりするぐらいのラグらしいよ」

僕は言葉を切り、湿気と草いきれに満たされた空気を、胸一杯に吸い込んだ。眼前に広がり、その匂いを放っている田園風景も、決してリアルタイムのものではない。画像処理のタイムラグを経て大きく遅延した情報を、後追いの表層意識がそう錯覚させているだけなのだ。

「で、皮膚にある触覚神経の伝達速度なんか、視神経よりもかなり遅いわけ。これがさらに痛覚とか圧覚とかを伝えるヤツになると、それこそもうケタが二つ違うぐらいのレベルで格段にスローなの。でもさ、足先とかに何かが触れたりぶつかったりするのを見たとき、僕たちって、それを眼にするのと同時に、触感や痛みを感じるわけだよね？」

　指先や足の先から長い経路を伝わってきた遅れた信号と、画像処理を経てタイムラグのある視覚情報とを統合し、脳の中に作り出される〝今〟という幻想――。僕たちはそもそも、そんな遅れた幻の中でこそ生きているのだった。

「なんかズレてねぇか？　音の話じゃなかったのかよ」

　妙に不機嫌そうにそう言うと、フジは順路をショートカットするためにか、田圃《たんぼ》を横切って延びる農道へと進路を曲げた。慌てて追いすがりながら続ける。

「いやほら、耳から入ってくる信号でも同じことが起きてるんだってば。でもそこで問題になるのが、人間が主に『眼』に頼って生きる生物だってことなのさ」

　世には聴覚を主知覚とする、コウモリやクジラ類といった哺乳類もいるが、人間はそうではない。眼に大きく頼って生きているからこそ、視覚情報は聴覚からのそれに比べて、格段に通過する情報処理のステップが多いのだ。空間を伝わる速さでは、音の速度など光の足元にも及ばないとしても、いったん感覚器に入ってきた信号として考えるなら、眼が捉えたものよりも耳が捉えたものの方が、先に脳での情報処理が終わってしまうのである。

「だからほら、映画なんかの派手な効果音って、まさしく『効果』があるんだ。ショッキングなシーンで挿入されるでしょ。じゃじゃーんとか、どどーんとか。ああいうのも、眼から入ってきた映像を脳がこねくり回している間に、先に処理を終えちゃってさ、意識になる前の意識の中で

『驚き』の準備を調《ととの》えて待ってるってわけ」

情報処理をそれぞれ終えた各知覚をすべて掛け合わせ、脳が〝今〟という見せかけのリアルタイムへと統合してしまう前に、音は視覚情報よりも先まわりして、心の核へとアクセスしている。

さらに言えば、人間の場合、顔の前面に集中し視野も前方に限られる眼は、明らかに獲物を追い食物を探すためのものであって、トーマ氏の言葉どおり、聴覚はそれ以外の範囲をカバーする危機察知システムとして割り振られている。言葉を発明して、音を複雑な情報伝達に利用するようになったのは、進化のはるか後段階でしかない。

安全か危険かの判断――それこそが聴覚の主な役目であり、だからこそ肉体に命令を下すための決断処理に、音は強く作用する。判断後にとるべき行動の準備として、副腎髄質に容易に働きかけてアドレナリンを出し、逃亡や闘争のための血流量を確保したり、時には脳内麻薬を分泌させて鎮静することもある。

「どんな情報よりも頭の中を先回りしてさ、そのうえ内分泌系なんかを刺激して、肉体にまで干渉しちゃう……そういう力が、音にはあるんだ。すっごいと思わない？」

アイドルを生で見た追っかけファンのごとく、僕が熱狂をもってまくしたてていたその内容は、もちろん、音という世界のごく一部をすくい取っただけにすぎなかった。いくら僕に《U》があり、貪欲に知識を貪り続けていたとはいえ、脳科学や音響心理学の専門家に比べれば、所詮は高校生の浅知恵レベルにすぎないこともわかってはいた。

でも、そのはるか先に、あの呪文があるのも間違いないことなのだ。おそらくは聴覚のインプットをバックドアとして、脳の認識構造の知られていない欠陥をつき、人間の意識の核と内分泌系とを同時にクラッキングする、超絶の御技——。

その秘密を握る者が、もしかしたら、あそこにいる。

胸躍らせながら、僕は目の前に聳える山だけを見つめて歩いた。周囲の景色などそこのけで、フジのことすら見ていなかった。

だから、親友が隣にいないことに気付くのが遅れた。慌てて首をめぐらせると、フジは二〇メートルほど後ろで田圃の片隅にしゃがみ込み、何かをじっと眺めていた。喋るのに夢中で気付かなかったのだが、とって返し近づいてみると、フジの表情はひどく険しかった。

「俺ぁ、トーマさんと同じで、やっぱ気味悪いがな」

聞こえるか聞こえないかという小さな声で、彼はそう呟いた。

フジが見つめていたのは、田圃の水辺でぴくぴくと痙攣《けいれん》している、死にかけのカマキリだった。

◇　◇　◇

麓《ふもと》までの高揚はどこへやらで、気分は最悪だった。

「いやはや、熱射病じゃなくてよかった。軽視されがちですが、あれは命にかかわりますからな」

小柄で、枯れ木のように痩せた白髪の壮年男性が、氷の浮いた麦茶をちゃぶ台に並べながら、にっこりと微笑んだ。その笑顔にも、理由なく腹が立った。

後部座席のスライドドアを開けて玄関前に降り立ったとき、そこにあった表札と、しばらく休んでいきなさいと誘ってくれた老人の顔とを、僕は二度も見比べた。シルバ老とさして歳の変わらないその彼こそ、僕の捜していた引柄慶太郎《ひきづかけいたろう》氏その人だったのだ。

ついでに言えば、僕たちが老人を発見したのではなく、その逆だった。つづら折りの山道を登っている途中で倒れてしまった僕と、ぼやきながらも介抱してくれていたフジの前に、買い物帰りの慶太郎氏が軽バンで偶然通りかかったのである。

『お手数かけました。こいつ、よく貧血起こすんです。食が細いので、普段からもっと食べろと言い聞かせてるんですが』

フジがチラシの裏に黒のサインペンを走らせ、慶太郎氏へと向けた。筆談だった。

老人は耳が不自由だったのだ。車に乗せてもらうときも、言葉がほとんど通じなくて苦労した。相手の難聴を悟ったフジが手話に切り替えたあと、しばらくして慶太郎氏は、

「申し訳ない、手話はほとんどわからないんですよ。年寄りになると新しいことを覚えるのは難しくて」

と、妙なイントネーションで謝りながら頭を掻いた。

出された麦茶のグラスに口をつけぬまま、僕は追い求めてきた相手であるはずの老人ではなく、

隣に座るフジの方を見つめていた。睨んでいたといってもいい。

あれだけ口の悪い男が、筆談だとえらくまともな文章を綴るのも意外だったし、なにより僕を驚かせたのは、フジが手話に長けていることだった。ほんの何十秒かだけではあったものの、彼の節くれ立った手から流れ出たそれは、淀《よど》みなく、自然であり、決してうろ覚えの動きではなかったのだ。

僕の隣で、フジの筆談は続いていた。

見慣れたはずの友人が、まったくの別人として瞳に映る。

いや、そうではない。これがフジなのだ。これも含めて、フジという男なのだ。ただ僕がそれを知らず、理解していなかっただけなのだ。

おそらく、僕と離れ離れになっていた数年の間に、フジはそれを学ばねばならない理由を得たのだろう。僕の知らないどこかで。僕の知らない誰かと、出会って。

小学校の中程で別れてから、高校の途中で再会するまでの空白の数年間――その間のことを、フジに尋ねたことはなかった。

知りたくはあった。でも尋ねられなかった。

胃から、嫌なものがこみ上げてくる。冷や汗をだらだら流しながら気分が悪いと告げると、慶太郎氏が隣の部屋に布団を敷いてくれた。

感音性難聴がどうとか、周囲からの誤解がどうとか、フジと老人が声とペンとを使って襖《ふすま》の向こうで奇妙に話し込んでいる間に、僕はタオルケットに頭を埋《うず》め、腹の奥でのたうつ吐き気をこらえながら携帯を操作した。《U》のアカウントへ向け、推論対象ワードと実行コマンドとを送ったのだ。

冷たい汗が滲《にじ》む白手袋が、何度もボタンの上で滑った。

対象ワードは『武藤富士伸』——親友の名だ。

メールが《U》のもとに届くまでにおよそ三十秒。推論プロセスに数分。そしてそれが僕の携帯に着信するまでにもう三十秒。それだけの時間をかけて《U》は、「武藤富士伸は、ほぼ間違いなく、個人です」で始まる一連の推論を送りつけてきた。

#

武藤富士伸は、ほぼ間違いなく、高校三年の男子生徒です。

#

わかりきったそんな一行の下には、十二年前に大阪府某市の小学校に在籍していた、という記述が続いた。九年前には僕と出会った学校で、六年前には愛知県の某市で、三年前にはまた別の某市で、と、順繰りに在籍記録の履歴が並ぶ。現在のデータが無いのは、名前が外部に公開されるような部活動などに、フジが高校では一切参加していないからだろう。

そして、《U》が返してきたのは、それだけだった。

フジがかつて在籍していた小学や中学での、学校のウェブサイトや卒業告知に載った名前を拾い上げただけの、無機質な数字と文字列。ネットワークを巡回して集められる情報など、その程度にすぎなかった。

意味の上では、ほとんど空っぽだった。

その間にフジがどんな生活を送ってきたのか、どんな友人が居たのか、人生を変えるどんな事件があったのか、どれひとつとして、まったくわからなかった。

ひと言フジ本人に尋ねれば、それで済むのは解っていた。どんなことがあったんだい、と訊けばいいのだ。中学での生活を教えてよ、と頼めばいいのだ。

でも、それだけはできなかった。

ひと言訊けば、自分のことも話さねばならなくなる。自分の、フジと再会するまでの数年間を開陳しなければいけなくなる。そしてひとつ詳《つまび》らかにすれば、芋づる式にいつかはすべてを知られてしまう。〝皆とは違う〟異物に対して、子供が――人間が――いかに残酷になれるかを体と心に刻み込まれ、転校を繰り返し続けた屈辱の日々。それを親友に話さなければならなくなる。

網戸の向こうの蟬時雨《せみしぐれ》が、僕の気を狂わそうとしているんじゃないかと思うほどうるさく、煩《わずら》わしかった。布団の中で胎児のように丸まり、白手袋をもぎ取って、もうぼろぼろになって形もない親指の爪をひたすらに噛んだ。

言いたくない。話したくない。教えたくない。告げたくない。知られたくない。バレたくない。

そうしながらも逆の手で携帯を打ち、《U》に同じ質問をぶつけ続けた。何度やっても、同じ答しか返ってこなかった。

ただ一行、こう答えてくれるだけでよかったのに。

#―――――――――――――――

武藤富士伸は、佐敷裕一郎の、たったひとりの親友です。

#―――――――――――――――

しかし《U》は、友情の何たるかを知らなかった。知性など欠片《かけら》も持たない、データベースと検索・推論システムにすぎないのだ。友情が何であるかを論理的に定義してやれば、《U》はきっと答えるだろう。しかし定義すべきその模範解答自体を、僕は知らなかった。


「ひっ」と、小さな悲鳴が聞こえた。

僕の口から、それは漏れ出ていた。


気がつくと、フジに揺り起こされていた。あれだけうるさかった蟬の声はいつの間にか止んでおり、すでに充分に暗い網戸の外は、夜の虫たちが奏でる音色に支配されかけていた。

「お前の声、すっげぇいい声だってよ。トーマさんといい、物好きは多いみてぇだな」

布団から引きずり出されながら、そう聞かされた。慶太郎氏の発言なのだと気付くまでに時間がかかった。

「み……耳、聞こえるの？　あの人」

「なんだ、隣で話聞いてたんじゃねーのかよ」

僕を建物の離れに引っ張っていきながら、フジは呆れ顔で説明してくれた。

感音性難聴——音を〝集める〟外耳や〝伝える〟中耳ではなく、音を〝感じる〟内耳の障害。症状の種類は色々とあるそうだが、慶太郎氏が患《わずら》っていたのは、音を捉えることはできても、その認識の過程でエラーが起きる、という類のものらしかった。誰かが話している声は聞こえても、それぞれの音が狂わされ、言葉として認識できなくなるのだ。

音の存在自体にはちゃんと反応できるので、傍目《はため》には常人と変わらずに映り、理解なき者から「耳が悪いふりをしている」などと中傷されることもあるのだという。

氏は三年ほど前に急性のそれを発症し、勤めていた大学を辞めて引退した天文学者だった。彼の発音に妙なイントネーションが混じるのは、自分の喋る言葉を正しくフィードバックできないせいらしい。

老人はひとり暮らしのようで、掃除にまで手が回らないのか、狭い廊下のあちこちに本が積み上げられ、埃《ほこり》をかぶっていた。

案内されたのは、同じように書類やメモで散らかりまくった慶太郎氏の仕事場だった。ベランダには手作りと思われる望遠鏡ドームが鎮座していて、そこから繋がるケーブルがメモの山に埋もれたデスク上のPCに繋がっていた。ひと目で三世代以上も前のものとわかる骨董品で、ネットにまともに繋がっているかどうかすら怪しい代物だった。

あの音源を作成できるような環境もなく、そもそも耳に甚大な障害がある。恐れていた通り、氏はtoadstombでも、十一B子でもなく、ただの老いた天文学者にすぎないのだった。

《U》の推論は、間違っていたのだ。

いかに大食らいであっても、《U》が集めるのはネットワークに存在するデータのみであり、本当に世に存在する現実からすれば、上澄み程度の欠片でしかないのだということを、僕は改めて痛感した。

世界というものは、僕の認識とはまったく違う方向へも広がっていて、果てが望めぬほど高く、底を窺《うかが》えぬほど深く、そしてそのうえ、濃密な霧がかかっていた。

人と人とを結ぶ、数値にもテキストにも置換することができない繋がり——この世界は、僕にとって不可視のそんなレイヤーが堆《うずたか》く積み重なる、巨大な峡谷だった。毎日のように顔を合わせてきた親友が何者で、どんな人間なのかすら、《U》や僕の認知からはるか遠く手の届かぬ、深い霧の中に隠されていた。

そう、僕はそんな事すら知らなかった。

そんな事すら、解っていなかった。ずっと長い間、目を背けていたのだ。

その領域を知るには、霧を自分の手で掻き分け、自分の足で足場を捜し、踏みしめながら歩いていくしかない。それは世界中の人々が当たり前にやっていることであり、そして同時に、僕にとってはとても恐ろしく、挑戦すら避けてきたことなのだった。

「ハズレだったね……」

ようやくそのひと言を、肩を落として呟いたときだ。フジが予期せぬ返事を返した。

「何言ってんだ、ビンゴだっつーの」

親友が壁の一点を指し示す。殴り書きの英語のメモや雑誌の切り抜き記事が、乱雑にピンで留められた壁だった。長く器用なフジの指が、その中の一枚をまっすぐに射ていた。

直径でほんの十数ピクセルほどしかない望遠鏡受像を、A4サイズ一杯まで拡大してプリントアウトしたとおぼしき、ぼやけた赤い恒星の写真だった。その真っ赤な表面に走る黒い線に、やがて目が吸い寄せられた。マジックで殴り書きされた文字だった。

±B
Co

——十一B子。

目の覚めるような深紅を背に、黒々と穿《うが》たれたその文字は、確かに、そう読めた。あれは何かとペンを走らせて尋ねるこちらの気迫に驚きながらも、老人は答えてくれた。

「あれって……ああ、オリオン座のベテルギウスですよ」

太陽系の火星軌道よりも大きな直径を持つという、超巨星。

おそらくは教職に就いていた頃からずっとそんな口調だったのだろう。孫のような年齢の僕たちに、あくまで和やかで慇懃《いんぎん》な態度を崩さないまま、老天文学者は続けた。

「半年ほど前かな、あの星の挙動がちょっと変わりましてな。もともと脈動変光星なんですが、星の明度がある夜、急激に変化しまして……」

そのときに残したメモとのことだった。

マジックペンを慌てて走らせたとおぼしき崩れた英文字は、星の背景である暗黒部分にまで伸びており、Bは「Blightness」の、もう片方は「Countdown」の頭の部分だった。

『明度変化プラスマイナス、共に閾値上回る。カウントダウン開始か？』

メモされた一連の数値や記号に続くそんな短い英文の、赤い星の上に重なった限られた領域だけが見えていたのだ。

「すぐに収まったわけですが、あれが予兆だったのだとすると、数年か十数年のうちに、もっと大きな変化が始まるかもしれませんなぁ」

ベテルギウスが星の寿命の末期にあり、近い将来に超新星爆発を起こすだろうということは、天文知識がわずかでもある者の間ではとうに周知の事実だったはずだし、今でこそネットで検索すれば、そんな情報などどこにでも転がっている。しかし超新星化の件が人口に膾炙《かいしゃ》し始めたのは、この数年後、星の明らかな収縮が報告され、ニュースや情報サイトで面白可笑しく騒がれ始めてからのことだ。氏が自前の望遠鏡で捉えたのは、まさにその兆《きざ》しであり先触れだった。そしてそれは、《U》が抽出したtoadstombと十一B子の書き込み内容とも、完璧に重なり、繋がっていた。

toadstombを名乗る誰かは、この話を慶太郎氏から聞いており、同時に、この奇妙なプリントアウトを目にしていることも間違いないのだ。

この部屋をよく訪れ、DTMの制作に明るく、そして、toadstombというハンドルネームを名乗る——そんな人物に心当たりはないかとフジに筆談で尋ねてもらう。名前にだけは思い当たる者がいる、とのことだった。

「といっても、私自身のことですよ。今の名字は、父が役所にかけあって改姓したものでしてね」

親のことでも思い出してでもいるのか、どこか遠くを見つめるような目をしながら、かつては『引柄』ではなく『蟇塚』と書いたのだと、氏は告げた。

蟇塚——ヒキガエルの墓《toad's tomb》。

老人の言うには、江戸時代の中期ごろにこの地方でカエルの大量発生があり、田園や養魚池が甚大な被害をうけて飢饉が起きかけた、という記録が郷土史に残っているそうだ。そのときに駆除した無数のヒキガエルを埋め、供養した塚が、かつて麓の集落に存在したのだという。

「たぶんご先祖様は、その側に住んでいたか、あるいは塚守か何かだったんでしょうなぁ」

そんなことはもう頭に入らなかった。それどころではなかった。toadstombは、確かにここにいた。そしておそらくは、彼の親族なのだ。

　僕たちが、掲示板にとある楽曲を投稿した人物を捜しに来たのだということは、もうすでにフジが告げていた。

　氏は耳を患っており、言葉や音程を聞き分けることが難しいが、音自体は聴くことができる。携帯オーディオプレイヤーでイントロだけを聴いてもらうと、ああ、と彼はすぐ心当たりに行きついたようだった。

「うちの孫だなぁ、この声は」

「そのお孫さんは……何か音楽のお仕事を？」

　フジが書き取った僕の問いを覗き込むと、老人は一瞬きょとんとし、そして笑った。彼の返答に、今度は僕らの口がぽかんと開く番だった。

「仕事もなにも、まだ中学生ですよ、京子は」

◇　◇　◇

　中学二年生——僕らより四つも学年が下の、わずか十四歳の少女。
　あり得ない、と最初は思った。少女の両親、あるいは兄弟か誰かが、彼女の声を素材として楽曲を組み立てたのだろうと勘ぐった。しかし少女はひとりっ子だそうだし、両親はどちらも、天文学とも音楽とも接点のない地方公務員とのことだった。

「星のことに興味をもってくれたのは、死んだ妻を除けば、あの子だけでしたよ」

窓の外、梢《こずえ》の上に広がる星空に目をやりながら、老人は寂しげに笑った。寂れた田舎で、障害を抱えながらもひとり暮らしする老人の、廊下や部屋に積み上がった埃の量こそが、その笑みに隠れた孤独さの証左だった。

彼が口を開くたび、僕らがひとつ尋ねるたび、対象は確実に絞られていき、そしてその解答は、常にその少女を指し示していた。

toadstomb。十一B子。

考えてみれば、僕が《U》の初期バージョンを組み上げたのも同じ年頃だし、音楽の世界には、それどころじゃないほど早熟な天才も多い。モーツァルトが最初に作曲をしたのは、わずか五歳の時だったというではないか。

結局、僕らはその家で一泊させてもらうことになった。toadstombのことが頭で渦を巻き、ろくに眠れもしなかった。

昼間までの僕ならば、見出したその小さな正体へと素早く鉤爪《かぎづめ》を伸ばし、逃さぬよう固く握りしめていたことだろう。

でも、自分と他人との間に広がる霧の深さをあれほど実感してしまったあととなっては、そんな空想も空《むな》しかったし、高揚はもう完全に失せてしまっていた。なにより僕は、見つけてしまったのだ。

本当に、やらねばならない事を。

だから夜が明けたあとも、僕は前日以上のことを老人には尋ねなかった。追求をやめたのだ。写真をお見せしましょうかとの誘いすら断った。

「作者がいるとわかっただけで、もう充分です」

そう笑い顔を作ってみせた僕を見るフジの目は、初めて見るぐらいきょとんとしていた。


夕食に風呂、朝食までも老人に世話になっていたので、せめてものお礼にといくらか包もうとしたのだが、慶太郎氏は頑《かたく》なに金銭の受け取りを拒んだ。車でバス停まで送ろうかとの提案をやんわりと断って、結局僕らは、徒歩で山道を下った。彼の家が木陰に隠れて見えなくなると、フジが僕を肘で小突いた。

「おい、骨、何か企《たくら》んでるんじゃねーよな？」

「別に。それよりフジこそ、何か頼んでたみたいだけど、お孫さんにデートのお誘いでも？」

「馬鹿言え。念のためこっちの連絡先、爺さんに渡しといただけだっつーの。それより本当だな？　何も企んでねぇんだな？」

あと一歩のところで断念したことを怪しんでいるのだ。当然だろう。僕だって疑う。

「まぁ、あきらめたってんならいいんだがよ……」

「何も目論んじゃいないけど、あきらめたってわけでもないよ。後回しにしただけさ」

「あぁ？」

「大丈夫、フジに迷惑はかけないって」

「けっ、どの口で言いやがる」

いっときは緩みかけていたフジの顔は、再び厳《いか》めしさを取り戻していた。やがて、しばらく黙って歩を進めていた彼のスニーカーが、ひび割れたアスファルトを踏みしめるのをやめた。

「ちょいと提案があるんだがよ、いいか？」

そんな風に尋ねるのは、フジらしくなかった。いきなりどやしつけ、罵倒する。それがフジのいつものやり方なのだ。

不吉な予感に萎縮《いしゅく》していたのだろう。ほとんど口は動かせず、「なに？」と小さく返すのが精一杯だった。

「ちょっとでも頭冷やせたんなら、当面はそのまんまクールダウンしとけ。休んで食って寝ろ。ここ何日か、頭に血が昇りすぎてヤバいことになってただろーが、お前」

「ヤバいって何が。意味わかんないんだけど」

平然と返してはみたが、内心血も凍る思いだった。そして当然、フジは矛《ほこ》を収めなどしなかった。

「とぼけんじゃねぇ。そもそもお前、誰に使うつもりだった？」

直球だった。そして打ち返せなかった。口に命ずべき咄嗟《とっさ》の誤魔化しは、どこを捜しても出てこなかった。

誰かというならば、それは決まっていた。そいつらは、いつも小さな囃し立てや、短い侮辱でことを始める。フジが毎日吐き続けているような、固く乾いた罵倒なんかではない。もっともっと軽く、そして粘つく、油のように浮いた嘲《あざけ》りを含む伝染性の投げ言葉だ。一度その引き金が引かれれば、周囲を巻き込んで雪崩《なだれ》のごとく増殖していく僕への拒否感が、集団を動かす悪意の輪へと、数日もかけずに育ってしまう。

転校したどの小学校にも、引き金を引くそいつらがいた。中学校にも、また別のそいつらがいた。高校ですら、いつも間に割って入り守ってくれるフジの目が届かないときに、僕をていのいい玩具として扱う輩《やから》たちがいた。

呪文をかけたかったのは、彼らだった。

彼らが蠢《うごめ》くこの世界だった。

黙りこくった僕の代役とばかりに、またもや蟬たちが全力で叫び始める。こんな虫、絶滅してしまえばいいのにと本気で思った。

途中で再生を断念したままだったあの呪文を、本当に最後まで聴き終えればどうなるのか、当然、僕にだって見当はついていた。

意志とは関係なく心を支配する、水への渇望が行き着く果て。

今でも僕は、畦道《あぜみち》でフジが眺めていた、あのカマキリの死体を脳裏にまざまざと思い浮かべることができる。

ハリガネムシに寄生された、カマキリの末路。

脳に異質なタンパク質を注ぎ込まれ、行動を操られた挙げ句、内に巣くった寄生虫を本来の生活の場である水中へと放つためだけの乗り物として、ただひたすらに水辺へと向かい、溺れ死ぬ……。


人を、あのカマキリと同じ意志なき人形へと変えてしまう力。

水辺へと誘い、溺れさせる、圧倒的な支配力。

僕の奥底に淀む暗がりに居座り続ける怪物が、求めていたものはそれだった。

他者へ力を行使することへの歪んだ渇望。受けてきた辱《はずかし》めが形を変えて煮えたぎり続けている、その醜い内側。それこそが僕の飢餓の中枢であることを、僕というこの魂の色であることを、フジはもう、とうに見抜いていたのだ。僕には彼のことが何もわかっていないままだったのに、彼はいとも易々と、僕の内側を覗き込んでいた。

上辺《うわべ》では親友などと呼びながらも、向き合うことを恐れ、あくまで都合のいい他人として接し続けてきた僕と、僕のことをいつも正面から見据えて「お前」として扱ってくれる彼との、それは大きな違いだったのだろう。

ほんの数歩前に立つ、フジの顔をもう一度見た。

心配げに歪んだ、厳めしい顔だった。僕にとって、一番近い他人の姿だった。

僕という存在の外には世界があり、そこには僕以外の全てが含まれている。僕以外の、僕でないもので、外の世界は出来上がっている。
街を行き交う見知らぬ人々も、
フジや、トーマ氏も、
僕を追い出した親類たちも、
もう顔もほとんど思い出せない両親も、
そして、toadstombも。
すべて彼や、彼女や、彼らといった、他人でしかない。
彼らと正面から向かい合ったとき、そこで初めて〝きみ《ユー》〟という関係が生まれる。心を読めるテレパシーなんてものがこの世に無い以上、彼らのゆるやかな繋《リンク》がりによって組み上げられているこの世界のもう一つの姿には、そうすることでしか触れられない。
そうすることでしか、深い霧を掻き分けては進めない。
それこそが、僕が本当に望むべきことであり、しなければいけないことだった。でも僕は怖さのあまり、ずっとそこから逃げ続けてきたのだ。逃げるだけに飽きたらず、《U》なんて代用品で誤魔化そうとすらした。
「笑っちゃう……よね」
頭を垂れ、僕がようやく紡ぎ出せた言葉は、そんな自嘲だった。

「救いようも無ぃよね。怪物だよ」

ところが僕が親友と呼ぶ男は、そんな茶化しがてらの自己憐憫《れんびん》で許してくれるような奴でもなかった。同じ彼の声が、俯《うつむ》いたばかりだった僕の顔を上げさせた。

「陰険ガリぼっち」

妙ちきりんな言葉の組み合わせだった。

「陰険で、ぼっちのガリだよ。お前なんてその程度だっつってんだ。怪物ってのはな、あんな物騒なもんをホイホイ作っちまうような奴を言うし、救いようのねぇ馬鹿ってのは、もっと救いようのねぇもんだ」

そう吐き出した本人が、なぜか僕から目をそらした。それこそまったくフジらしくなかったし、まるで二人の立場が逆転したかのようだった。

「覚えてるか。会ったばかりのころ」

忘れたことなどない。退院し、一学年遅れて小学校に復帰して以来、完璧に変わってしまった世界。昔のクラスメイトは皆ひとつ上の学年に進んでしまっており、周りは年下ばかり。そして新しいクラスの男子たちは、年上ではあってもまだ小柄だった当時の僕に、攻撃フェロモンを嗅いだ蟻《あり》のようにたかってきた。

そしてそんな僕の横に、いつも寄り添ってくれる友達がいた。僕の復学よりひと月ほど前に、関西から転校してきたばかりという少年だった。彼がいたから、あの頃を乗り越えられた。彼が再び転校して目の前から消えてしまった後も、彼のような相手を求め続けた。

その当人――フジの口から、何かが絞り出されてくる。

「お前が来る前にもよ、当然、あいつらがいじり回してた獲物がいてな」

その〝あいつら〟が誰々のことを指すのかは、思い返すまでもなかった。地べたを這わされた僕を取り囲み見下ろす、数名のシルエット。そのイメージを追いかけてくるのは、痛みと、屈辱と、顔や服からなかなか拭い落とせない床用ワックスの悪臭、そしてチョークと土の味だ。

「そいつは、生まれ育った関西のイントネーションがそう簡単に抜けなくってよ、孤立してたわけだ」

言葉の先、触れそうなほどの距離に浮かんだ、嫌な何かがあった。それ以上、理解したくなどない何かだった。

でも、目の前の男はやめなかった。頭をボリボリと掻き、これまで見たこともないほど真剣なしかめっ面をこちらに向け、彼は残りの言葉を続け、結んだ。

「だから近づいたんだ、そいつはよ。お前を、おあつらえ向きのスケープゴートにするためにな」

僕を構成するすべてのモジュールがざわりと揺れ、ほんの数秒、動きを止めた。体の方は、だらしなく口を開けたまま、おそらくは生気をこそげ落としたかのような両の眼で、目の前のフジを見つめ続けていたはずだ。

皮膚を焼く真夏の陽光と、相変わらずやかましい蟬の声とに包まれた、その空白の数秒、その無言の静止を、僕はほとんど憶えていない。わずかな例外は、もう親友と言っていいのかどうかもわからない彼が、今度は目をそらさなかったという一点だけだ。

感覚と思考とを監督し続けねばならないこの僕自身すら、止まってしまっていた。そしてそれを自覚したとたんに、後頭部の芯あたりから囁き声が聞こえた。おずおずと、ぼそぼそと、引っ込み思案の幼児がうめくような声だった。

——薄々、気付いてた、よね。

両親を失ったあの日から、ずっと僕が守り続けてきた、幼い佐敷裕一郎の声だった。

その弱く、かすかで、怯《おび》えた声は、嫌でも思い出させてくれる。人とのコミュニケーションが恐かったから、たったひとりで放り出された世界に立ち向かうのが恐ろしかったから、その猶予時間をひねり出すために、小さな裕一郎が作り上げた代役こそ、この僕なのだということを。

僕こそが、モラトリアムの産物なのであり、

《U》と同じ、代用品でしかないのだということを。

「やっぱ俺よ、受験するわ」

沈黙を破ったのは、やはりフジだった。まったく関係ない話題のようでいて、それは繫がっていた。自分は先へと進むが、お前はどうするのだと訊いているのだ。あの遠い日から立ち止まったままの僕に、どこへ行くつもりなのだと尋ねてくれているのだ。

「今からじゃ間に合うかどうかわかんねーけど、トーマさんと色々やって、興味出てきたしな」

僕が言わなければならないことは、たったひとつだった。

「な、なら、お、追いかけてやる……き、き」

〝きみ〟のことを。

声は刻み刻みでしか出てこなかった。フジと再会し、トーマ氏とも出会う前の、口ごもりながらでしか喋れなかった僕に、戻ってしまったのかと思った。

でも違った。僕はただ、泣いていたのだ。

「ど、どこまでも、お、追い、追いかけてやる。ずっと、つ、つきまとってやる。君を、虐《いじ》めて、虐めて、虐め抜いてやる」

もし近くに人がいたとしても、小さな子供がだだをこねて泣きじゃくっているようにしか聞こえなかっただろう。

どんと来いだ、と、彼は笑った。口の根元をひん曲げたいつもの表情が、僕にはただただ眩《まぶ》しく、嬉しかった。

「骨みてぇなガリごときに負けるわきゃねぇしな。さ、とっとと帰って、カレーでも食おうぜ」

◇　◇　◇

その後、toadstomb の名はネット上から消え、代わりに十一B子のハンドルネームが度々

《miuz.info》の掲示板に姿を見せるようになった。

ずば抜けた技術、投下していく素材やメソッドの有用さ、そして時たまアップロードする曲の素晴らしさで、彼女はあっという間にいくつかのスレッドの中心人物となり、何年かそこに君臨していた。僕はあえて彼女とのアクセスを避けて通り、あくまでもサイトの一管理人として振舞った。

大学で学び、院へと進んだ頃には、その十一B子もほとんど姿を見せなくなっていた。そしてちょうどその頃、アムステルダムのテクノシーンにおいて、とある曲がクラブチャートのトップに躍り出た。新進の日本人女性アーティストによるものだった。

『a miuzic』と銘打たれたそのデビュー曲は、トーマ氏をいたく感激させたらしく、久しぶりに店に顔を出したら延々と自慢された。なにしろ彼の店の名が冠されているのだ。

オールバックに混じる白いものこそ増えてはいたが、トーマ氏は変わらず元気で、別居問題を抱えた妹夫婦から姪《めい》っ子を預かり、我が子のように可愛がっているらしかった。

「ほとんど喋らない、内に閉じこもった子なんだけどね……」

などと心配顔を見せるトーマ氏だったが、僕から言わせてもらえば、案じ煩う必要など何もなかった。本人は特に自覚していないのだろうが、断絶に橋を架け渡すことにかけては、トーマ氏の右に出る者などそうそういないのである。かつての僕がその繫がりに触れ、癒されたように、その子も、きっと彼の元で立ち直るだろうと僕は信じたのだ。

そんなある日、僕のもとに一本の電話がかかってきた。躍進を続ける件《くだん》のアーティストが、新曲『Betelgeuse《ベテルギウス》』を発表した翌日のことだった。

「十一B子、って名乗れば、わかりますか」

几帳面に区切りながら、それでもどこか楽しげに響くそれが、初めて聞く彼女の肉声だった。もちろん厳密に言えば、初めてどころの話ではない。あれから数えきれぬほど繰り返し、アナライザとヘッドホン越しに邂逅《かいこう》し続けてきた声の主なのだから。でもその響きは、僕を絡め取ったあの呪文とはもう異なっていた。あの日から僕が経てきた年月と同じだけの時間を、僕の知らない霧の向こうで経験してきた、toadstomb の声なのだ。

僕の沈黙は、たぶん十秒近く続いたと思う。

「——もしもし？　あのー、もしもし？」

受話器を通ってくる声に、焦りの色が浮かぶ。

「あっれ、反応なし？　しくったかな、ホントわかんない？」

「いえ……わかりますよ」

急に口調を崩し始めた彼女に、なんとかひと言、そう答えることができた。

「なんだ、番号間違えたかって焦ったじゃないのさー。しゃちほこばって損したわ……って、何笑ってんのよ」

そう、笑っていた。失礼なのは重々承知でも、体が勝手に吹き出してしまったのだ。受話器の向こうで頰でも膨らませていたのか、しばしの沈黙を挟んだあと、彼女もつられて笑い始めた。

「あんたねぇ」

「きみこそ」

人の外側には、常に自分以外のものしかない。

世界に満ちているのは、すべて他人。

霧の峡谷で断絶し合うそれらを、飛び越えて繋ぐ言葉。これもひとつの、力ある呪文なのだろう。

電話回線の向こうで、小さなため息が洩れる。

「でも、ほんといい声してんのね。爺ちゃんの言ってた通り、天使みたいな響き」

もちろん、用件などひとつしかなかった。僕があの楽曲データを外部に洩らしていないことを何度も確認すると、安堵のこもった長い息を、彼女は深々と吐いた。

「あとで爺ちゃんから聞かされたとき、そりゃびっくりしたのよ。ファイル落とせた人なんて、たったあれっぽっちの時間じゃ居るはずないって思ってたから。さすがにサーバの持ち主ってのは盲点だったわよ……」

「そんなに心配だったんなら、もっと早く連絡をくれてもよさそうなものだけど？」

「そ、そりゃその、心を整理する時間ぐらい欲しいし……」

言葉を詰まらせる音の魔法使いに、僕は続けて、かつてあれほど追い求めた曲の謎を尋ねずにはいられなかった。

帰ってきた答えには、ため息が混じっていた。

「信じらんないかもしれないけど、わかんないのよ。なんであんなモノが作れたのか。このあたしにも」

湧き出た、降ってきた、突如として形を成した……そんな言葉をいくつか並べ、最後に彼女はこう続けた。

「掘り起こした、って表現が一番近いかも。あのスコアは最初からそこにあって、あたしはただ、それを見つけて泥を落として、ちょこっと磨いて机に置いただけ。そんな感じなのよね、なんかさ」

イメージはなんとか捉えられても、さすがに理解はできなかった。それは数式で組み上げられた音響工学とも、生理化学や脳科学に裏打ちされた音響心理学とも接点がなく、ひとりの天才の頭の中でのみ成り立つ、彼女だけに許された光景だったからだ。しかしそのイメージは同時に、ある可能性をも語っていた。

埋もれていたそれを〝掘り起こした〟者は、彼女だけではなかったのではないか。

聴く者を操り、水へと誘って溺れさせてしまう魔の旋律は、古くから世に伝えられている。でもそれは本当に、古代の人々の豊かな想像力から生まれたものだったのだろうか。

伝承に語られる、ハーメルンの笛吹きの音色は。

神話に息づく、サイレンの歌は。

「サイレン……か。曲名、そっちにすりゃよかったわねぇ」

歌声で船乗りをおびき寄せ、海へと引きずり込んだという神話上の魔物。確かにその名は、あのデータの本質を《AOIU-Mi》などというファイル名よりもよっぽど正確に表現していた。

あの呪文は、あの水魔のスコアは、あの危険なシーケンスは、これまで何度も誰かに掘り起こされ、この世に出現していたのではないのか。定期的に襲来しては猛威を振るう、エマージング・ウイルスのように。

片や音響工学と音響心理学を学ぶ院生、片や大衆音楽の最前線に立つミュージシャンという互いの立場を忘れて、僕らはしばし、そんなオカルトじみた空想をぶつけ合った。

古き時代なら、歌い手や奏者がこの世を去れば、魔の旋律も同時に消え失せたことだろう。でも、あらゆるものがデジタル化され保存される今の時代なら、同じようにはいかない。現代に現れるサイレンは、不滅の怪物に成り得るのだ。コピーされ、増殖し、改変され、人の手により進化すらするだろう。まさに、僕がそうしようとしていたように。

その危険性は、彼女も充分に承知していた。彼女の手元にあったマスターファイルは、音源ソースやシーケンスデータごと、すべてとうに破棄してあるというのだ。

「そりゃあたしだってさ、若気の至りどころか、何で作れたのかすらわかんない昔の曲ごときで、オッペンハイマーの隣になんか並びたくないわよ」

実に、フジの言う〝怪物〟らしい言い分だった。

彼女が手持ちのすべてを抹消したというのなら、僕の手元にあるコピーこそ、魔物の最後の分身ということになる。僕がデータを完全に消してしまえば、悪夢は終わるということだ。

「でも、そいつは保管してて。そっちで、厳重に。門外不出で。最近思い直したのよね。データ棄てるんじゃなかったって」

彼女は言う。楽曲というものは構造的に有限だ。曲には始まりと終わりが存在し、人間の可聴範囲には上下とも限界がある。時間軸も、周波数も有限であり、有限である限りは、いつかは誰かが極地に辿り着く。

エマージング・ウイルスだって、新種のウイルスが突然現れるというわけではない。ジャングルを切り開いたり、野生動物を持ち出したりという人の営みが、隠れていた存在を掘り起こしてしまうだけなのだ。

音楽でも同じことよ、と彼女は自嘲気味に笑った。人間にとって音の森は有限であり、そしてこれからも切り開かれ続けていく。それが土地であれ、新たな芸術の可能性であれ、人は新たな地平を開拓することを止めはしない。

いつかまた誰かが、あの呪文を掘り起こすことになる。

「それにほら、相手が魔物だってんなら、倒すのが王道でしょ。まあその、その魔物を呼び出しちゃったのが誰かってのは棚に上げといてだけど……」

　神話の怪物の話をしていたからだろう。同じギリシャの逸話に語られる、音楽の女神たちを僕は思い出していた。トーマ氏の崇拝する対象であり、あの喫茶店の、そして僕のサイトの元となったその名は、英語読みでミューズ《MUSE》、ギリシャ語の古い読みならムーサ《MUSA》だ。

　二世紀の旅行者パウサニアスの残した『ギリシャ案内記』によると、船乗りを歌で誘い海に引きずり込む半人半鳥の魔女セイレーン《サイレン》は、ムーサ《ミューズ》と歌で競い合い、勝負に負けて羽をむしり取られ、その呪われた生を終えたとされる。

　サイレンは、いつかミューズによって滅ぼされる――。

「あの呪文を封じる方法を見つけ出す……それが君の義務なのかもね。なにしろ本物の、現代のミューズなんだから」

　その言葉には、僕なりの、心からの賞賛を込めたつもりだ。

「あーもう、義務とか責任とか、その手のは嫌いなんだからよしてよね。で、どう？　当面の保管、引き受けてくれる？」

「いいよ。でもその前にひとつ、訊いておかなきゃならないことがあるんだけど」

　僕は、わずかに声帯のキーを落とし、受話器に囁きかけた。

「その問いに答えてくれるなら、それがどんな返事であれ、僕は保管を引き受けるし、依頼を全《まっと》うすると約束するよ」

「いいけど……なに？」

電話の向こうの声に、やや緊張が混じる。彼女を圧迫し始めたのは〝天使のよう〟と彼女自身が表現した僕の声だ。

「いたってシンプルな疑問さ。『心を整理する時間』とやらが必要だった理由……そして、君と僕との類似点についてなんだけどね」

フジは僕の声について、こう分析している。視覚に捉えられる一九〇センチ近い僕の巨体と、聴覚に入ってくる子供のものとしか思えない声とのギャップが、前に立つ相手の自律神経を揺るがし、不安と緊張を誘うのだと。

「お節介な友人がいてくれたおかげで、なんとかやっていけてるけど、僕にとってこの世界はね、子供の頃からずっと、辛くて、生きにくい場所だったんだ――」

フジの推測は間違ってはいない。でもそれだけでもないのだ。姿の見えぬ電話の向こうにだって、僕はその圧迫を届けることができる。人の感情に、心のコアに、最も強く速く働きかけることができるのは、何よりも音なのだ。

「――だからあの日以来、僕は何度も、この危険な呪文を世に解き放つ誘惑と戦わなきゃならなかったよ。この世界に、致命的な一矢を報いちゃどうだって思いとね」

あの楽曲を解析する過程で学んだ、快と不快を行き来する周波数の揺らぎが、僕の発音するひとつひとつの音に乗せられている。他人の 懐《ふところ》へと易々と踏み込むトーマ氏から吸収した印象コントロールの逆転が、綴る言葉の上に塗り込められている。僕の傷であり、僕のねじ曲げられた人生の証である、少女のような、幼児のような声に重ねて。

「実行なんて簡単なもんさ。なにしろ――」

僕はその声で、僕のたったひとつの武器で、ありったけの圧迫を彼女へとぶつけた。

「――ネットにバラ撒くだけでいいんだからね」

たったそれだけで、不死の怪物は世に解き放たれる。この嫌な世界は、あとは勝手に壊れていってくれる。

「僕が尋ねたいのはそこさ。君はあの日、同じことを考えてたんじゃないのかい？　憎しみを込めて、怒りを込めて、呪いを込めて、あのファイルを掲示板に投下したんじゃないのかい？」

「…………」

沈黙の長さは、僕が受話器を取ったときの比ではなかった。

僕は待った。

聞き終えたばかりだった彼女の新曲『Betelgeuse』を、頭の中でもう一度なぞりながら。

音だけで紡がれた、幸せな日常に発露《はつろ》する異変の予感。膨れゆく高揚と、狂い始める歯車。やがて晒されてしまう終焉の未来へと、止まることなく加速し始める膨張。そして、光。

星の生涯における、最後の瞬間への引き返せない疾走をモチーフとしたのだろうその曲を、彼女が何を思って書いたのかはわからない。わかろうはずもない。でも僕はそこに、あの遠い夏の日の僕自身を、確かに見出したのだ。

トーマ氏の言う、〝ミューズのひと触れ〟——。

光を介さない色によって描かれた田園風景をまざまざと眺め、触れることなくタオルケットと畳のテクスチャを感じた。胃液の苦さに満ちた終わりへの疾走を、放射し拡散する音の波が蟬時雨のように煽《あお》った。

そして、閃光としか表現しようのない爆発的な音の奔流ののち、永遠に続くかのような沈黙へと落ち込んでいく長い長い残響の果てに、ギリギリ聞き取れるだけの小ささで最後に添えられた、わずか二小節ほどの弾むようなフレーズに、恥ずかしながらも涙したのだ。

年老いた巨星の死が、新たなる原始星の揺りかごとなるように、そこに込められた、小さな希望の感触。

音楽というものをひたすら愛で、理解するトーマ氏のような才能を持たない僕ですら、確信できた。僕とはまったく違う形で、僕とはまったく違う人生の中で、それでも僕の歪んだ魂と根底を同じくするような何かを、かつて彼女は体験したのだろうと。

おそらく、彼女がまだ中学生だった、あの頃に。

世界を呪い、人生を呪い、
自らを燃やし尽くしたその灰の中からいま一度立ち上がる、星の生まれ変わりのような変転を。

電話回線の向こうから再び届いた彼女の声には、どこか拗《す》ねたような響きがあった。

「……ちゃんと土壇場で、思いとどまったわよ」

そのひと言だけで、僕には充分だった。

「つかあんたさぁ、性格悪いってよく言われない？」

「もちろん、フジから毎日ブックサ罵られてるよ」

電話の向こうにいる、顔も知らない彼女の口は、きっと尖っていたはずだ。

「フジ……爺ちゃんの言ってたムトーって人か。今でも組んでんだ。じゃあさ、そっちにだって化け物退治の義務ってやつ、あることになんないかしら」

彼女は、その美しい声にふてぶてしさを取り戻しながら、最後にこう言葉を結んだのだった。

「だってムトーとサジキのコンビなんでしょ？　合わせりゃムサ《MUSA》になるわけじゃん」

◇　◇　◇

長い夜が明け、資料保管室で倒れていた僕は、早めに出勤してきたフジに発見された。

荒らされた部屋、開けっ放しの資料保管室、開放された金庫、という舞台状況。そして、棚の支柱に手錠で繋がれた役者である僕の姿を見て、長年の友人である無精髭のチーフエンジニアは、演じられた寸劇のすべてを悟ったようだった。

「ったく、あのクソ女に関わるとほんとロクなことがねぇ」

そうぼやきながらも、フジは自分のキーホルダーから手錠の鍵を取り出し、僕の縛《いまし》めを解いてくれた。

武佐音研の社屋は、ビルというには小振りな三階建ての建物で、敷地は狭いし建物も古いが、手にした父の遺産の大半を注ぎ込んで僕が買い取り、改築したものだ。内部の防音スタジオ、無響室、工作室……そのすべての特殊な設計に、僕とフジが噛んでいる。

もちろん、資料保管室も然《しか》りだった。

僕とフジだけが知る、ある手続きを踏まずに金庫を開けた途端、九十六秒間だけ入口扉が自動ロックされる、袋小路の部屋。

内へ向けられたスピーカーにより、あの波形データ自身が番人となって自らを守る、宝物庫であり伏魔殿。

海へと犠牲者を引きずり込もうとするサイレンの歌をやり過ごすため、英雄オデュッセウスは自身を船のマストに縛り付けたという。その同じ役目を果たすために、金庫に入っていたのは、もともと手錠だけだったのである。

ここ十年ほどのうちに、見事に肉付きのよくなってしまった手首をさすり、くっきり残った手錠の跡を袖で隠しながら、僕はフジに頼んだ。

「先に言っとくけど、責任は僕にあるってことで頼むね」

嵐の影響で、すぐ近くを流れる川はまだ大荒れに荒れているはずだった。飛び込めば、まず命はないだろう。

「だから、てめーだけで背負うなっつーの」

むくれ顔の無精髭が、マグに汲んできてくれた水を差し出す。

「まだ死んだと決まったわけでもねぇだろ、手錠も無くなってるみてぇだしな」

確かにそうだった。金庫の中の手錠の数は、念のため、音研の社員数と同じ三つにしてあったのだ。ひとつは僕が使い、残りの二つは消えていた。

近くに駐《と》めてあっただろう車で逃げたとして、どこかに駐め直してハンドルか何かに自分を繋ぎ、そのうえで車のキーを遠くに投げ捨てるだけの智恵があったのなら、彼らも命を落とすところまでは行っていないかもしれないのだ。ちょうど今の僕のように、死ぬほどの渇きで苦しみ、あと半年は海に近づきたくないだけの恐怖を、その身に刷り込まれているだろうとしても。

しかし、逃げられたら逃げられたで困ることもあった。彼らは知っているし、その力を体験もした。ならばまたいずれ、狙ってくるだろう。

心を蝕《むしば》む飢えと欠損は、決して僕だけのものではないのだ。誰だって大なり小なりそれを抱え、何らかの呪いに操られている。富や権力といった、強力な呪文に。

「あの女にも警告ぐらいしとくか。で、アホどもの心当たりは？」

「あるよ。十中八九、叉宮守家《さみやもり》じゃないかな」

「お前んちかよ……」

「とうの昔に、僕の家じゃなくなってるってば」

やがて小一時間のうちに、武佐音研の新人として下積みをこなし、最近はようやく一人前になってきた唯一の女性社員であるカリン君が、いつもの元気さで出勤してきた。保管庫は閉じておいたし、少々荒らされ散らかった部屋は、僕が帰るときに窓を閉め忘れたことにした。嵐は止んだばかりで、まだ外の風は充分に強いのだ。

「わー、誰が片付けると思ってるんですかこれ……」

さすがにふくれっ面をされたが、それでも彼女の機嫌は悪くなかった。ずっと面会が叶わなかった彼女の尊敬するアーティスト、日々木塚響に関わる仕事に、本日初めて彼女は同行できるのだ。

「ね、日々木塚さんって、どんな感じの人なんです?」

目を輝かせて尋ねる彼女に「魔女だよ、魔女」とフジが即答する。

——日々木塚響。

——引柄（+B）京子（—Co)。

「僕にとっては、女神なんだけどね」

ネクタイを調えながら、僕はいつものメゾソプラノで、トーマ氏の姪にそう告げる。

波の手紙が響くとき

「ほら、このクッションの中に、ずっと住んでると思ってごらん」

あの人はそう言った。生まれたのもその丸いクッションの中で、あまりにも自分が小さすぎるから、中綿を包んでいる布の形すら知らないのだと。

「遠くを見るには、綿がとっても邪魔なんだ。だから遠いところのことはわからない。でもある日突然、君はすごいものを手に入れて、クッションを外から眺められるようになる」

そして見下ろし、感心する。そうか、私の世界はこんな形をしていたのかと。

その様を思い浮かべてぼーっとしていると、あの人はいつもの微笑みを浮かべ、穏和な口調にかすかな茶目っ気を込めて、絵本に書かれているような言葉を紡ぐのだ。

「必要なのはたったひとつ。それが魔法の――」

◇　◇　◇

「わ、挟《はさ》まった挟まった。カリンちゃん、そっち持って」

隣の改札口のバーに、友人の荷物が妙な具合にひっかかっていた。ぐぐぐと抵抗を続けるスエード地のバッグに横から手を伸ばし、軛《くびき》から解き放ってやる。飛んできた駅員にペコペコ頭を下げるのもカリンの役割だ。

「なんかいつになく膨れてますけど、なに入ってんですかこれ」

「さんきゅー。着替えとか色々ねー。あとバッテリーとか」

歳の離れた友人は、あわや中身をまき散らすところだったショルダーバッグを小脇に抱え、俯いて携帯をいじり回しながら、カリンの斜め後ろをふらふらとついてくる。

「えっと、こっから何分ぐらいっつってたっけ？」

「二十分ちょいぐらいかな。駅から遠いんですほんと。あ、ピーコさん、そこ段差が」

うおっとアブね、と段差を跨《また》ぎ越え、コンクリートの歩道を踏み直した厚底サンダルが、ぽこっと間抜けな音で鳴く。手にした携帯からようやくにして上げた顔の真ん中で、眉がきゅっとしかめられる。そして、駅前の喧噪をぐるりと眺めまわす。

小振りな繁華街へと流れ出ていく人混みをざっと見渡し、低く唸りながら、ピーコさんは左手の方をおずおずと指さした。

「うー、こっち?」

「ものの見事に逆です。ほんっと道とか方角とかダメですよねぇ」

「空さえ曇ってなきゃ、もちっとマシなんだけどなー。昔はここまで酷くなかったし」

地図や道筋の記憶が超のつくほど苦手だということは、これまで何度も聞かされていた。立体空間を認識する頭の機能に何か異常があるのでは、と疑うレベルの方向音痴で、迷子エピソードをいくつか披露してもらったときなど、さすがにそれは話を作っているだろうと、出てくるはずもないオチを十秒ほど待ってしまったぐらいだった。普通の人間は、たかだか隣県へ温泉旅行に出かけるぐらいのことで、徒歩で高速道路に出てしまったり、ヤクザ屋さんの事務所に間違って入りそうになったり、いつの間にか人気《ひとけ》のない山中で獣道《けものみち》を歩いていたりなんかしない。

だから普段は電車など恐ろしくて使えず、長年世話を焼いてくれている友達の車で運んでもらっているというし、ひとりで外出するときはタクシーが前提になるらしい。雀の涙の初任給からまだ二万円しか手取りが増えていないカリンの身からすれば、ちょっと引いてしまうほどの贅沢だ。

そんな親切な友達も、かなり貴重だろうに。

この変わった年上の友人が、普段はどんな生活を営んでいるのか、カリンはよく知らなかった。

「ま、サービス業よ」とだけ聞かされていたし、フェミニンというよりは扇情的と言った方がしっくりくる服をよく着ていることもあって、もしかして水商売とかなのかな、と思ったりはした。

そしてそっち方面で働く女性に妙な偏見を持っていたことにはたと気づいて、後で悶絶したりもした。

今日のピーコさんも、なかなか目立つ恰好だ。

体のラインがくっきりと出て、おまけに丈のやたらと短い薄手のワンピースに、薄桃色のブラウスをひっかけただけの上半身。両の脚は蔦模様《アイビー》のレース刺繍が織りなす黒のストッキングに包まれていて、すらりと伸びたその足先では、やたらとヒールの高い例の厚底サンダルが、かっぽかっぽと音を立てている。

首から上では、軽くウェーブしたロングの茶髪と、口元のパールカラーがひときわ目を引いた。細い顎にぽっちゃりと浮かんだ唇は、決して大きすぎるというわけでもないのに、目元や鼻筋の作りを見失わせるほどの印象を残す。その一点から顔のすべてを支配している、という表現が相応《ふさわ》しいほどの、凝縮した色気をまとったピンクの花弁に、毎度のようにちょっと見とれてしまった。

ここ二年近く、口の悪い職場の上司から延々「色気ゼロ」だの「オムツ脱げてねぇガキ」などと罵《ののし》られてきたカリンにとって、ピーコさんの顔立ちに宿る物理的かつ必殺技的なエロティックさは、冗談抜きに羨《うらや》ましい。でもそう伝えると、当の彼女は頭を掻くのだ。

「中学んときのあだ名、『タラコメガネ』っつってねー。あの頃は嫌ってたなぁ自分の顔」

そんな風にあっけらかんと笑ってみせる彼女とは、ある日図書館の漫画コーナーで顔を合わせて以来、ひと月かふた月に一度ぐらいの頻度で茶を共にしているだけだ。

互いに携帯の番号も知らないままで、メールアドレスの交換しかしていない。しばらく音信不通になっていたこともあるし、会ったら会ったで、そっけない態度で携帯を眺めてばかりの相手。それでもカリンは、この友人のことが嫌いではなかった。

はてなぜだろう、と首をかしげたこともある。でもそんな疑問の答は必ず、初めて出会った日の午後の記憶へと行き着くのだった。図書館のそばにあった喫茶店で漫画や音楽の話をし、勘定を済ませて店を出たときのこと。

――ねー、これからもさー、ちょくちょく会ったりしない？

振り向きざまにそう言ってきた彼女の顔には、どこか寂しそうな笑いが口元に浮かんでいた。

「いいですね。じゃ、メアド交換しときます？」と返したとき、その魅力的な唇の奥から、白い歯がにかっと覗いた。ちょっとばかし照れた、それでいて心底嬉しそうな、眩しい笑顔。

向けられたその表情ひとつだけで、大事にしたい友達のリストに入れるには充分な相手だと、カリンはそのとき思ったのだ。

並んで歩きながら、道案内の手持ちぶさたに、電車の中での話題を再開する。

今こうして二人で向かっている、カリンの職場の話だった。

音響機器の設置や調整をなりわいとするコンサルタント業を営む、社員数たった三名という零細企業。そこで体験したあれこれを、ピーコさんにはこれまで何度も話し聞かせていた。一応、守秘義務に触れる内容はもちろん、依頼人や関係者のプライベートに関わる事柄には鍵をかけるよう気は配っていたが、中には、そんなタブーをええいと放り出したくなるほど、どうしても口にしたくてたまらない話題もあった。

例えば――音で景色を見る盲目のエコーロケーターへの、ささやかなプレゼントとして上司のひとりが請け負った、採算度外視の仕事のこととか。

例えば――弁護士とヴァイオリニストの夫婦と、そしてあの世とこの世で二人のフィドル奏者が奏でる、希望の音色にまつわる事件のこととか。

音響がらみの業務で出会い、そこで切り取られ、そして今は自分の一部ともなった、他人の人生のふた幕だ。ひとつめには、カリンの崇拝するアーティストが事件に関わっていた。二つめは初めて自分で請け負い、責任者となったプロジェクトだった。だからこそ親しい誰かに、やり遂げられたその喜びを伝え聞かせたかったのだ。

詳《つまび》らかにしたのはその二件だけだったし、むしろいつもは、同僚であり先輩であり、上司であり雇い人たちでもある二人の男性への、信頼と尊敬と憎々しさを足して三で割ったようなものに終始するのが毎度のことだった。今回の話も似たようなものだったが、上司のグチはさくっと終わらせる。それよりも飛び抜けて嘆きを共有したいネタが、カリンにはあったのである。

日々木塚《ひびきづかきょう》響とのニアミス――。

ずっと憧れてきたアーティストに面会できる、という待ち望んだ切符に、目の前で「失効」のハンコを押されてしまったことについて。そりゃもう痛恨のダメージだ《KYOW》こと、日々木塚響――この覆面音楽作家の話題になると口が止まらなくなってしまうのは、ちょっと改めねばとカリン自身も思っている悪癖だった。アルバムや曲の感想を訊かれたりすれば一時間ぐらいザラに潰してしまう自信はあるし、どんなところが好きなのかと尋ねられたときなど、『日々木塚響への崇敬と愛（朗読：鏑島《かぶらじま》カリン）』とでも題すべきポエム的な何かを語ってしまった覚えもある。

　高校のときに芽生えたファン根性が、こじれながらも養分たっぷりに成長した結果なのだが、他人に迷惑をかけるとなれば問題だ。自戒せねばとは思う。思ってはいる。

　でも今回ばかりは、それでもぶちまけたかった。そんな憧れの相手に直に会える、というチャンスが仕事で巡ってきたのである。舞い上がるのはあっという間だったし、そしてその分墜落のダメージも大きかった。会合のわずか三時間前に突然キャンセルになってしまったのだ。

「結局その日は、一日中事務所の片付けですよ……」

　心底ぐったりした顔でボヤく。

「ついに《KYOW》さんに会えるーってんで気合い入れておめかししてですよ？　やんのは惨めな床《ゆか》掃除ってなったら、涙出てきますってほんと」

　並んで歩くピーコさんが苦笑する。日々木塚響の話題に関しては、そろそろ耳にタコができ始めている頃だろう。ミーハーな思いの吐露《とろ》を聞かされているのは毎度のことなのだ。

「そんなわざわざ会いたいもんかねぇー。会ってどうすんのよ」

「どうするって、えと、ほら、同じ場所にいるんだなーって実感できるって、それだけでわくわくしないですか？」

「じゃあさー、あたしが《KYOW》だっつったらどうする？」

「ピーコさんが？　そりゃもう、ぎゃーって叫んで抱きつきます。そんで頬ずりします。ピーコさんにだって、そういう憧れの相手っていませんか？」

「んー、あたしは人より場所かなー。なんせこんな作りのトリ頭だから、旅行とかおいそれと行けないわけだしさぁ」

彼女がよく携帯で眺めているものを、カリンも知っていた。ときには異国の街角のランチタイム。ときには人気《ひとけ》のない極地の夜景。木漏れ日《こもびび》の射すジャングルの木陰や、砂漠の星空のときもある。動画や静止画やストリートビューのサービスで携帯の画面に届けられる、世界中の景色だった。そうやって架空の旅を頭に流し込むことで、欲求を誤魔化しているらしいのだ。

信号を四つ越え、裏通りに入り、右、左、斜め右、と三回折れたところで、後ろの方をきょろきょろと振り向きながら、ピーコさんは口を歪めた。

「あー、もうひとりじゃ駅まで戻んのも無理かも」

「もうそこですよ。ほら、見えてます、あれ」

見慣れた建物を指し示す。三階建ての、妙に細い古びたビル。武佐《むさ》音響研究所の社屋だ。

「あと、何度も言ってますけど、ウチの上司、ほんっと口が悪すぎるのと、意地悪の塊みたいなののセットなんで、気分害さないように心構えだけはお願いしますね」

いやほんとに、どっちもいい人なんですけどある部分では、などとブツブツ続けながら、玄関に向かう。

「ん？」そして首を傾げた。

ガラスドアの取っ手を握ったものの、がつん、という手応えが返ってきたのだ。

「まだ来てないのかなぁ。フジさんも所長も、土日出勤するって言ってたんですけど」

ジーンズのポケットをまさぐり、熊の木彫り人形がついたキーホルダーを取り出す。

「今ちょうど、プラネタリウムの音響設備改修の依頼が入ってるんですけど、それがボチボチ佳境に……あれ、嘘、なんで？」

挿《さ》し込まれても、鍵は回らなかった。首を捻って鍵穴と格闘していると、右手の壁から低い声が飛んでくる。

『開《あ》かねーよ。上からロックしてっかんな』

郵便受けと並んでドアの脇にある、レンズ付きインターホンからの声だった。

カリンがいつも「フジさん」と呼んでいる人物。口の悪さとケチさと無精さの合体ロボ、と表現したこともある上司は、ちゃんと中に居るらしい。

「え？　ロック……って、なんで」

『その前によ、おい、どういうわけでそいつ連れてきた』

いかにも機嫌の悪そうな低い声が、有無を言わせぬ口調で尋ねる。向こうからはこちらの姿が、モニター越しに見えているのだ。

「あ、そいつ呼ばわりはないでしょ」思わず口が尖った。「あたしの大事な友人なんですよ。しっつれいにも程がありますよそれ」

『そういう意味じゃねぇよド阿呆が。お前が、よりにもよってその女を、ここに、連れてくるに至った、経緯を訊いてんだっつんだボケ』

ブッ切りにくどくどと放たれた言葉に、え？　という顔になる。

「もしかして、フジさん、し、知り合いなんですか？　ピーコさんと」

『ピーコぉ？　ああクソ、なるほど』

インターホンの向こうにいる無精髭は、言葉を切ると同時に深いため息を吐《は》いた。そのダミ声から一転、年端のいかぬ少女のように軽妙で高い声が、すぐ後を引き取る。三人しかいないこの職場のもうひとりの上司、つまり所長だ。

『そのインターホンのカメラね、一秒に一枚の間隔で画像を取得してるんだけどさ』

それをしち面倒くさい顔認識アルゴリズムに毎回通しており、特定の顔が写った場合、事務所にアラートが鳴り響いてドアを強制ロックするようになっているのだと、くすくす笑いを交えながら語る。

『三年ほど前にね、フジがそうしたの。パラノイアじみてて面白いよね。もちろん、認識と制御の処理は僕が手伝ったんだけど』

なにゆえそんな仕組みを施したのか。そしてなぜ今それが作動しているのか。カリンの頭の中に一気に湧き出た二つの疑問に答えるべく、同じ声が続ける。

『カリン君、彼女が君に名乗ったのは、たぶん「ピーコ」じゃなくて「B子」だよ。PとBを聞き違えたんだね』

は？　と口を半開きにして彫像になりつつあるカリンの脇から、当のピーコさんがインターホンの前に顔を突き出した。

「そのとーりー。なっつかしいハンドルでしょー。どっちにしろ本名じゃないんだし、わざわざ訂正すんのもどうかと思ってさぁ」

『そんなとこだと思ったよ。で、うちのルーキーは本名も知らない君と、あろうことか友達付き合いをしていたと。まぁカリン君らしいっちゃらしいけどね……』

「あ、言っとくけど裕ちゃん、ちゃんとマジ友なのよ？　そりゃ最初は、思惑あって近づいたとはいえさぁ」

カリンに出来る事といえば、ここまで連れてきた友人とインターホンとの間で、「え？　え？　えぇっ？」と首を往復させることだけだ。

『てなわけでね、カリン君。君が連れて来ちゃったその彼女、フジにとっては鬼門中の鬼門の…

「……あ、ちょっと待って。本人が怖い顔してるから代わるね』
『いいかスカタン、耳かっぽじってよく聞け。そこでニヤニヤ笑ってる、そのふざけにふざけたクソ女こそがな――』

再びスピーカーから絞り出された口の悪い上司の罵りは、もう耳には届いていなかった。その代わりに、もう二年近くの付き合いになる友人の、先ほどさらっと聞き流したばかりの言葉が、ぐるぐると頭の中を回っていた。

――あたしが《KYOW》だっつったらどうする？

「ひ……日々木塚……さん？」
「ういうい。いっつもどーりピーコでいいわよー。これからもよっろしっくねー」

叫びはしなかった。抱きつきも、頬ずりもしなかった。
ただ目の前が、ぐにょりと歪んだ。

◇　◇　◇

「あ、ムトー君あたしコーヒーねー。インスタントはやーよー」
なんで俺が、と天井を見上げてはみたが、それで救われるというわけでもなかった。肺の中身を全部吐き出すほどの長いため息をつき、フジ――武藤富士伸《ふじのぶ》は給湯室へと向かう。
来客の応対はいつも率先して鏑島カリンがやっているのだが、その当の本人が、軟体動物のようにぐでりとテーブルに伏せて、真っ赤に火照った耳と首筋を覗かせながら、「ええ、スカタンですよ……スカタンでアンポンタンですよ……」などと呟き続けていたからだった。

その正面でふんぞり返っている客のことを思って、心底げんなりとする。一刻も早く追い返すべき、疫病神であり魔女だ。

悪気があってカリンを騙していたわけでは決してないのだと、かつてネット上で十一《と》B子《いちびーこ》と名乗っていたその魔女——日々木塚響は宣《のたま》った。色々と縁のある武佐音研に、生きのいい新人が入ったらしいというニュースがあり、それがまたどうやら彼女の曲の大ファンらしいという話を聞いて、興味本位で会ってみようと思ったのがきっかけだったそうだ。そして一発でカリンのことを気に入ったのはいいが、なかなか正体を明かせぬままに、そのままゆるーい付き合いを続けてしまったのだという。謀《たばか》っていたことは確かだが、カリンを貶《おとし》めようという意思も、辱《はずかし》める意図もないのだと彼女は念押しをした。

とはいえ「いっそ殺せ……殺してくれ」とうなじまで赤く染めて嘆くカリンに、「ナイス轟沈リアクション！」などと親指を立てたりしている姿を見るに、わざとやっているとしか思えない。

応接室に繋がる扉は開けたままだったので、武佐音研の紅一点でもある哀れな若手のうめき声は、まだ漏れ聞こえていた。

「なんで……なんでわかんなかったんだろ。花倉《はなくら》さんの時、声だって聴いてたのに……」

そう、カリンは以前、《KYOW》の肉声録音を耳にしたことがある。にもかかわらず、それが当時から付き合いのあったという友人と同じ声だと気づかなかったのだ。とはいえその点に関しては仕方ないか、とフジは思う。日々木塚響は本名も顔も出身地も年齢も、すべて伏せている覆面音楽家なのだし、あのときの音声は、ひどく特殊な録音だったのだから。

耳の中にある装置で録《と》られた――彼女自身が聴いている音。

世界にたった一セットしかないその録音機器は、本来なら日々木塚本人でしか認識できないはずのそんな音すら録ることができる。電波を受けたコイルの誘導発電で駆動し、自身が鼓膜から受けた振動を再び電波の信号で発信する極小の装置が、彼女の耳に収まっているのだ。

左右の鼓膜に接する人工耳小骨と、中耳近くの頭蓋骨内部。片方は鼓膜の震えを、もう一方は骨伝導を拾うためのもの。首に装着する馬蹄型のサーバが発電用の電波をそれに与え、同時に送り返されてくる信号を受信して記録する。

耳で捉えた音を、骨伝導までもそのままにレコーディングできる装置。

人工耳小骨によるバイノーラル録音システム――《ネーメ》《Mneme》

芸術と音楽を司《つかさど》るムーサたちを生んだ記憶の女神、ムネーモシュネーの英名を冠したその装置は、耳小骨が壊死して固着してしまうという厄介な病をかつて患っていた日々木塚響のために、この武佐音研がワンオフで作り上げた品だ。

扉の隙間から応接室へと目をやると、その作り手の片割れが、丸々とした巨体を揺すらせながらソファに腰を沈めたところだった。

「で、荒ぶる女神さまのご用件は？」

一九〇センチ近い身長と、三桁に足を踏み入れた体重とは裏腹に、その声は高く透き通っていて、無垢な幼ささえ感じさせる。幼少時の事故によって声変わりを迎えないまま大人になった、妖精のような声帯を持つ巨漢――この武佐音研の主《ぬし》であり、フジにとっては腐れ縁の幼なじみでもある、所長の佐敷裕一郎《さじきゆういちろう》だ。

「そりゃ当然、依頼だってばさ。この音研に頼みたいことがあんのよって言ったら、カリンちゃんが親切に連れてきてくれたってわけ」

「そこの自称アンポンタンのこたぁどうでもいいっつーの」

不機嫌さをたんまり染み込ませた言葉をドアの隙間越しに投げつけ、淹《い》れたコーヒーを片手に部屋へと戻る。

「わざわざ押しかけてくんなってんだよ。迷惑なんだよ。何のためにメールや電話ってもんがあるんだっつーの」

「いやほら、電話やメールでさー、人の生き死にに関わる依頼をってのはちょっとねー」

気に入らねぇ連絡は平気で無視するくせによ、と吐き捨てたところで、はたと動きを止める。

「ちょっと待て、今、生き死にっつったか？」

裕一郎も怪訝な顔を向ける。「人命がかかった、依頼？」

もう一度頷く女の前に、コーヒーカップを勢いよく置いた。テーブルのガラス面に褐色のしぶきが何滴かこぼれ落ちたが、この際かまいやしない。

「そういうのを頼む相手を教えてやる。受話器をとって一一〇だ。これ飲んだら帰れ」

出来うる限り険悪な顔ですごんで見せたのだが、それで動じる相手でもなかった。

「ってムトー君なら言うと思ったからさー、これ持ってきたわけ」

日々木塚がバッグから取り出してみせたのは、三冊の預金通帳だった。

「ちなみに、あたしのほぼ全財産なんだけど」

日々木塚響及び《KYOW》名義の、著作権印税に原盤印税、プロダクションやスポンサー企業から獲た契約料などなどから、つつましい生活費と諸経費を抜いた額を三年間みっちり溜め込んだという数字が、そこに記載されていた。そのうち最大で八割までを、経費と出来高払いの報酬につぎ込んでもいいのだと抜かすのである。

拾い上げて頁をめくっている間、正直、何度かごくりと喉が鳴った。だが欲望が打ち勝つ前にばちんと閉じて、ぶんぶんと首を振る。悪魔《マーラ》の誘惑を振り払おうとしているシャカ族の元王子にでもなった気分だった。

「ダメだ。またとんでもねぇことに巻き込まれるのはわかりきってる」

そう断言して、通帳を日々木塚の方に滑らせる。

「どれだけ金積まれようが、お断りだっつーの」

「ったく……守銭奴のくせに……強がっちゃって……」

フジを揶揄するそんな呟きは、客が発したものではなかった。応接室の机につっぷしていた顔をゆらりと上げた、武佐音研唯一の女性社員の声である。なんとか復活してきたらしいのだが、カリンの目は据わっていた。

「妙なところでだけ肝っ玉ちっさいんだからほんとに……」

などとぶつぶつ罵ったあと、がばりと身を起こし、胸のところでぐっと拳を握りしめる。

「あたし、それでもファンとしてついていきますっ！　ピーコさんに……じゃなくて《KYOW》に、ひ、日々木塚さんにっ！」

哀れにもカリンは、まだひとりだけ別のレイヤーにいるようだ。ショックで何かが誤動作でもしているのか、んふふ、所長のおふざけで耐性つけててよかったぁ、などとにんまり笑っているのも不気味だった。いつも彼女を掌《たなごころ》の上で転がして遊んでいる裕一郎ですら、「ちょっとカリン君、なんか、目、怖いよ」などと珍しく引いている。

余裕の表情を見せているのは、招かれざる客だけだった。

「だからピーコのままでいいってばさー。あ、ついでにカリンちゃん、この階で着替えられるとこなーい？」

日々木塚響をトイレまで案内し、少々頭を冷やしたらしいカリンを、フジは廊下で捕まえた。

「おい、なんであいつの仕事んとき、こっちからわざわざ出向いてたかって理由な、脳ミソ足りなすぎてわかんねぇようだから、改めて教えといてやる」

今となってはもう遅いのだが、もっと早くに言い聞かせておくべきだった。

「いいか、あのクソ女が何かを始めるとな、まず間違いなくお祭り騒ぎになる。絶対にだ。その祭りの主役ってのは当然あいつで、シナリオはどう転んでもドタバタにしかならねぇ」

自分でも、苦虫を嚙みつぶしたような顔になっているのがわかった。

「ど、ドタバタって……」カリンが、おずおずと尋ね返してくる。「えと、スラップスティックのアニメみたいな……とか？」

「ああ。ああいうのの舞台や脇役がどういう目に遭うか、知ってんならわかんだろーがお前もよ」

廊下の奥から「おーい、ぜーんぶダダ漏れで聞っこえてるわよー」と日々木塚の声。

「聞こえるように言ってんだよ！」と怒鳴り返して、渋面をカリンへと向け直す。

「無茶苦茶になるんだよ、間違いなくな」

数分後、応接室に戻ってきた客の姿には、さすがに頭痛がしそうになった。

「くつろぐ気まんまんなのな、お前」

パジャマ代わりにでもしていそうな、毛玉の浮いた上下だぶだぶのスウェット。茶髪のウェービー・ロングを演じていたウィッグは外され、ブラウスやワンピースと一緒にバッグの中だ。さらけ出された頭は洗面所で濡らして手ぐしを入れてきたらしく、黒い短髪がいがぐりのように立っている。化粧もざっと落とし、コンタクトレンズを外して眼鏡に戻してもいた。靴もストッキングも両方脱いではいたが、いくら足先が楽でもさすがに裸足のままで歩き回るのは嫌なのか、洗面所横の棚から予備のスリッパを勝手にくすねてきて履いている。

そして首にかけているのは、馬蹄型をしたプラスチックの塊――《ネーメ》の録音サーバだ。

「おい、そいつ外せ。俺らの声録るために作ったんじゃねーぞこら」

「いいじゃん、ムトー君の音素材とか、久々なんだしー」

録音スイッチを入れて、ソファにばすんと腰を下ろす。もはや別人となった彼女のそんな姿を目にして、あんぐりと口を開けているカリンに「わかってきたか？」と小声で告げると、無駄だと知りつつも相手を睨んだ。

「帰れ」

「やだ」

「力ずくでほっぽり出されてーのか」

「またまたー、んな事できないくせにー」

この数分間でもう何度目だという、深いため息が出た。相手をすればつけ上がるだけで、無視するのが得策だった。目を逸らし、逃げるように席を立つ。

「どれだけ居座っても同じだかんな。もう相手はしねーぞ。可能な限り早めに失せろ」

「フジの言う通りだよ。興味がないことはないけど、人命に関わるような事はさすがにね」

魔法の喉と巨人の体とがアンバランスに組み合わさった幼なじみも、隣で首をすくめてみせる。

珍しくも肩を持ってくれるらしい。だが。

「いやー、ムトー君も裕ちゃんも、ちゃんと受けてくれると思うよー。だって――」

さすがは魔女と言うべきか。こちらを動かす黒魔術の呪文を、相手は用意していた。

「――花倉加世子《はなくらかよこ》」

盲目のエコーロケーターの名に、出口に向かっていた自分の足がふと動きを止めた。

「――咲継音《さきつぐね》」

才能溢れる若きフィドル奏者の名に、カリンが驚きと訝《いぶか》しみの混じった視線を送る。

「――鏑島当麻《かぶらじまとうま》」

あらゆる音楽という音楽を愛でる、恩人の喫茶店主の名に、裕一郎が眉をひそめた。

そのどれもが、武佐音研の三人組に関わる名前なのだ。

「花倉さんに……継音くんに……トーマ叔父さん？」

オウム返しに呟くのが、カリンにも精一杯だったようだ。

「そ。被害者はもっといるんだけどねー。ひとまず生き死にが関わってんのは、この三人」

「訂正だ、カリン」

不本意極まりないが、きびすを返し、ソファに腰を下ろし直す。

「ドタバタどころじゃ済まねぇみてぇだ」

ナイス台詞いただき、と親指を立てるクソ女が、ただただウザかった。

◇　◇　◇

青年はここ数日、ろくに眠れていなかった。

腕時計で時刻を確認し、自宅でもある小汚いビルの脇に立って、空を見上げる。

寝不足の目に突き刺さる青空を背景にして、ビル上階の壁面にやたらと角張ったフォントで小さく記してある『シルバ商会』の文字が目にとまる。もう掠れて消えかけているので、そろそろリペイントの必要があるのだろうが、今はそこまで気が回らない。

眠れない原因は、嫌になるほどわかりきっていた。

後先考えずに動いて馬鹿馬鹿しい失敗をしでかし、それで責められる立場にあるのだ。背中にのしかかる重い責任が、後悔という棘《とげ》で胸をぷすぷす突き刺してくる。

拾ってきた子猫を親に内緒で店の倉庫で飼い始め、商品である輸入家具を猫の尿まみれにして父からくらった拳骨の痛みを、ふと思い出した。もう老いて久しいとはいえ、プギと名付けられたその愛猫は今でも自宅のリビングでふんぞり返っている。今回もそんな風に丸く収まるならよかったのだが、相手は猫ではなかった。こうして路上で待っている相手は、愛玩用のペットというよりは、野生の猛獣か、あるいはむしろ怪獣とでも表現すべき何かなのだ。

《KYOW》——日々木塚響。

マスメディアに一度として姿を見せたことのないアーティストを間近で拝めるのは、ファンからすれば垂涎《すいぜん》の幸運なのだろう。しかし、ひょんなことでその権利を手に入れてしまった自分が、同じような気持ちになれたかといえば疑問だった。なにしろ態度はデカく、歯に衣《きぬ》着せぬこと甚《はなは》だしく、こちらの気持ちなど歯牙にもかけぬような女性だったのだから。

路上で待つこと数分。細い交差点から姿を見せたタクシーが、青年の前で停まった。

後部座席のドアが開き、ヒールの低いパンプスがアスファルトを踏む。

続くのはグレーのタイトスカートに、同じ色の地味なブレザー。その上に流れる漆黒のロングストレートは、清楚でシックな服装や眼鏡のフレームともマッチしていて、実に好みなのだが、それが地毛ではなくただのカツラであることはすでに聞かされていた。

「んー、見ようによっちゃイケメンよねぇあんた」

降りてくるなり女は、挨拶代わりとばかりに、青年をつま先から頭のてっぺんまで、吟味するかのようにじろじろと眺め回した。

「おっ母さんの旧姓、アブレイユつってたっけ？　んじゃブラジル式に綴ったら、トール・アブレイユ・ダ・シルバ……って感じ？　いかしてんじゃゃん名前もさ」

「日本人だっつってんのに。ただのトオルっすよ。知場《しるば》トオル」

よく間違って「ちば」と読まれたりするその苗字は、日本に帰化した祖父が元のファミリーネームを改めるつもりがなかったゆえの、妥協案の産物だった。

祖父の口癖だった「嫁にするならブラジル女」という一大方針がその息子たちにも適用されたことで、東京で生まれ東京で育ったにもかかわらず、トオルには日本人の血は一パーセントも入っていない。イベリア半島をルーツとする彫りの深いラテン系の顔だちも、そこに三世紀以上じわじわとミックスされ続けてきたアンデスの遺伝子による褐色の肌も、若い頃の祖父の写真とそっくりだ。

その容姿のおかげで投げかけられる偏見や差別に、これまでどれだけ悩まされてきたことか。

自分の顔がどう見ても日本人離れしていることも、サラリーマン風のワイシャツとネクタイがまったく似合っていないことも、重々わかっていた。原色のシャツと麻のパンツにすぽんとその身を突っ込んで、もじゃもじゃの頭にパナマ帽か何かをちょこんと載せれば、絵に描いたようにピッタリ収まるだろうイメージなのだ。

学生時代は、男子らが向けてくるやっかみや、蔑《さげす》みや、敵意を逸らすのに四苦八苦するだけの毎日だったし、近寄ってくる女性といえば、毒のある生き物を連想させるほど過剰に身を飾った、けばけばしくて姦《かしま》しいグループしかいなかった。

試しに一度だけ、そのうちのひとりと交際してしてみたこともあるが、相手が欲しかったのは『ガイジンと付き合っている』というステータスだけなのだということがすぐに判って、コンプレックスを深めるだけの結果に終わった。かといってトオルの好みである、外見を飾ることよりも中身をしっかりと積み上げることに重きをおいていそうな物静かな女性たちは、トオルのことを避けこそすれ、決して近づいてきてはくれなかった。

深々とため息をつき、一戸建て住宅の建ち並ぶ路地に面した、建物の裏側へと女を案内する。父母と姉との四人家族で最上階に居を構えているこの四階建てビルは、トオルの亡き祖父エドアルドが、当時は商業区だったこの場所でのテナント賃貸収入を目論み、精一杯背伸びして建てたものだった。

その目論見は当初はうまくいっていたものの、バブル崩壊以降に世を覆い始めた不景気と、住宅区への転換という区の政策によって窮地に立たされることになる。風に吹き飛ばされたようにテナントは去り、周囲は次々と宅地造成されていく。土地価格が急落していたため、立ち退いたとしても得られる金額は雀の涙しかない。日本での単独立身出世を目指して渡来し、事業を旗揚げして以来、ひたすら駆け上り続けてきた祖父の前に立ちふさがった大岩が、その区画整理だったわけだ。

故国からの輸入品目を、品質に関してはけっこう自慢だった完成家具から、かさばらない組み立て式家具や小振りな雑貨へと切り替え、旧来の事務所と倉庫を畳んでコスト削減するとともに、テナントの抜けたこのビルの二階と三階を新たな事務所兼倉庫として、自分たちも最上階に越してくる——祖父が大岩を前にして選んだのは、そういう迂回ルートだった。まだ築の浅い『住居』だと主張して役所と押し問答した末、立ち退きをすり抜けたというわけだ。

「ねえ、あんたにもさ、夢の場所ってあったりする?」

女が突然、ぼそりと尋ねてきて、我に返った。

もともと返事など期待してはいなかったのか、こちらが返す前に言葉は続く。

「あたしにはある。本命は海の向こうだけどさ、国内じゃ、ここがそのひとつなの」

「俺んちが……っすか?」

「あんたは関係ないの。この店のことよ」

彼女が顎で指し示すのは、ビルの一階に唯一入っているテナントだった。トオルもよく知る気さくな髭のマスターが営む、音楽とカレーが自慢の喫茶店だ。

店の名は——《みうず》といった。


トオルを従え、『午前中貸し切り』の札がかかった扉を押し開けた《KYOW》は、見事な口髭を湛《たた》えた紳士とぶつかりそうになった。

かつてシルバ商会の輸入家具を扱ってくれていた商社の元営業マンであり、このビルの一階部分をずっと借りてくれている人物——鏑島当麻さんだ。同じ建物に住まう家主と店子《たなこ》の関係なので、トオルが小学生の頃からの顔なじみである。

「おっとっと、すみません。お待ちしてましたよ。いやぁ、ホントに来てくださったんだぁ」

待ちこがれていた音楽家にそう言葉をかけると、揉み手をしていたことにはっと気づいて、慌てて背中に手を隠しながら茶目っ気たっぷりに肩をすくめてみせる。今や半分以上を白に占められているオールバックが醸し出すダンディさと相まって、どことなく古い洋画のコメディ・スターを彷彿とさせる身のこなしだ。

「いやもう、ご予約頂いて、年甲斐もなく舞い上がっちゃってましてね。さ、お好きな席へどうぞ。オススメは、奥の一番席かカウンターです」

そう言って優雅に手をひらめかせ、鏑島さんが引っ込んでいった店の中を、女はゆっくりと見渡した。その首の動きを、トオルも目で追った。

板張りの見事な床。対になった天井は、渋い木目を見せる板と板の隙間に埋め込まれる形で設置された照明のおかげで、物差しを当ててみたくなるほどフラットだ。所々に吸音材らしきものが張られ、金属を裏打ちした黒い板が斜めに突き出たりしているのは、店内の音の反射のコントロールを狙ってのものだとマスターから聞いている。

どれもトオルにとっては見慣れたものだったが、店内を眺める彼女の眼差しには、目に映るすべてを、大切に心に収めておこうと言わんばかりの真剣さがあった。

アーチ窓の連なりの奥に台座を設けられ鎮座している、筐体《きょうたい》が中型冷蔵庫ほどもある二つのスピーカーに、彼女の視線が触れる。部屋の隅に置かれたり、天井に懸架されていたり、壁に埋め込まれたりしている中型や小型のものを順繰りに追っていたその目が、眼鏡の奥でゆっくり閉じられる。スピーカーの群れから流れ出して店内を満たしている旋律に、耳を澄ましているのだ。

フォークギターのつま弾きと、囁くような歌声。

曲名や歌手の名は思い出せなかったが、いつか自分の足跡《そくせき》を残したい夢の地を地平線の向こうに夢想する、そんな旅人の思いを歌った、静かなオールド・アメリカン・カントリーだった。

口元を綻《ほころ》ばせ、瞼を開くと、彼女はようやく店の奥へと足を進めた。

艶のあるカウンターの手触りを愛おしげに確かめ、席につくと同時に、眉間《みけん》を軽くつり上げて下を見る。腰を下ろしたスツールが、きぃ、とも音を立てなかったことへの小さな驚きだろう。

カウンターの向こうに回った鏑島さんが、お気づきですかとばかりに片眉を軽くつり上げてみせ、女の方もそれを受けて、満足げに頷く。

「なんかもう最高。思ってた以上に素敵な店」

「いやはは、お世辞でも嬉しいなぁ」

「あんなサイト運営してんだし、もっとサイバーな感じも想像してたんだけど」

「こっちはもう僕の趣味全開でしてねぇ。掲示板の方は佐敷君にまかせっきりですよ」

「でも裕ちゃん言ってたわよ。『トーマさんの要望を汲み上げていくのが大変だったよ』って」

話題になっているのは、この店が運営している音楽掲示板のことだった。店の名を冠した《miuz.info》というドメインで、トオルも昔、何度か覗いてみたことがある。

しばらく二人の会話を追ってみたところ、どうやらこの大物アーティストが、若い頃そこに入り浸っていたらしいことがわかった。驚いたことに、彼女はそこで音楽創作の世界に初めて触れ、学び、そして育ったらしい。

となれば、トオルの自宅の一階に収まるこの小さな喫茶店は、《KYOW》という音楽作家のルーツでもあるのだ。そして彼女は、ブラウザを通してネットの向こう側からしかアクセスしたことのなかった場所に、今こうして初めてリアルの世界で訪れたわけである。そう思えば、彼女の真剣な眼差しと高揚ぶりも、少しばかりは理解できた。

——あんたにもさ、夢の場所ってあったりする？

先ほどの問いを思い出す。自分にははたして、そんなものがあっただろうか。

祖父にはあったのだろう。だからこそ海を渡ってこの地にやってきたのだ。

でもトオルには、行ってみたい場所など思いつけなかった。手に入れたいものもなければ、憧れの人物もいないし、やりたいこともない。未来の展望すらとうに諦めていた。自分の人生は、敷かれたレールの上をただ走っているだけなのだから。

この小汚い鉄筋ビルの若き家主であり、輸入業を営む有限会社シルバ商会の、社長見習い——つまり、跡継ぎを確約されている役員兼務の特権社員。

食うには困ってないわけで、恵まれているのだろうとは思う。でも事業の実体は、親族経営の零細輸入雑貨商でしかなく、より詳しく言うなら「ブラジルに住むダ・シルバ一族に送りつけてもらったものを売る」という、ただそれだけの商売だ。

他の役員三名は両親と姉で、雇いの社員は営業に回る二名しかいないし、社長見習いとして課せられている仕事も、どんなモノが日本で流行《はや》っているかをリサーチしたリストをまとめて、買い付け担当であるブラジルの親戚たちに送りつけることぐらいしかない。爺ちゃんの代から働いているベテラン営業員との連絡も業務の一環ではあるが、自分からアクセスすることなどほとんどないので、基本は日中ずっと電話待ち。

暇をもてあますだけの退屈な生活だ。

あえて挙げるとするなら、ありのままの自分を受け入れてくれる誰かが欲しかった。

とはいえ肝心の自分自身が、コンプレックスという安い合板だけで組み立てられた家具のように、どうしようもない人間だというのもよく知っているつもりだったので、そんな相手が現れるのも実は怖いのだ。ひとりの方が楽だ、という強がりでカモフラージュしていくしかない。

自己憐憫にふけっているそんなトオルの横で、店主と女の会話は続いていた。

「――でもなんかさ、こうしてみるとわかる気がすんの。どのスレッドにも満タンだった心地よさとか、静かな熱気とか、そんで交流の気兼ねなさとか、あのサイトの本質的な部分って、ぜんぶマスターの魂から発して、枝分かれしたものだったのかなーって」

楽しげに店主を持ち上げる女から、照れて頭を掻いている鏑島さんへと、視線を移す。

話題になっている掲示板サイトのことはさておき、彼女の言っていることはよくわかった。

低めの声と小気味よい身のこなしが、小春日のぬくもりのように放射している心地よさというかなんというか、何でも打ち明けられてしまいそうなこのマスターの気兼ねの無さには、トオルも子供の頃からずっと恩恵を受けてきたのだ。辛いことがあればまず両親よりも彼に相談したし、今でも電話待ちの間に店に入り浸って、たわいもない事を延々と話し込んだりしている。

その鏑島さんが、今ようやく存在に気づいたかのように、こちらを向いた。

「ごめんごめん。ほったらかしだったね。注文もとってなかったよ。トオル君もなんか飲む？」

「んじゃ、ブレンドの二番」

「あ、あたしも同じので」

《みうず》のコーヒーはなかなか美味く、店の名物のカレーとも合う。なかでも二番はトオルのお気に入りなのだが、その芳《かぐわ》しい液体を注文どおりに口にするのは、当分待たねばならなさそうだった。鏑島さんがドリッパを用意し始めたそのタイミングで、玄関扉の鈴が、ちりん、と鳴ったのだ。

入ってきたのは、マスクをかけて重そうな鞄を持った若い女性と、中年のスーツ姿。女性の方には見覚えがなかった。しかし中年男性の方は、できればもう二度と視界に入れたくない相手だった。

静かに腰を上げ、こそこそとカウンターの一番奥にある席へと移り、身を縮める。

「ん？　どうしたの、トオル君？」

「いや、ちょっとその」

鏑島さんに尋ねられて、胃がキリリと痛んだ。

この人のいいマスターにとって、間違いなく心の負担となる話を、その男性——咲晴彦《さきはるひこ》弁護士がこれから切り出すであろうことを、トオルはよく知っていたからだった。

◇　◇　◇

「ミューズプレックスの……法務部……ですか」

名刺を受け取った鏑島氏の言葉に、咲晴彦は静かに頷いた。

この喫茶店主とは初対面だが、彼の姪御さん——武佐音研に勤める鏑島カリン嬢には、以前に大変世話になっていた。自分と妻、そして息子の継音との間で絡まり捻《ねじ》れていたとある問題を、あの小柄で朗らかな女性は見事に解きほぐしてくれたのだ。

その叔父にあたる店主が向けてくる怪訝な顔に、胸が重くなる。

大手音楽プロダクションお抱えの顧問弁護士として、著作権管理やコンプライアンスの取りまとめ、訴訟対応などの一翼を担ってきてもう六年。まさかこんな事件に巻き込まれ、こんな役目を負わされるとは思いもしなかった。しかも当事者としてだ。

他の被害者の前に立ったときも、胃の腑が重くなった。

なにしろ、音にだけ頼って生きている盲目の花倉加世子嬢に、そしてフィドル奏者を目指す自分の息子に、晴彦はこう伝えねばならなかったのだ。

近い将来、耳が聞こえなくなるかもしれない——と。

同じ内容を伝えるべく、重い口を開こうとしたところで、どしん、という音がした。やたらと分厚くて重そうな鞄が、黒光りするカウンターの上に載せられたのだ。目をやると、一緒に店に入ってきたばかりのスカート姿が、席に座る日々木塚女史を睨んでいた。過労で倒れそうになっているのを無理に頼んで同席してもらった、ミューズプレックスの社員、藤村君だ。

「今回ばかりは、枕に顔を埋《うず》めて、夜中に何度も叫びました。辞めてやる、って」

白いマスクの奥に覗く目元には、くっきりと隈が刻まれている。

「でも、もう決めました。ふんだくるまで辞めません。く、食らいつきますから」

「ん、応援するよー」

軽く返した音楽家を、疲れきった目がぎろりと睨む。マスクに隠れていても、その口元が固く結ばれているだろうことがわかる。

「わかってるんですか。ふ、ふんだくるのは、あなたからなんですよ」

「わかってるってー」

もういいです、何を言っても無駄なのは知ってます、わかってます、そうよわかってるんだ私は……などとぶつぶつ呟きながら、彼女は、目を白黒させている店主へと向き直った。

「藤村と申します。すみません、きょ、今日に限って名刺忘れました。大ポカです。ひ、日々木塚のマネージャー兼、運転手をしてます」

瞳を落ち着かなげに揺らせていて、精神状態が良好でないのはひと目でわかる。今日は無理に同行させず、自宅で待機させておくべきだったか、と少々後悔した。

「つまり、下僕です。な、なんにも知らない新卒採用の直後に、名指しでこの人の担当にされてからこっち、四年間ずっと――」

瞼を固く閉じ、ほんとぉに苦労の連続で、と吐き出す様は、疲労と諦観をたっぷり混ぜてこね上げた粘土細工のようだった。ほんの少し触れるだけで、バランスと形を崩して倒れてしまいそうな危うさがある。

「そのときの新卒採用、女性三名いたんです。運転免許、持ってたの私ひとりだけで。それさえなきゃ、い、今頃、私だって企画部に」

「ちょっと、藤村君」さすがに見かねて声をかけた。

この店に集まった理由とはまったく関係のない、個人的なグチを垂れ流していたことにようやく気づいた彼女は、どもりながら店主へと何度も頭を下げた。

深く息を吸い込み、絞り出すように吐き出し、やがてぽつぽつと語り始める。

異常を感じ始めたのは、半年ほど前。電話の声が一部聞き取りにくくなった。耳に異常があると気づいたときには青ざめた。音楽を扱う会社に勤めている身で、それでは仕事に差し障る。そして病院での検査の結果は、彼女に多大なストレスを強いることになった。

やがては重度難聴へと進む可能性が高い中耳の病――。

耳小骨の特殊な骨異形成症と診断されたのだ。

最後に藤村君は、髪をかき上げて耳を見せた。そこに補聴器がはまっているのを、鏑島氏もしっかり心に留めたことだろう。

段取りは狂ってしまったが、先を続けるしかなかった。軽く咳をし、彼女の後を引き取る。

「一体全体何の話なのかとお思いでしょうが、最後までお聞き下さい。この藤村君も、最初の被害者にすぎませんでした。彼女から遅れること二ヶ月にして、耳に異常を感じ始めた者が出たんです。今日は来ていませんが、辻神誠貴《つじがみまさき》という企画部の若手で」

「辻神……っていうと」鏑島氏が眉を寄せる。「ミューズプレックスの社長ってたしか」

「はい、そのご子息にあたります。さらにその辻神社長──栄太郎《えいたろう》氏も同じ難聴にかかっていることが、数日遅れて発覚しました」

根っからの医者嫌いゆえに、検査に引っ張っていくのが大変だったと誠貴君から聞いている。

「二人とも、まだこの藤村君ほどは症状が進んでないので、確実とまでは明言できないそうですが、医者の言うには、三次元CT撮影で見る限り──」

鼓膜のすぐ後ろから連結する三つの耳小骨のうち、ツチ骨とキヌタ骨との接合部に異常が見られたのだ。晴彦もその画像を確認させてもらったが、辻神親子の患部は両方とも、藤村君のそれとまったく同じ位置にあった。

耳小骨を患部とする伝音難聴で、耳硬化症《じこうかしょう》と呼ばれるものがある。

文字通り、耳の奥にある骨が硬く固着してしまう症例だ。

まず骨の軟化と海綿状変性とが起こり、そこから復帰しようとする治癒反応の暴走によって、耳小骨のひとつであるアブミ骨の周囲に、硬化性の病変が広がっていく。やがて最終的には、内耳を包む骨とアブミ骨とが固着してしまい、音を内耳の蝸牛《かぎゅう》組織へと伝える耳小骨の機能が、ほぼ完全に損なわれてしまうという病らしい。

しかし藤村君も、辻神親子も、症状の進行度合いこそ違えど、その手前にあるツチ骨とキヌタ骨との接合部に病変が生じていた。ただの耳硬化症ではなく、おまけにその症例は、日本ではこれまでたった一件しか報告されていないものだったのだ。

「つまり、かつてのあたしと同じ奇病を、身近な人物が次々と発症しつつあるってわけ」

あの当時は遺伝かもなぁって思ってたんだけどねぇ、と、その細い肩がすくめられる。

「死んだ爺ちゃんも耳患ってたから、隔世でそれ継いじゃったんだろってさ。ま、爺ちゃんのは内耳の感音難聴だったから、そもそも中身が違うんだけど」

遺伝云々はさておき、それが身近な他人に発症した以上、かつて彼女の耳を腐らせた病は、他者に感染するものなのかもしれないという可能性が出てきたのである。

当然、細菌やウイルスの可能性がまず疑われた。四年前に摘出された彼女のツチ骨とキヌタ骨は、手術のすぐあとに組織検査済みのはずだったが、そこで何かが見落とされていた可能性もなくはない。とはいえ、もし何らかの病原体の仕業だとするなら、これだけ時間をおいて感染者が出るのもおかしい話である。

ちょうどタイミングよく、店内に流れていた曲が余韻を残しながら終わったところだった。妙に居心地の悪い静けさの中で、誰かが唾を飲み込む音がやけに大きく聞こえた。おそらくは音の主であるだろう店主に、晴彦は再び向き直った。

「さて、ここで話は少々脱線いたします。ちょうど先月の終わり頃、ミューズプレックス社員のPCが芋づる式にハッキング被害に遭うという事件がございまして――」

いつもの仕事の口調だ。奇妙な病気のこととは違って、こちらは自分の土俵にある話であり、わざわざ考えなくとも口の方で勝手に動いてくれる。

顧客名簿や機密書類の流出などは幸いにもなかった。アクセス痕跡を辿ると、御曹司である辻神誠貴のPCが最後に侵入されたものだということが判明した。被害を把握したミューズプレックスは、即座に社内のネットワーク・セキュリティを改めると共に、ハッカーの捜索を信頼できる外部の専門家に依頼した。

結果、電子的侵入犯は二週間後に見事割り出され、ミューズプレックスの法務部に捕まった。その犯人は、回線といくつものサーバを通じて侵入した誠貴君のPCから、たったひとつのファイルをコピーして撤退しただけだった。

「盗まれたのは《KYOW》の未発表曲でした。曲名は――《transwarp《トランスワープ》》」

店主の眉がぴくりと動いたのを、晴彦は見逃さなかった。

「ご存じですね？」

「そりゃまあ、ファンの間じゃかなり有名な曲ですからねぇ。三番目のアルバムのライナーノートでしたっけ？　たしかデビュー直後からずっと作り続けてる、って制作状況が明かされてたものだったと記憶してますが」

助け船を求めるかのように、店主の目が日々木塚女史へと泳ぐ。頷いた彼女は、いつもとはえらくかけ離れた大仰な口調で答えた。ネットから切り出した文言だった。

「『その告知以来、沈黙の中に隠されてしまっている謎の楽曲であり、デビュー以来、次に制作するものを常に予告しながら作品の発表を続けてきた《KYOW》というアーティストの、唯一の例外作品である』――なーんていう大げさな言い回しでさ、どうやらファンの中じゃえらく誇張されて受け止められてたってこと、あたしも最近になって知ったんだけど」

実際にゃ、未発表の曲なんてごまんとあるんだけどねぇ、と苦笑してみせる。

しかし、子供じみた予告ごっこを彼女が演じていたおかげで、《transwarp》というその曲はいつの間にか、一部で伝説的に語られる、いわくつきのプレミア曲になってしまっていたのである。マーケティングの好機には人一倍敏感なミューズプレックスの社長が、そんなネット上での話題の過熱を見逃すはずもなかった。栄太郎氏は企画部にいる一人息子に命じ、日々木塚女史にその曲を提出させ、そして、親子で試聴した。

「ちょ、ちょっとお待ちを。まさか……」

そのまさかだった。試聴した辻神親子は、以前よりその曲を聴かされていたマネージャーの藤村君と同じく、耳を患うことになったのだ。そしてその時点で、曲の作り手である日々木塚響もようやくにして気づいた。かつて自分の耳を壊死させた病の原因が、遺伝でも、ウイルスや細菌の感染によるものでもなく、デビュー当時からずっと作り続けてきたその曲にあったのでは、という可能性に。

その曲を耳にした者は、やがて音を失う——。

晴彦自身、かつて引き起こした幽霊騒ぎによって、自分が〝世にある不思議を認めたい〟側の人間であることに気づいてはいたが、弁護士仲間の内では、どちらかといえばお堅い人で通っていたし、普通ならそんなたわ言を真に受けることなどない。鏑島氏もそこは同じなのか、今聞かされたばかりの内容が冗談なのかどうかを頭の中でこねくり回している様子だったので、釘を刺しておく。

「言っておきますが、私どもも頭から信じているわけではございません。でも、それしか候補が浮かび上がらないのが困ったところでして……藤村君、例の調書、いいかな？」

問われた彼女が、あの重そうな鞄の中から、綴じられた書類の束を次々と取り出す。無言でカウンターに積み上げられていくその厚みは、あっという間に二〇センチを超えた。

「全部にまともに目を通そうと思ったら、半日はかかります。思いつくような可能性は検証して潰していってはいるんですよ。ほら、シャーロック・ホームズの言葉でしたか？　有名なのがあるでしょう。ありえない事を除いていって、残ったものは――」

どんなにありえなさそうに見えても、事実でしかない。

その調査に真っ先に取りかかったのが藤村君だった。いったい自分の身に何が起きたのかと、恐怖に駆られて個人で始めたことだったという。

やがて、同じ症状が発覚した御曹司の口添えで、ミューズプレックスの社長本人がそれを後押しすることになった。それ以来、内部監査を動かし、外部の探偵も雇い、万が一にもなさそうな可能性まで検討する念の入りようで、何者かが毒物を三名に投与した、というシチュエーションすら想定し、追求がなされた。

とはいえそうやって架空の犯人をでっちあげてみても、動機が絞り込めない。狙われたのが辻神親子だけというなら話はわからないでもないのだが、会社の業務にまともに参加させてもらってすらいない、まったくの無名で万年下っ端の藤村君を、標的のリストに、しかも真っ先に狙う対象として加える理由となると皆無だからだ。

天秤の片方の皿には、日々木塚響の未発表曲が載っている。

しかしもう片方に載る「偶然の一致にすぎない」というラベルが貼られた分銅の山の方が、当然ながらはるかに重いはずだった。耳を患った三名に共通する因子で、もっと現実的な線がないのかどうかを、彼女はその山の中で検証し続けた。

例えば、同じ薬を服用してはいないか。似たような環境で過ごしてはいないか。同じ出所の食材や飲料水を摂取したりしてはいないか。使用していたイヤホンやヘッドホンなどの機器は共通していないのか。いくつもの分銅がそうやって除外されていき、そして最後には、肌を荒らしてげっそりとやつれた藤村君ひとりをぽつんと残して、天秤はもうひとつの皿へと大きく傾いたまま、動かなくなったのだった。

「さて、ここまでお聞きになれば、だいたいもうお察しのこととは思いますが……」

晴彦はそう前置きして、店主の方へと向き直った。

「鏑島当麻さん、先月の頭ごろ、この店のこのカウンターで、常連のお客様と《KYOW》の未発表曲について話しておられましたね？」

「んー、時期は定かではないですが、一度ならずしてますねぇ……」

腕組みしてそう答える鏑島氏の眉間には、困惑がそのまま形になったような皺が刻まれている。

「そのときカウンター席の隅に座っていたとある人物から、後日、あなたは楽曲データの入ったメモリカードを見せられ、その中身を聴かされましたね？」

「否定はできませんねぇ。困ったもんだ」

口調こそとぼけたままだが、マスターの顔は心なしか青ざめていた。なにしろ近い将来、耳が聞こえなくなるかもしれないぞと宣言されたようなものなのである。

彼にデータを開陳してみせたその人物こそが、ミューズプレックスに電子的侵入を試み、曲を盗み取った犯人だった。その犯行が辻神社長を始め、この件に関わる社の人間の背筋を凍り付かせたことは記憶に新しい。法務を任せられている晴彦自身も頭を抱えたのだ。

聴くだけで難聴を発症させるかもしれないなどという物騒な曲が、もしその疑いの通りのモノであったとしたら、そしてそれがワールドワイドなネット上へと拡散してしまったら一大事である。会社の存続どころの騒ぎではない。

しかし不幸中の幸いにも、犯人がデータを手渡したのはこの鏑島氏だけだったし、その動機もすでに、捕まったミューズプレックス法務部の前で自白していた。

金銭目的でもテロでも愉快犯でもなく、ただの興味本位の犯行であり、盗み出した曲データが、日頃世話になっている鏑島氏へのプレゼントになるかもと浅知恵にも思ったからであり、そして何より――どうしようもなく暇だったからだったと。

「ほんと、困ったことしてくれたもんですねぇ彼も。まいっちゃうな」

「もうアホ丸出しよね。で、いつまで隠れてんのよあんた」

カウンターの隅の物陰に彼がいることは、晴彦もとうに気づいていた。ここ一週間ほどたっぷりと絞り上げた青年は、店主と日々木塚女史の言葉におずおずと顔を上げた。もう消えてなくなってしまいたいと言わんばかりの縮こまりようだ。

彼に対する憤りは不思議となく、むしろ同情と、連帯感のような何かすら晴彦は感じていた。

捕まった問題のハッカー――知場トオルというこの青年もまた、あの曲を聴いてしまったひとりだったからだ。

知場トオルが盗み出したデータがすでに消去されていることは、法務部の方で追求済みだった。不意打ちでそれを聞かされてしまったあと、違法に入手したものだと教えられた鏑島氏が、破棄するよう怒りの表情で迫ったのだという。彼のような人間ばかりならうちの仕事もいくぶんか楽になるのになと、しみじみと思う。

以来、外に漏れたデータは、今のところ他には存在しない。

しかしそれでも、被害は広がってしまっていた。

藤村君の調査が本格的に動き出す前に、曲に触れてしまった者が若干名存在していたのだ。

盲目の花倉加世子嬢はそのひとりだし、晴彦自身もそうだった。辻神社長から曲の意見を求められ、試聴してしまったのである。そのうえ、一人息子が最近《KYOW》のファンになっていたため、聴かせてみたいと軽く意見してみたところ、若年層の反応も知りたいというマーケティングの観点からか、辻神社長はデータの持ち帰りを許可してくれた。そして息子の継音も、犠牲者のリストに名を連ねることになった。

そのことを思うと、言いようのない痛みが胸でうずく。

問題の楽曲が、本当に耳を思わせる危険な力を秘めているのかはまだ判明してはいない。しかし、もしそれが本当なら、晴彦は自分の手で、息子の夢を砕いてしまったのかもしれないのだ。

一昨日、日々木塚女史が武佐音研に出向き、この事件の徹底調査と解決を依頼したことはもう聞かされていた。そのとき彼女は「命に関わる」という言葉を使ったという。

その意味は、容易に理解できた。

音だけに頼って世界を観ている盲目の花倉加世子嬢は、音を無くしては生きられないのだ。フィドル奏者を目指し切磋琢磨を続けている継音は、その夢を捨て去らねばならないのだ。音楽への愛で生きている喫茶店主の鏑島当麻氏は、人生の糧そのものを失ってしまうのだ。

心の中心を支えるものの崩壊は、時には本当に人を殺す。

死というものにはそうそう関わることのない企業弁護士とはいえ、異種同業の仲間たちからそういった例はよく耳にしている。ならばなんとしても、そのような悲劇だけは防がねばならなかった。

「あ、マジいい香り」

そんな声で物思いから引き戻されると、当の日々木塚女史が、ようやく出されたコーヒーを啜っているところだった。鏑島氏がカウンターに肘をついて、黒い液体を美味そうに味わう彼女をにこやかに眺めている。思わず、尋ねてしまった。

「ショックでは……ないのですか？」

いやぁだって、実感ありませんしねぇ、と店主は頭を掻く。

「それに、武藤くんと佐敷くんに頼んでるんですよね？　うちの姪っ子もいるし、きっとあの三人がなんとかしてくれるんじゃないかなぁってね、根っからの楽観主義なもので」

「え、姪っ子……って、カリンちゃんっすか？」

「そ。佐敷くんとこで立派にやってるの。言っとくけど、トオル君にはあげないからね」

そんなやりとりを前にして、自分の頬にも笑みが浮かんでいることに、晴彦は気づいた。

花倉加世子嬢も、息子も、この店主と同じことを言っていたのだ。

――あの人たちにお任せしてるなら、なんとかしてくれますよ、きっと。

――お姉ちゃんたちが調べてくれるんだよね？　じゃあ大丈夫だよたぶん。

絡み合う人の繋がりが、被害をこんな喫茶店にまで拡大させた。でもそれとは異なる希望の糸が、すべての被害者をひとつに繋いでもいたのだ。

糸の名は――武佐音響研究所。

音にまつわる問題を、ほぐして解いて手を加え、解決するのを仕事とする、小さな会社。

彼らなら本当になんとかしてくれるかもしれないという思いは、自分の中にも確かにある。

まだ契約書が交わされておらず、それどころか返答も保留されていることは気がかりだったが、そこは待つしかないだろう。第一回口頭弁論と同じだ。今はまだ焦るときではない。

そう心を落ち着ければ、漂ってくる芳《こう》ばしい香りはなかなかの魅力だった。だから晴彦も、日々木塚女史と同じものを頼んだ。

そのとき、彼女の携帯が鳴った。白い指がそれを耳に当て、何やら短く言葉を交わし、切る。

「受けてくれるってさ。さっすが裕ちゃん」

にかっと笑うと、日々木塚女史はスツールから降り立ち、離れたテーブル席にただひとり座ってずっと俯いている藤村君の方に向かった。そして、その肩を優しく叩いた。

◇◇◇

「まさか、本当に引き受けてくれるなんて……」

二つの湯飲みに焙じ茶を注ぎ終わった後、長い息を吐き出してから、藤村妙子《たえこ》はぼそりと呟いた。

響さんの住まう、都内のマンションの一室だ。

フローリングに敷いたカーペットと、ゆったりした三つの小型ソファ、そして窓際の観葉植物以外には、ほとんど調度品のない十二畳のリビングルーム。ソファに囲まれた小さなテーブルにティッシュの箱が無造作に置かれているだけで、壁に埋め込まれている小振りな本棚にも、本はわずか数冊しか寝かされてない。

汗水垂らして片づけを手伝って以来、客を招くこともあるこのリビングだけは、可能な限りシンプルに保つよう響さんが心がけている点は評価できた。とはいえ隣接する寝室と仕事部屋は、むしろ汚部屋と言っても過言ではない様相を呈していることもよくわかっている。今はまだ防波堤が機能しているが、気を抜けば魔窟の浸食は一瞬で進むだろう。

部屋着であるいつものスウェットに着替えた響さんが、ソファにばすんと腰を下ろす。

「言ったでしょ。普通んトコじゃ頭を疑われるような調査でも、あそこなら受けてくれんの。あたしが頼めばだけどね」

「頼めばじゃなくて、押しつければ、ですよね。あなたの場合」

「そうとも言う」

謎の耳の病は、本当にあの曲によるものなのか。ひとまずそこから調査が始まることになったのだ。武佐音研にはかなりの量の手付け金が支払われ、音響デジタル解析のプロフェッショナルである佐敷所長は楽曲データの解析に、そして武藤エンジニアは、それが耳の中にいかなる影響を与えるのかを探る実験に、それぞれ取りかかるという。

たった三名しかいない音研だけでは到底マンパワーが足りないので、コネクションのある大学とその付属病院にツテを頼んでの、大がかりな調査になるだろうとのことだった。「幸い、金だけは使い放題みてぇだしな」とは武藤エンジニアの弁だ。

「それにしても、徹底的にやったもんよねぇ……」

鞄から出され机に積み上げられた、例の調査報告書の山を前にして、響さんの口から出たのはそんな呆れ声だった。

確かに、偏執的と呼ばれてもおかしくないほどに手広く、かつ深く、ありとあらゆる可能性を潰しきった自信はあった。その書類の束にみっちりと示した、思いつく限りの偶然と思いつく限りの必然を調べ尽くしても、やはり線が交わるのは一点だけ。

もちろんその点とは、あの曲――《transwarp》の試聴だ。藤村と辻神親子が曲を耳にした時系列と、そこからタイムラグを経て並ぶ発症の時系列も、ぴたりと符合する。

とはいえ、どこの世界に「耳を腐らせる曲」だの「曲によって感染する奇病」などというものを信じる人間がいるだろうか。武佐音研がこの仕事を受けてくれたことに対する安堵の言葉は、本当に心からのものだった。

「なに黄昏《たそが》れてんの。ほら、もっと胸張んなって」

体を起こした響さんの手が伸びてきて、ぱん、とこちらの背中を叩いた。

「さっきはああ言ったけど、偶然説を蹴り飛ばせるだけの反証がさ、こーやってたんまり集まってたからこそ、ミューズプレックス《うちんとこ》も裕ちゃんらも動いてくれたんだし。ムトー君なんか、いつもはけっこう頑固いのよ?」

響さんの手は、背中の真ん中に当てられたまま動かない。振り払いはしないが、その暖かさに身を委ねもしない。

「マジお手柄。ほんとおつかれ。なんか食べる?」

「いえ。私はこれで。一服したら失礼します」

「食ってきなって作るからさー。どうせロクな食生活できてないんでしょ。マスクで隠してても、肌荒れてんのバレバレよ?」

「誰の、せいだと、思ってるんですか」

「そりゃまあ、あたし」

そう答えると、響さんは立ち上がった。リビングとひと繋がりになっているシステムキッチンに向かい、エプロンをひっかけて腕まくりするその様を目で追いかけ、諦めのこもった長い息を吐き出して、居住まいを正す。ソファではなくカーペットの上に正座なのは、決してくつろいでいるわけではないぞという意思表示のつもりだった。

「食べたら、すぐ帰りますから」

そして黙る。そこそこ防音のしっかりした部屋なので、キッチンで動き回る響さんが立てる音だけが、かちゃかちゃことんと空間を満たしている。

どうせまた、妙なものを作るのだろう。

塩味や甘みは普通の枠に収まっているのに、色んなものを試したがる性分なのか、響さんはよく余計なものを足しすぎてそこから踏みだしてしまう。スパイスの選択と量が適当すぎるのはなんとかしてほしかったし、料理酒代わりにビールを使うのもやめてほしかった。

たまに作ってくれる響さんのそんな手料理を、以前はさほど気にせず味わうことができた。でも耳の聞こえが悪くなってからというもの、失いつつある感覚を補ってでもいるのか、味覚が妙に敏感になってきていて、味付けのバランスの悪さが舌の上で目立つようになっていたのだ。

冷蔵庫を開け閉めする音のあと、響さんはまた声をかけてきた。

「思い詰めたら物事がいい方に転がるってんならまだしもさぁ、その逆でしょーが。体にも心にも毒だってのよ。飯食ってゆっくり寝て、あとは気楽にしてた方がいいって」

こちらの心情を察することもない、いつもの馴れ馴れしい物言いだ。

迷惑なのはその口だけではない。これまでも色んな目に遭わされた。滝の中で身を打たれる音が欲しいとかいう理由で修行僧の真似事をさせられたこともあるし、落下中の風切り音を録りたいとかで、四〇〇〇メートルの上空から放り出されたこともある。《ネーメ》のある響さんひとりでやればいい話なのに、いつもとんでもないことに付き合わされるのだ。そしてヘトヘトになったところを指さされ、腹を抱えて笑い転げられる。体のいいペットかオモチャの扱いだ。

まな板を包丁が叩く音に混じって、鼻歌までが聞こえ始めた。何も悩んでいなさそうな脳天気なメロディに、口が勝手に開く。

「成人してから……両耳が……まったく聞こえなくなった人の……」

なぜ喋っているのか、自分でもわからなかった。肺の中に重く溜まっていたものが、吐息とともに出てきたような感覚だった。

「自殺率って……知ってますか」

体機能を失ったとき、そのショックで命を断ってしまう人間も、世の中にはいる。中でも視覚や聴覚といった感覚機能の場合、その数は跳ね上がる。全盲《ぜんもう》、全聾《ぜんろう》となればなおさらだろう。でも不思議なことに、暗闇に閉ざされてしまう後天的全盲者と、音がまったく聞こえなくなるが世界はちゃんと見えている後天的全聾者では、なぜか後者の方が統計的に自殺に走りやすいのだ。人間は他者との意思伝達の大半を、喋り聞くことに頼っているからだと、ある学者は著書で述べていた。何度も読んだので、内容はまざまざと思い出せる。

音による情報伝達——その昔はうなり声程度の低密度なものだったそれが、やがて言葉の創造よって爆発的に開花し、人の生活様式を支配するようになった。それ以来、後追いで文字が発明されても、科学技術が進歩しても、文明が幾度と交替してすらも、人間文化におけるコミュニケーションの基本は、口から出す言葉であり続けた。

ある日突然光を失ったとしても、音さえ聞こえていればそれが残る。闇に閉ざされても、喋り、そして聞くことによる触れ合いさえあれば、周りの者との繋がりは決して失われない。

でも聴力を突然無くしてしまった者は、その恩恵を奪われてしまう。周囲で行われているやりとりの様子はまざまざと見えているだけに、決してそこに参加できないという断絶の思いだけが積み重なり、増幅していく。そこで直面する孤独感は、いかばかりのものか。

何かを強火で炒めている鍋にビールを注ぎ込んだのだろう炸裂音がおさまると、キッチンから声が返ってきた。響さんらしからぬ、静かな口調だった。

「あたしはさ、金と幸運があったから助かっただけ。それはわかってるつもり」

尋ねたこと自体が恥ずかしくなった。この同じ病の発症からわずか半年ほどで、響さん自身、両耳の聴力をほぼ完全に失っていたことを思い出したのだ。入社する前のこととはいえ、少し考えればわかることだった。前例のない特殊な耳小骨置換手術を実現させてその運命を脱したとはいえ、藤村の胸にわだかまるこの静かな恐怖と同じものは、彼女も体験していたに違いない。

我が身のことしか考えていない自分が、嫌になった。

耳を患った人のことなど、これまでろくに思いを巡らせたこともなかったくせに、いざ自分がその立場に立ったとたんに、被害者意識満々で響さんを責めているのだから。

ネットや本で調べた内容に惑わされ、より思い詰めるという悪いフィードバックを起こしているのは自分でもわかっていた。社の人間も、暗く棘を纏うようになった自分のことを、腫れ物に触るように扱いだしている。このままではいずれ孤立してしまうだろう。

そうなったらそうなったで、別段かまわなかった。

でも響さんだけは、いつもと変わらない。いつも通り馴れ馴れしく、いつも通り強引で、そしていつも通り、にやけ顔でちょっかいを出してくる。

放っておいてほしかった。そうすれば、本気で憎めただろう。

そして本気で憎めれば、もっと楽だっただろう。

「あいー、おまちー」

野菜炒めと、ミニサイズの焼きそば。そして缶ビールが二つ。

並べ終えると、響さんはむしり取ったエプロンを空いたソファに投げ捨てて、テーブルを挟んだ斜め向かいの床にあぐらをかいた。

視界の隅にそれを捉えながら、湯気を立てる料理の前で、俯いたまま、箸も取らずにいた。

なんとか口だけは動かせた。

「なんで……ほっといて……くれないんですか」

「だってあんた好きじゃんさ、あたしの曲」

それだけで理由は充分とばかりに言い放つと、響さんはビールをひと缶手にとり、冷たさを確かめるように頬に当てた。

「あ、そういや昼の話だけど、ちょっと言っときたいのよね。運転免許で選んだってナニよ？」

んなデマ流してる馬鹿どいつよと口を尖らせ、プルタブに指をかける。補聴器でなんとか感度を増幅されている藤村の耳を、きゅぽっという開放音が叩き、弾ける炭酸の合唱が撫でていく。

「あたしがイチ押しでアンタを指名したのは、新人の中でこいつが一番あたしの曲聴き込んでくれてるなーって思ったからだっての。履歴書の志望動機の欄にも書いてあったじゃん、恥ずかしげもなくさぁ」

確かに色々と書いた覚えはあった。太いペンにわざわざ替えて、感嘆符まで躍らせた。

「それにさ、フリーでやってた時代の古いのから、一緒にやった最新のやつまで、飽きもしないでずっと聴いてくれてんじゃんあんた。あんなに嫌がってたアレも、星マークつきのフォルダに入れてくれてるし」

携帯のデータ領域に区切ってあるディレクトリのひとつだ。特別なお気に入りだけを集めたそのフォルダの中で、「嫌がってたアレ」で通じるのは一曲しかない。作品には普段アルファベットで題名をつける響さんの作った、唯一の日本語タイトル曲。

曲名は――『藤村です』

耳で聞いた音をそのまま録音できる《ネーメ》で密かにサンプリングされた、日々の言葉。それらを多量にボイス音源として使った、発表する予定などハナからないおふざけの曲。まだ初々《ういうい》しかった頃の、緊張しながらも張り切った声で、懸命に仕事に励んでいた自分の姿から切り取られ、貼り合わされた、滑稽なリズムに乗った音のスクラップブック。

最初に聴かされたときは「ぎゃーっ！」と叫んだ。消してください頼みますからいますぐにと、真っ赤な顔で彼女にすがりついた。

でも密かなお気に入りとなるのには、時間はかからなかった。ずっと憧れ尊敬していた音楽作家が自分のために作ってくれた曲だから、というのももちろんある。でも一番の理由は、聴くたびに不思議な元気が湧き出してくるからだった。素材になっている自分の声へのむずがゆさはあるものの、入社したばかりの頃の、やや空回りぎみだったあのエネルギーを、過去の自分から分けてもらえるような気がするのだ。

そういえば最近、あの曲聴いてなかったなと、ふと気づいた。

柔らかい声はなおも続く。

「作り手ならみんなそうなのかもしんないけど、作ったモノをずーっと好きでいてくれるってのは、あたしにとっちゃ結構大切なことなのよね」

俯いていた顔を少しだけ上げ、響さんの方を向いた。向こうはビールを啜りながら天井を眺めているので、視線は合わない。でも彼女の表情はよく見えた。

「引柄京子《ひきづかきょうこ》っていう、コミュ障かかえた暗ーい女の子がさぁ」

響さんの本名。その目立つ唇に、自嘲のような何かが浮かぶ。

「むかーし、遠いとこに住んでる爺ちゃんに言われたのよね。友達がどうしても出来ないんなら、まずは本気でやりたいことを見つけなさいって。そうしたら、きっと願いは、その世界で叶うって」

そんで運良くさ、と肩をすくめる。

「ある掲示板に通い詰めて、見つけ出せたのよね。本当にやりたいこと。自分を表現できるメディア。魂をさらけ出せる方法。それが――」

音を編むこと。曲を紡ぐこと。音楽を、奏でること。

「だからあたしにとってはさ、仲良くなれるかの第一基準はそこなの。あたしの曲を、あたしの魂を、気に入ってくれる人。ま、残念なことにこんな性格だから、脱落せずに友達続けてくれてんのは数えるほどしかいないんだけどね。しぶといのはタエちゃんとカリンちゃんぐらいのもんよ」

そう笑って、ぐいっと缶を呷《あお》る。

タエちゃん、という響きは久々だった。新人だった当初はそう呼ばれていたのだが、妙子という名前はどうにも古くさくて好きではないのだと明かしてから、響さんは、できるだけこちらを下の名前で呼ばないように気を配ってくれていたのだ。

そして突然気づいた。

友達……？

彼女は今、自分のことをそう呼んだのだ。

「ホラ食べなって。いいかげん冷めちゃうわよ」

思えば最初から――入社したあのときから、響さんのこちらへの態度は変わっていない。こうしている今も同じまま。いつも通り馴れ馴れしく、いつも通り強引で、そしていつも通り、しつこいほどに藤村と繋がろうとしてくれる。ならばずっと、彼女は彼女なりに、自分のことを友達として扱ってくれていたのだろうか。こちらが、気づいていなかっただけで。

「とにかくあんたは、もう充分にがんばった。あとはあの変態専門家どもにバトンタッチ。しばらく休みなって」

その声に感じていた馴れ馴れしさが、最初からずっと親愛の響きにすぎなかったのだとしたら。

歯に衣着せぬ物言いも、さらけ出された正直さの表れだったのだとしたら。

あれだけ無茶なことを一緒にやらされたのも、ただ単に、その経験を藤村と共有したかっただけだったのだとしたら――。

焼けるような羞恥とともに、さっき背中にあった手のひらの暖かさが蘇る。

そういうふうにしか、人との繋がり方を知らない人。

そういう形でしか、友達を作れない人。

そういう、不器用な人の、手。

何かが胸から這い上がってきて、ぐっ、という呻きが漏れた。内に溜まっていた重くて刺々しいものとは違う、鼻の奥を熱いもので満たしていくような何かだった。

一分ほどそのままでいただろうか。

皿から立ちのぼっていた湯気は、もう失せてしまっている。でも箸をとった。

鼻水を啜り、目元をぬぐいマスクを外し、わずかに温もりの残る野菜炒めを一口、口に運んだ。

「どう?」

「相変わらず……エキセントリックな……味です」

こもった声でなんとかそう告げた。詰まり気味の鼻に抜けていくのは胡椒の香りではなく、カルダモンとオールスパイスの強いせめぎ合いで、おかげでアジア風とも中南米風ともつかぬ多国籍感が漂っていたし、油に混じったビールの苦さも舌を刺した。たぶん酢も入っている。

お世辞にも美味しいとは言えないその珍妙な創造物を、ゆっくり口の中で転がし、咀嚼し、飲み込むと、味覚とは切り離された暖かみのようなものが、胃の腑に落ちていくのがわかった。

錯覚だろうか。たぶんそうだろう。

そして、とにかくソース味ならより逸脱は少ないだろうと、焼きそばに箸を伸ばそうとしたところで、はたと手を止める。

「なんで、私の携帯のフォルダの中身、知ってるんですか」

「そりゃ見たし」

「あ、あ、あなたねぇっ！」

肩を震わせ声を荒げ、腰を浮かせた。そして気がついた。いひひと悪びれもせず笑う彼女から伝染したかのように、自分の顔にも少しだけ、笑顔らしきものが戻りかけていることに。

◇　◇　◇

「ただいま。どうやら久々に働いてもらうことになりそうだよ」

依頼の受諾から四日目の朝。二八センチの靴を脱ぎながら、裕一郎は暗い廊下に向けて声をかけた。

返事はない。待っている者など誰もいないのだから当然だった。正確に言うなら、返事を返せるだけの力をもった存在はそこにある。ただ、音声認識モジュールを含む機能の大半がシャットダウンされているのだ。

おっかなびっくりで玄関を抜け、後をついてきたトオル君が、部屋を見渡して声を漏らした。

「マジすか……」

この青年が物心ついた頃から住んでいるあのビルから、歩いてほんの三分。そこそこ築年数が溜まってきているのを外壁の塗り替えでなんとか誤魔化している、といった風情の、どこにでもあるようなマンションの六階で、間取りは2DK。ただし、お世辞にも普通とは言えなかった。

「なんなんすか……ここ」

「僕の秘密基地。まあ、見ての通り、床面積の九割は機材が占拠してるわけだけど」

裕一郎が高校生のときに住んでいた部屋だ。大学入学に合わせて余所へ越してはいったのだが、住みもしない物件に家賃を払い続けられるだけの財力が当時からあったこともあり、賃貸契約はその後数年にわたって継続していた。今では買い取って、名実共に自分のものになっている。

かつては一部屋だけだったサーバルームは、今や洗面所とバスルームを除くすべての床へと拡大し、ラック式のサーバ群にハードディスクアレイやら何やらが、ずらりと並んで空間を占拠していた。雨戸が唯一開けられた窓に面した一画に、作業デスクがぽつんと置いてあり、四台のマルチモニタがデスクチェアに正面を向けて円弧を描いている。武佐音研とはまた別の、裕一郎のもうひとつの仕事場なのだ。

「椅子それ使ってね。あと、そことあそこと、もひとつあのラックの向こうに空気清浄機があるから、みんな全開にしといて」

人が入室して動き回るだけで、体や服からけっこうな量の埃が入ってしまうゆえの指示だった。もはや部屋全体が、膨れあがったシステムを包む筐体といった塩梅なのだ。

「さて、本題に入る前に、ひとつだけ釘を刺しとこうか」

青年をパイプ椅子に座らせると、自身も席に着き、巨体をくるりと回した。

「うちのカリン君に興味があるって耳に挟んだんだけど、あげないからね」

鏑島さんと同じこと言うんすね、と、青年はため息をつく。

「どんな感じに育ってるのかって興味があるだけっすよ？　俺、高校出たあと向こう行ってたから、もうずっと顔見てねーし。だいたいあの子、佐敷サンのものじゃないでしょーに」

「フジとカリン君は僕のお気に入りのオモチャなの。君になんか分けてあげるもんか」

「ひでぇ」

トオル君とは一応、知り合いと言える関係だ。とはいえ深いものでもない。

《みうず》に通い詰めだった学生の頃、シルバ老と呼んでいた厳めしげな老家主に、時々細身の少年がくっついていたなという、十四年も前の記憶があるだけだ。

「だいたいさ、あっちの国じゃ美人なんて山ほどいたわけでしょ。五年近くもいたんなら、シルバ老の言いつけ通り、お嫁さんぐらい見つけてくりゃよかったのに」

「他人事《ひと》だと思って、簡単に言うっすね……」

苦労して高校を卒業し、ようやく大学に進んでのびのびできると思った矢先に、祖父のシルバ老に進学を勝手に取り下げられ、嫁をさがしてこいとブラジルに放り出された、という経緯はすでに聞かされていた。ポルトガル語のポの字すらもわからない状況での渡航だったそうなので、いくら親戚がいるとはいえ、苦労は並大抵のものではなかったはずだ。

「そりゃまあ、拗《す》ねてむくれてずっと引き籠もってたのは、親戚んちにも親父らにも、爺ちゃんにも悪かったと思ってるっすよ。それに……」

「それに？」

「意地張ってたせいで、爺ちゃんの死に目に会えなかったのは……後悔してるし」

正直言えば、上辺だけの軽薄な口調で武装し、ひたすら下手に出ることで相手との距離を測る、というトオル君の生き方は気にくわなかった。でも理解はできたし、むしろ理解できすぎて困るぐらいだった。自分たちと異なる者をやたらと排除したがるこの国の、そのまた縮図である学校社会で生きていく上で、長年かけて作り上げた彼なりの処世術なのだ。

上辺だけの言葉で、上辺だけの軽い付き合いしかしていなければ、拒絶されてもダメージは最小限で済む、というわけだ。それをどうこう言う権利はこちらにはないし、口にする気もなかった。トオル君からしても、こんな人間から助言など受けたくはないだろう。

でもシルバ老のことを語るときの声は、彼の心の奥にある本音をしっかり覗かせているようにも思えた。そこが自分とは違うところだな、と噛みしめる。

民族的アウトサイダーであることのコンプレックスをべっとりと纏ってはいるが、裕一郎よりももっと人間的で、もっとまともな若者なのだ。自分のように壊れきってはいない。

「あーあ、つまんないね。もう少し虐《いじ》めとこうと思ってたんだけどやめとくよ。じゃ、ボチボチ始めるとしようか」

「あの、始める……つっても、何するか聞いてないんすけど」

「まずは聴き役だね」

「へ？」

「生け贄とも言うよ。ヘッドホンはそこね」

なにしろ、デジタル的な解析はできても、その音を裕一郎は聴くことができないのだ。

もし藤村君や日々木塚君の主張通り、あの曲に含まれる何らかの音の仕組みが病気を誘発させるなら、発症の危機を冒すのは愚策だった。自分の腕に病原体を注射して研究しようなんて考える医学者はいないし、裕一郎は石橋を叩くどころか、耐震改修までしっかり施してから渡るタイプである。

その点、この哀れな青年はすでに問題の曲を聴いてしまっているので、とうに『感染』していると見てよかった。だから無害だ、などという保証などどこにもないし、むしろ再度耳に入れることで発症が早まる危険性もある。

作者である日々木塚響を除けば誰よりも早く、そして最も多くあの曲に触れた藤村マネージャーが一番重い症状を訴えているところからみるに、その可能性は充分に高いだろう。トオル君も、その点を挙げて抵抗した。まあ当然だ。

「でもさ、それについては仕方ないね。可哀想だけど、腹くくってよ」

スペクトラムアナライザーに楽曲データを読み込ませながら、のうのうと告げる。

「だいたいさ、どうせもう首根っこ押さえつけられちゃってんでしょ。あそこの法務部、けっこう怖そうだしね。警察に突き出されるか、とんでもない請求額の民事訴訟起こされるか、協力するかの三択ってとこなんじゃない？」

ぐぅ、という音を立て、青年は世界の終わりが来たかのような顔になった。


まず耳を打つのは、さわさわと揺れる木立の音。

立体音響効果を駆使して、風が、軽く耳元を通り過ぎていく感触すらある。

やがてそれらの音が減っていく。ボリュームが小さくなるわけではなく、音のパーツが減っていくのだ。木立の音だと思っていたものが、実は重ねられた無数の音階の集合であったことがわかってくる。そして重ねられていたものが減っていくにつれ、残ったいくつかの音符が、ずっと前からメロディを組み上げ続けていたことに気づく。それはもう木立の音ではないのに、亜熱帯めいた森の香りと湿度をそのまま宿して、弾み、流れていく。

始まったメロディには、どことなく移動の感覚がつきまとう。急いでいるわけではないし、のんびり進んでいるのでもない。かすかに胸の高鳴りを覚えるような、先にあるものを目にしたくなるような高揚のある足取りで、山登りをしている感覚にどことなく近い。その高揚感がクライマックスに達したとき、目の前に突然、空間が開け――。

「――空間？」

目で見たかのように具体的な表現が続く中で、ひとつだけ浮いたように、ビジュアルを伴わないあやふやな言葉だった。

「いや、その、曲が止まって、なんか静かになるんすけどね。広いっつーか、森ん中かきわけて進んでたら、見晴らしのいい崖に出たっつーか、なんかその、そんな感じで」

「無音、ってことではないの？」

「そうじゃなくて、なんか鳴ってるんすけど。ジジジーつーか、ピピピーつーか、その中間っつーか、ちょっとその、似た音、口で出せねーっすけど」

「ごくわずかに、とか？」

「や、小さいことは小さいっすけど、けっこうくっきりと」

「ふむ、続けて」

やがて、およそ三十秒の断絶の後、再び音の流れが戻ってくる。とはいえ今度はまったく異なる作りの音色とメロディらしく、前半とは打って変わって、青年はその後半パートのイメージを、どうにもうまく言語化できないようだった。

「うーん、そこも同じか……」

「同じ？」

裕一郎はすでに、藤村マネージャーからも電話で曲の感想を得ていた。トーマさんからも、辻神親子からも、そして咲弁護士からもだ。彼らの述べた意見には、明らかな共通点が二つあった。

ひとつは曲の前半パートにおいて、皆が揃ったように同じようなビジュアルと、カメラの動きとでもいうべき移動感覚を並べ立てることだ。

森。湿度。そして登り道。

写実主義《リアリズム》画家の描いた具象画でも鑑賞したかのように、皆が皆、同じイメージを語る。日々木塚響の数多くの楽曲の中でも、これだけ情景を描き出すことに特化しているものは珍しいはずだ。

そしてもうひとつは、後半のパートをうまく表現できた者がいないということだった。前半とは明らかに違う曲調ゆえ、そのギャップが言葉での表現を妨げているのか、それとも単に、もともと前半とは違ってイメージを喚起するような情報など込められていないのか、実際に生で聴いていない裕一郎にはわからない。

「なんつーか、その、最後で空を見上げたくなるような……っつーか、なんとなくそんな気分になるっつーか……わかるっすかね？」

「わかんないよ。また漠然としたご意見だねぇ。でもまあそこは置いとこう。まず僕がターゲットにしたいのは、その前にある真ん中のパートなんだ」

およそ三十秒間の、不思議な音だけが連なる空白。曲の中央に収まる、奇妙な〝間奏〟部分だ。

もちろん、その異様な作りも気になる。しかし疑問を投げかけて水先案内をつとめてくれたのは、このパートについて述べた藤村マネージャーの言葉だった。

曰く――もう、何も聞こえません。

「聞こえない……っすか？」

「もう聞こえない、だよ。発症前にはちゃんと聞こえてたそうなんだけどね。今じゃ全然、ボリュームを上げても感じ取れないんだってさ。ほら、これが問題の箇所のスペクトル」

モニタに映る周波数成分の分解画面には、たったひとつの尖ったスパイクしか映されていない。

〝間奏〟部分で使われている音の周波数は、ごくごく限られたものなのだ。そして、最も症状の進んだ藤村マネージャーの耳は、それをまったくと言っていいほど感知しない。

《KYOW》がかつて患い、今藤村君が悩まされている難聴は、音が一律に聞こえなくなっていくのではなく、特定の波長の感度が極端に落ち、そこから症状が進行していくということなのだろう。日々木塚君にもかつての病状の確認をとってみたが、心当たりは確かにあるという。

「でも……ありえるんすか？　そんなこと」

「ありえないことはないよ。まずさ、もともと人の聴覚って、音の高低によって感度が異なるんだよ」

物理的に同じ音圧であっても、周波数によっては感じる音の大きさが異なってくる。

それを図示したグラフを、裕一郎はモニタのひとつに開いてみせた。左上からゆるやかに下がり、やがて波打ちながら傾きを取り戻し、最後に右上へと跳ね上がっていく何本もの曲線だ。横軸は周波数、縦軸は音圧を表すデシベル数である。

「周波数を変えながら、同じ音量に感じる地点をそれぞれ結んでいったらこんな感じになるわけ。等ラウドネス曲線っていうんだけどね。難聴の診断は、このカーブを基準に行われるんだ」

さらに言えば聴力というものは、耳の穴を通ってくる『気道聴力』と、骨の伝導で伝わる『骨導聴力』のふたつが組み合わさったものだ。

難聴の診断をする場合、まずはオージオグラフでそれらを個別に測る。誰でも一度は体験したことはあるだろう「ピーと鳴ったらボタンを押す」あの検査機械だ。そうやって測った数値を線で結んで図示化したものを、オージオグラムと呼ぶ。

例えば、音を感じる器官である内耳の異常による、いわゆる感音難聴の場合、オージオグラム上で描かれる気道聴力と骨導聴力の折れ線は、膠《にかわ》で貼り付いたように一緒に下がっていく。鼓膜から伝わろうが、骨から伝わってこようが、最終的にそれを受け止めて感じる器官に病巣があるからだ。

対して、骨導聴力はあまり下がってもいないのに、気道聴力だけが極端に低下しているような場合、それは音を鼓膜から内耳へと伝える伝達能力が低下している証しとなる。いわゆる伝音難聴——耳の穴から入ってきた音をリレーしていく仕組みの方に異常が疑われるわけで、中耳に収まる耳小骨に異常が起きる耳硬化症も、このカテゴリーに入る。

感音難聴と、伝音難聴。

音を感じる機能の異常と、音を伝える機能の異常。二つの疾患の患部は、まったく違う。

視覚を担当する眼球の中にも、光を取り込む瞳孔と、光を屈折させるレンズと、光を感じる網膜があるように、耳だって部位によって、分担する機能は異なるのだ。

外耳がまず音を集め、中耳がそれを伝達し、そして内耳がそれを感じる。

今回問題となっている難聴は、中耳にある耳小骨を患部とする。

そして中耳の異常であるなら当然、耳硬化症と同じく伝音難聴の一種であるはずだ。

「でも耳硬化症だったら、特徴的なカルハルトノッチが出るはずなんだけどね」

「カルハル……なんすかそれ」

「二キロヘルツあたりで、骨導聴力レベルがちょっとばかし上昇するの。ちなみに、藤村君が大学病院で診断受けた際のオージオグラムがこれね」

モニタの等ラウドネス曲線に重なる形で、折れ線グラフを新たに表示する。はっきりとしたカルハルトノッチは認められず、その代わりに妙な特徴があった。トオル君のような素人にだってひと目でわかるだろう異常だ。

気道聴力のある一箇所だけが、針のように細く落ち込んでいるのだ。

全体的な聴力もそこそこ低下はしているが、その周波数帯だけは、耳の穴を通ってくる気道聴力に限って、感度の減少が著《いちじる》しいのである。

「普通、こんな極端な折れ線は出ないよ。感音難聴だったらわからないでもないんだけどね。内耳の損傷で、特定の周波数だけ聞こえなくなるって症例はけっこうあるんだ。でもそうなら、骨導聴力の方も一緒に落ち込んでなきゃおかしい。おまけにね――」

画面を、再びスペクトラムアナライザーに戻し、その周波数成分のピークを指し示した。

藤村君のオージオグラム上にある急激な谷間は、問題の〝間奏〟部分に流れ続けている音の周波数と、ぴったり符号するのである。

「偶然だと思う?」

青年は、ぶんぶんと首を振った。

アムステルダムで催された、とあるテクノ・フェスタを通じてデビューしたその直後から、日々木塚響が長らく作り続けているという作品――逆算すれば、それはもう七年にもわたって手を入れられ続けてきた曲になるわけだ。
作り始められたのは、フジと一緒に武佐音研を旗揚げする三年も前のことであり、隣に座るこの青年に当てはめれば、翌年ブラジル送りになることも知らずに、鬱々と高校生活を送っていた頃になる。
手元にあるデータのファイル名は――『transwarp 7.02』
バージョン番号からするに、これまで最低でも六度は大幅な改修を施されていることが明らかだ。そのすべてとまではいかなくとも、四年半ほど前の古いデータは、日々木塚君から合わせて受け取っていた。ハードディスクの奥からなんとか掘り出してきてもらったそれは、彼女が急性難聴を発症する直前あたりのバージョンだ。

「え？　なんすかこれ。別物じゃないすか」

試聴しての、トオル君の開口一番の台詞はそういうものだった。波形をざっと比べただけでも違いは一目瞭然なのだが、ひとまず感想を尋ねた。

いかにもな電子音で構成された、いかにもテクノらしいテクノといった曲で、あの森の中をかき分けていくようなイメージは微塵もないそうだった。しかし、前半のパートが終わったところで、ヘッドホンをはめた彼の耳に、聞き覚えのあるものが流れ込んでくる。

突然止まった演奏の代わりに鳴り続ける、音階もメロディもリズムも持たない断続的な音――。

他の部分は丸ごと入れ替わっているのに、曲のど真ん中にはめ込まれたあの〝間奏〟部分だけは、まったく同じなのだ。念のため波形の差分をとってみたが、両者にあるのは類似や相似ではなく、完全な一致だった。

「バージョンが進んでも、まったく手の入れられてないパート……か」

誰にともなく、そう呟く。

「しかし、困ったもんだよ。周波数成分が単一ってことは、波形自体か、その集積したエンベロープかに何かがあるってことになるんだけど……まあ無いよねぇ普通」

「エンベロープ……って、封筒ってことっすか？」

「まあ意味はそうだけど。音のね、ボリュームの推移のことだよ。音楽用語というか、この場合はシンセサイザー関連の技術用語の方だね。いわば出力変化による、音の彫塑《ちょうそ》の仕方かな。周波数が固定である以上、問題の三十秒間に詰まってるのはそんな出力の上下だけなんだよ。細かなエンベロープの単音が無数に連なってるだけで、逆に言えば、それしかないわけ」

周波数は一定で、その幅も極小。音色は単一で、音階もなく、音域もない。

あるのは、決まった波長を持つ波の高低差だけ。

「そんなモノはね、音楽とは言わないよ普通。ただの信号だ。それが耳を蝕むっていうなら、はっきり言ってオカルトの領域だね。やってはみるけど、正直なところ、解析で結果出せる自信なんてまったくないよこんなの」

肩をすくめ、珍しくも嘆いてしまったが、代わりのアプローチはすでに考えていた。

そもそも、そのためにトオル君をここへ招いたのだ。

たっぷりした上半身の質量を青年の方へゆっくり傾け、怯えの色が浮き出た顔を覗き込む。

声帯をわずかに緩め、少しだけ声のトーンを落とす。唇を、舌を、歯切れを、そして抑揚をコントロールし、快と不快を行き来するゆらぎを、幼い声に乗せる。

「ところでさぁ、トオル君」

たったひと言で、青年の額に脂汗が噴き出した。シャツから剝き出しの腕が、鳥肌で埋め尽くされていくのが見える。自律神経がけっこう揺さぶられやすい体質のようだ。

「君のことはね、気にくわないながらもけっこう評価してんだよ僕は。なにしろこの僕から、ネットワーク上で二週間も身を隠し通したんだから。三日で突き止める自信はあったんだけどね」

「突き……止め……え？」

「バックドアのこじ開け方はありきたりだけど、足跡の消し方も、踏み台の選択と目くらましの配置も鮮やかだったよ。でも中継点をブラジルに偏らせたのは失敗だったね。センスは悪くないし、スキルは充分だし、足りていないのはリソースかな。そこさえクリアできれば、ちょっとした電子的空き巣として副業を営めるかもね」

トオル君の顔が青ざめていく。ミューズプレックスの法務部がハッカー追跡を依頼した〝信頼できる外部の専門家〟が誰なのかに、ようやく気づいたのだ。

「でもまさか、知人の小僧だとは思わなかったし、さすがにこんな妙な事件に繋がるとも思ってなかったけどね。君が暇をもてあましたおかげで、えらい迷惑だよこっちは」

青年は、あんぐりと口を開けて動けないままでいる。頭の中が真っ白になってでもいるのか、あるいは、蛇に睨まれたカエルの硬直のようなものか。

「その迷惑ついでにもうひとつ、暇で暇で仕方ないというそんな君に、ぜひやってもらいたい仕事を用意してあるんだけど。スリルたっぷり系なやつ」

「きょ、拒否権……ねぇんすよね？」

絞り出されたその声に、ないね、とひと言で答えて、デスクの脇にある集中電源スイッチを入れた。その瞬間、部屋中に並べられているサーバのうち、電源が落とされていたおよそ八割が一斉に起動する。

「足りないリソースは僕が貸してあげるからさ。普通なら他人には絶対に触らせないシステムなんだけどね。君は特例ってことにしとこう」

無数のファンの音が集まり、重ねられ、高周波混じりの唸りとなって部屋に染み渡っていく。

それは、玄関でただいまと声をかけた相手の、目覚めの音だった。この部屋そのものであり、情報で満たされた肥満体をハードディスクアレイに分散し、並列に繋がった六十四セットのCPUで思索する、ある目的に特化されたエキスパートシステム――。

「紹介するよ。僕の旧友――《U2》だ」

◇　◇　◇

調査が始まってから九日目の昼下がり。某国立大のキャンパスを縫う並木道。

木漏れ日を抜けながら、辻神誠貴は空を仰いだ。

雲の動きが速い。一雨くるかもしれないなと、鞄の中に折りたたみ傘があることを確かめる。

理工学部・医用工学科棟と銘打たれた玄関ホールに入ったところで、見知った無精髭の白衣姿を見つけた。向こうもこちらを向き、よう、と顎を揺らす。

武佐音研のチーフエンジニア、武藤さんだ。

「ご無沙汰しております。以前はご迷惑を――」

こちらの挨拶を無視して、彼はすぐさま手近な柱に身を隠し、スナイパーを捜すかのようにキョロキョロと周囲を見渡した。苦手とする音楽家が近くにいないかどうかを確認したのだろう。

「ひとりか」

「あ、はい、代理でこっちの様子見てこいと、京子さんが」

「パシリかよ。ボンボンのくせに」

「パシリです。ボンボンのくせに、はい」

無精髭から覗く唇が軽くつり上がり、眠たそうな目が誠貴の全身を眺め回す。

「去年に比べりゃ、ちぃたぁマシな恰好するようになったみてぇだな」

「えと、そんなに酷かったですか？」

尋ねてはみたが、自分でもわかっていた。ウェーブの具合まで気を配っていた髪をいざ短く切りそろえてみると、以前の長さは気取りが鼻についていたことがはっきりとわかったし、チャラチャラしたブランド物のスーツを身に纏っていたのも決して美的感覚によるものではなく、ただ優越感と自己満足に浸っていただけの、幼稚さの独走にすぎなかったのだと気づくこともできた。至極まともなビジネスマンの枠に収まっている今の恰好の方が、いざ切り替えてみると、肌にしっくりと馴染んでいる気がするから不思議だった。

「耳の方はどうだ？　それに花倉加世子の様子は？　てかよ、付き合ってんだって？」

「ち、違います！　こちらの一方的な好意で、その、いらぬ世話を時々焼かせてもらってるだけで、ご恩もあるし、決して、やましい交際なんかじゃ」

誰から聞いたんですかとは尋ねなかった。京子さんに決まっているからだ。

「別にそこは責めちゃいねーよ。責めるってんなら、社外秘のデータを勝手に持ち出して彼女に聴かせちまったことの方だろーがよ。このボケナスが」

「いや、まったくです。言い訳できませんね……」

花倉さんにあの曲を試聴させてしまったのは、この自分なのだ。

それが耳を病ませる可能性のある曲だったことを咲弁護士から聞かされたあとも、加世子さんはいつも通り背筋を伸ばし、微笑みを浮かべ、気丈に振る舞っている。でもその笑顔の奥では、幼い頃に失った光の次に、今度は音までをも奪われてしまうかもしれないという恐怖の針が、必ず心を刺し続けているはずだった。

その責任は自分にある。誠貴としてはなんとしても、彼女の心配をぬぐい去ってあげたかった。とはいえ自力では何もできないので、無力感だけが募っていく毎日だ。報告がてらのそんな悔恨と焦燥を、武藤さんは黙って聞いてくれた。

幸いにも自分の耳の方は、高めの声が少々聞き取りにくいぐらいで、あれから特に変化がないことを伝えた。症状の進行が止まってくれているならいいのだが、この先どうなるのかは、彼らの原因究明にかかっている。

真っ赤な目を擦りながら何度もあくびをする武藤さんに案内されて、長い廊下を歩き、研究室らしきドアをくぐると、瓶底眼鏡をかけた禿頭の老人がひょこひょこ歩み寄ってきた。

「あれあれ？　誰なのその人」

「あのクソ女の下僕」

ひどい紹介である。一礼し、名刺を差し出すと、老人は千枝松健二《ちえだまつけんじ》と名乗った。

名前は知っていた。かつて京子さんの手術のとき、旗揚げ直後だった武佐音研に人工耳小骨の設計を依頼し、医療機器メーカーや大学病院との橋渡しまで担当してくれた教授だと聞いている。音響工学、音響心理学、ついでに神経学の分野でそこそこの権威にあり、武藤さんや佐敷さんの師匠でもあるらしい。

部屋には、武藤さんと教授の他には、学生と研究員らしき若者たちが片手で数えるほどしか居なかった。なにしろモノがモノなので、けっこうシビアな守秘義務契約をミューズプレックスと交わしており、可能な限り人数を絞って、精鋭だけ関わらせているということなのだろう。

「この度は、本当にお世話になっております。ミューズプレックスを代表して——」

「あーいやほら、ボク今年で退職なのよね。他の研究はだいたいカタつけたり引き継ぎ終わらせてるし、武藤君と久々に仕事できるしで、むしろ歓迎。それにさ、わけのわかんないテーマを金槌でぶん殴るところから始めるのって、ボク大好きだし」

そう早口でまくしたててから、教授は親指と人差し指で輪っかを作ってみせた。

「もちろん、コレが潤沢じゃなきゃ受けてないけどね。いひひ」

これまた変わった人だなぁと、正直に思った。お二人の師匠というのが妙に納得できる。

「殴ったら粉々になっちゃったとか、殴ったらどっか飛んでっちゃったってのがほとんどなんだけどね普通は。たまにあるんだよね今回みたいなの。殴ったら、予想以上にびっくりしちゃったってのが」

「び、びっくり?」

「うん。ぶん殴ったらさ、でっかいドアが現れちゃったって感じかな。扉を開ける方法も、その向こうに何があるのかもまだわかんないんだけどね。今は薬理からの報告待ち」

薬理というのは、同じキャンパス内にある医学部の、薬理学研究室のことらしい。教授は理工学部の所属とはいえ、主に医療のための研究をしている以上、医学部とも繋がりが深いのだろう。

ぽかんとしていると、小瓶に入った小さなゴミのようなものを笑顔で見せてくれた。

数ミリほどの骨なのだと、しばらくしてようやく解る。

ツチ骨と、キヌタ骨と、アブミ骨。

人間の中耳にあり、鼓膜から内耳へと音を伝える三つの骨だ。

槌《つち》は当然ハンマーのことであり、砧《きぬた》はかつて洗濯した衣類を叩いて伸ばすのに使ったという道具で、まあ棍棒のようなものか。鐙《あぶみ》はもちろん、馬の鞍につける馬具のひとつであり、足を通す輪っかのついた丸い板のことだ。

そのそれぞれを如実にイメージさせる形状をした三つの小さな骨は、外側から内側へと名前の順番通りに連結していて、鼓膜が受けた振動をテコの原理で増幅しながら、内耳へと伝える役目を担っているらしい。

「さて何から手をつけようかって、最初は頭を抱えたのね。でも佐敷君から、ある周波数帯が怪しいって連絡があってさ、となるとまずは共振あたりでいってみようかなって」

「共振って、あの、音叉のアレですか？」

「そそ。んで、手始めにツチ骨とキヌタ骨の固有振動数測ってみようかって」

「こ、固有……振動数？」

理解がさっそく怪しくなってくる。経済学部出身で、こういう事にはまったく縁がないのだ。

「名前の通り、固有の振動数ね。どんなものにでもあるのね。こんな感じに」

そう言って、教授はコンコン、と机を叩いてみせた。

金属を叩いた音、木を叩いた音、石を叩いた音……それらが互いに異なるのは、固有振動数が違うからだという。木琴や鉄琴の音板や、ピアノやギターの弦がそれぞれ隣と違う音を出すのも、長さや太さでそれが変わってくるからだそうだ。ありとあらゆるものには、材質ごとに固有の振動数があり、それは大きさや形状によっても左右される。

当然、今回の症例の患部となる耳小骨にも、それぞれの固有振動数があるわけだ。

モノさえあれば測定自体は簡単らしいのだが、本来なら耳小骨同士は連結しているし、薄い粘膜で覆われて、鼓膜や筋肉とも微妙に繋がっているので、そこも重々考慮しなければいけないのだと教授は語った。

「これまで真面目に測った人間、意外といないいんじゃないかなぁ。佐敷君がいれば楽だったんだけどね。包んでる粘膜の形状に合わせて仮想のシミュレーションモデル組んでもらって、近似値予測させて」

「は、はあ……」

たまらず武藤さんにヘルプの視線を送ったが、明らかに目が一度合ったのに、そのまま見て見ぬふりをされた。嬉しげに喋り続ける教授にこちらの対応をまかせ、部屋の隅にあるポットでけだるげにコーヒーを淹れている。そのまま啜り始めたところを見るに、客用ではなく自分用らしいし、どう見ても助けてくれそうにはない。

「ちょ、ちょっとだけいいですか。あ、あとでゆっくり聞き直したいので、録音を」

ポケットをまさぐり、会議用のＩＣレコーダーを慌てて取り出したのは、もちろん後で京子さんに報告するためだ。これは到底覚えきれないと、ようやくにして気づいたのである。

「はは、引柄君本人だったら聞いてるだけで録音できるのにね。便利だよねぇ。いやほんとボクも欲しいなぁって思うよアレ。んでね――」

千枝松教授の舌は、そのままアクセルを踏み続けた。すべて録音しながら、なんとか理解を追いつかせようと努力する。

骨が個別のときと連結した状態とでは、当然固有振動数は異なってくるし、机の音が叩く場所によって変わるように、いくらミニサイズの骨とはいえ、部位によっても数値は微妙に変化するそうだ。

しかし幸いにも、今回は患部が限定されていた。

ＣＴ映像に浮き出た、ツチ骨とキヌタ骨の連結部――。

そうやって部位が示されていたおかげでなんとか、さすがにぴったり正確とまではいかないにせよ、人間の耳の中に収まっている状態での患部とその周囲の固有振動数を、ある程度の幅で割り出したのだという。

教授はそのまま、部屋の奥に鎮座する実験装置まで、誠貴を引きずっていった。

金属と樹脂材で組み立てられた、防音気密加工を施してあるとおぼしき箱があり、そのすぐ隣に、小さくて細かな何かの装置が置いてあった。

「これが三号機。箱の中にはあんのは四号機。作りの基本は似たようなもんだけどね。武藤君にちゃちゃっと組んでもらったの。ほんと、手先が器用なのがいると助かるね」

三号機とやらに目をやった。

幅が数ミリ、長さ一センチ強の薄い板が、これまた極小のピンセット状固定具に両側から支えられていた。えらく小さな部品の集まりから伸びている配線も、綺麗にまとめられている。見かけとは裏腹な繊細さが武藤さんのチャームポイントのひとつなのだと、京子さんがよく言っていたのを思い出した。

板は骨組織の主成分である水酸化リン酸カルシウム《ヒドロキシアパタイト》を樹脂で裏打ちした薄片で、左右の固定位置をずらすことで、板自体の固有振動数を変えることができるようになっているのだそうだ。

「クリーン環境でね、この切片に骨芽細胞を塗布してさ、まずしばらく培養すんのね」

生物の骨は、ずっと変わらないように見えても、骨吸収と骨形成によるリモデリングを常に行っており、入れ替わり続けているらしい。その骨形成を担当するのが骨芽細胞で、骨吸収を担当するのが破骨細胞ということも説明を受けた。

「ちなみにどっちも、薬理研からたっぷり譲ってもらったのね。貸しはいっぱいあるしねぇあそこには」

骨芽細胞を塗布したその切片を装置にセットし、耳小骨から求めた共振周波数になるように固定位置を設定して、そこに外部から振動を加える、という実験らしいことがようやくわかった。

加えるのは、もちろんあの曲——《transwarp》の中央に居座る、約三十秒の信号音だ。

「当たり前だけど、ま、何も起きなかったのね」

別に気落ちなどしなかったそうだ。なにしろ思いつきと勘だけで始めた、いわばものの試しのざっくりした実験であり、「わけのわかんないテーマを金槌でぶん殴る」という教授の言葉通り、原始的で荒っぽい、手探りの第一歩にすぎなかったのだから。

ところが次の作戦を練っている途中で、実験の継続を任せていた学生たちが、申し訳なさそうにやってきた。測定の数値が定まらなくなった、という困り顔の相談だったらしい。

実験装置は、与えた音に共振している切片から返ってくる振動を数値化して、リアルタイム監視できるようになっていたという。ところが実験を重ねていくうちに、その数値がわずかに減少していくことに誰かが気づいた。再度試すと、また減っている。何度試しても、同じ値にならない。ごくごくわずかずつではあるが、数値は減り続けていく。

武藤さんと教授の手で徹底的に点検しても、装置には異常は見られなかったという。

「切片の固定位置も同じで、与える振動の方も変えてないのね。しかも板だけじゃ現象は再現せずに、骨細胞を塗布したときだけに起きるってんだからさ、あろうことか、一発目でビンゴっちゃったかもしれないわけよ。この幸運が宝くじとかにも適用できたらねぇ」

装置にも切片にも入力信号にも変化がないのに、それでも値が減少しているというからには、薄片に塗布した培養細胞が振動を吸収しているとしか思えない。分析のため、問題の細胞サンプルは出所である薬理研に送られ、そしてその結果が、昨晩返ってきたところだという。

「未知の……タンパク……質？」

内容を聞いて、そう声をあげるしかなかった。

「そ。もちろん骨芽細胞由来だけど。変性してるっぽいのよこれが。もちろん、試料汚染《コンタミ》の可能性は最初に疑ったよ。でも全プロセスに総チェックかけ直してもシロでねぇ」

となると骨細胞が自ら、その蛋白質を合成しているとしか考えられないわけだ。

そしてその合成のプロセスか、あるいは出来上がった蛋白質そのものが、何らかの仕組みであのパルスめいた信号から〝音による振動のエネルギー〟を奪っている——。

「そんなこと……ありえるんですか？」

「ありえるわけねーだろ。ありえねーから困ってんだ」

いつの間にか横に立っていた武藤さんが、そう嘆いた。それ以上は言葉を続けず、マグカップを片手に充血した目を瀕ませている。一方、千枝松教授の方はやたらと元気そうで、その隣でラジオ体操めいた屈伸運動を始める始末だった。

「いやもうほんと、引柄君と関わると驚きの連続だねぇ。嬉しくなっちゃうなぁ。ほっ」

嬉しかねぇよジジイ、と、髭面がしかめられる。武藤さんの口の悪さは恩師にすら向くらしい。教授の方は慣れているのか、まったく気にもしていない。

「とにかく糸口は見つかったわけ。薬理の方も大騒ぎになってるみたいよ。うちの分子生物学研究室にもヘルプ頼みたいって言ってたし。よっと。でもどうかなぁ。まともに究明しようと思ったら、五年や十年じゃ到底足りない気がするけど」

ちょうどそのタイミングで、研究室の扉が開いた。白衣の学生が息を切らして駆け込んできて、体操を止めた教授になにやらメモを手渡す。

話題にしていたばかりの薬理研から、第二報が届いたらしい。紙片を覗き込んだ武藤さんが、勘弁してくれよとばかりにこめかみを揉みほぐした。

「ますます無茶苦茶になっていきやがるぜ……」

そんな彼か、あるいはメモに見入ったままの教授か、どちらかがそのうち内容をこっちにも教えてくれるだろうと、沈黙の中でしばらく待っていた。

窓の外で光がまたたき、あっという間に部屋がノイズで満たされた。

目をやると、滝のような雨が窓を打っていた。

加世子さんの、凜としたまっすぐな声が、ふと頭をかすめていく。

——雨の音って、好きです。

色んなものを一緒に包んでくれるからだ、と彼女は言う。窓に当たるもの。トタン屋根を打つもの。水たまりに飛び込むもの。そんな水滴のひとつずつに違う音がある。世界を包み込み、一斉にイメージを放って〝形〟を奏でてくれる。目の見えない彼女の中にあるそんな景色の有り様を、誠貴は純粋に、素敵だと思う。

でもそんな加世子さんとて、遠雷の低い轟きが腹にまで響いてくれば、さすがに不安を感じてしまうのではないだろうか。

先ほどまでの饒舌が嘘のように黙り込んだあと、ようやくそこに誠貴がいることに気づいたと言わんばかりに、分厚い眼鏡の奥の、きょとんとした目を千枝松教授が向けてくる。

「なんか……異常プリオンの可能性があるんだってさ」

◇　◇　◇

蠱惑的な唇を歪めてニヤニヤ笑っている魔女の顔が、夜道を歩くフジの頭に浮かんだ。

思わず顔をしかめ、心の中の罵声でそれを追い払う。

おめぇは大量破壊兵器製造工場かよ。迷惑千万限りなしだぜ。

あの女が弱冠十四歳にして、今回のものに勝るとも劣らない危険な曲を作った過去があることを、フジは当事者のひとりとして知っていた。聴いた者の渇きを煽り、水へと引きずり込むなどという危なっかしいその魔曲は、仕組みも動作原理もいまだ解明されぬまま、武佐音研の資料保管室で厳重に封をされ、眠っている。

そのうえ今回は、耳を腐らせる曲に、プリオンときた。もう無茶苦茶だった。

誰かあの女の額にバイオハザードマークのシールでも貼っておくべきだろうと、本気で思う。

プリオン——蛋白質性感染因子。

その名は、病原性ウイルスや強毒性バクテリアなどと並んで、人々にパニックを起こさせるのに充分な力を持つキーワードであろう。この日本でも、「狂牛病」などというキャッチーな名前で報道された牛海綿状脳症《BSE》の猛威と、それによる牛肉・乳製品高騰の記憶がまだ風化しきってはいない。

加熱や、蛋白質分解酵素によっても感染力を失わず、冒された犠牲者の脳をじわじわとスポンジ状に浸食していく、治療不可能な病の原因——そういった危険極まりないイメージは、件《くだん》のパニックを煽りに煽った一部マスコミのおかげで、ある程度は人口に膾炙《かいしゃ》しているといえる。

ところが、そのプリオンなるものが体の中に実は普通に存在していることについては、あまり広くは知られていない。人間を含む多くの生物は、プリオン蛋白を作る遺伝子を最初っから持っていて、何の害も起こさない正常なプリオンを、少量とはいえ常に生産し続けているのだ。

そうした正常プリオン蛋白は、普通に体内にある蛋白分解酵素で分解され、リサイクルされていく。問題を起こすのは、何らかの理由でそこから変異してしまった規格外品の方だった。

蛋白質の折り畳み方が異なるがゆえに、体内酵素で分解されなくなったプリオン――異常プリオンだ。

壊されず、捨てられず、リサイクルされないからこそ、それは蓄積されていく。ゴミが溢れて足の踏み場もない状況になるわけで、言ってみれば異常プリオンを原因とする病は、捨てられないあれこれが溜まっていくことでやがては住人すら住めなくなっていく、ゴミ屋敷化のプロセスに似ているとも言える。

そういやあのクソ女の部屋もそんな様相だったなと、寝室に引っ張り込まれそうになった昔の記憶を思い返した。

ひとつ違うところは、周囲にある正常なプリオン蛋白の折り畳み方を、異常プリオンが自分と同じものに変えてしまうことだった。そのゴミ屋敷は住人の怠惰《たいだ》によってではなく、ゴミ自体が周りのものを新たなゴミに変えていくことによって出来上がるのだ。

正常プリオンと、それを狂わせ変質させていく異常プリオンとの間には、遺伝子的な違いはまったくない。だから周囲を浸食していくといっても、DNAやRNAといった核酸の遺伝情報を異常プリオンが狂わせ、そこから間違った自己増殖が始まってガン細胞のように増えていく、などというB級パニック映画のネタ的なものでもない。

未だに、その仕組みには謎が多いそうだ。

なにしろアミノ酸の一時配列は、まったく同じ。

蛋白質が高次レベルで畳み込まれていくときの、形状の違いだけがある。

なぜ高次構造の折り畳みにそんな変異が起きるのかも、どのようにして正常なプリオンを蝕み、どうやって異常プリオンが複製されるのかについても、分子生物学の分野で、まだじわじわと解明が進んでいる途中なのだった。

そんなものがいきなり関わってきたのだから、ため息のひとつも出ようというものだ。

あの紙片が千枝松教授と自分のもとに届けられてから、もう一週間が経過していたが、その間にも色々とあった。

例えば二日前、今回の被害者一同から細胞組織を採取しての一斉検査が行われた。感染性の異常プリオンに冒されていないかどうかを確かめるためである。

とはいえ、鼓膜の向こうにある中耳の組織を採取するとなると、どうしても鼓膜穿孔《せんこう》などの外科手術が必要になってくる。さすがにそこまでは無理だったので、各人の外耳——鼓膜の周囲から、皮膚片と粘膜片のみを提供してもらうことになった。

ただし、あのクソ女に限っては、ありとあらゆるサンプルを念入りに取った。面倒くささには閉口したし、骨髄液を採取する注射針の太さに恐れをなして逃げだそうとするのを捕まえたりと、色々大変だったが、まあ必要な労力ではあった。彼女の発症が最も古く、もし数年前に異常プリオンに冒されたというのなら、おそらく感染は相当に進んでおり、それらのサンプルから同じものが検出できてしかるべきだったからだ。

各人の頭蓋のCTスキャンも、隣接する大学病院にて念のために行われた。もっと楽な核磁気共鳴画像撮影《MRI》にしなかったのは、これまた日々木塚響のせいであり、同時に武佐音研のせいでもあった。テフロン樹脂に包まれたコイル――《ネーメ》が耳の中に居座っている彼女には、強い磁場が作用するMRIは御法度なのだ。CTの方が解像度が高く、小さな耳小骨の様子もついでに確認できるという、もうひとつの理由もある。

ちなみに、既存の〝ヒトに感染する異常プリオン〟は、脂質の多い脳に集中し、そこを海綿状に蝕んでいく事で知られている。クロイツフェルト・ヤコブ病や、致死性家族性不眠症などがその発症例だ。

全員の脳スキャン画像からは、大方の予想通りどこにも異常は見出されなかったが、それだけでは安心できるものではなかった。プリオン病はその進行が遅々としたものであることも有名だからだ。あの魔女を含む全員、どのサンプル組織からも異常プリオンが検出されなかったことを伝えられて、ようやく安堵のため息が吐けた。

「おかえり。ご苦労さま」

目元に濃い隈を湛え、少々やつれた顔で音研に戻ると、裕一郎が待っていた。

「電話での報告じゃなく、こうして歩いて帰ってきたってことは、ひとまず胸をなで下ろせるってことかな？」

「ああ、ひとまずはな」

こちらは音響工学の技術者であって、脳や分子生物学の専門家ではない。ゆえに今回発見された〝プリオン様蛋白質〟の解析検査にも、直接は立ち会っていない。しかし薬理研と分子生物研からの報告は千枝松教授とともに受けており、それを携えて社に戻ってきたのだった。

「異常プリオンじゃなかった……って考えていいのかな？」

手渡された書類を眺めながら、裕一郎が尋ねる。

「異常は異常なんだがな。つか、異常すぎて、プリオンって呼べるかどうかも怪しいもんだとよ」

あの実験で確認された未知の蛋白質は、まだ知られていない折り畳み構造を持つプリオン蛋白だったのだ。正常プリオンと同じように分解酵素で簡単に壊れてしまうので、プリオン病を発症させる異常プリオンの類とも異なる。

「それで、あの信号が外部から加えられてる限りは、コピー機まがいの悪さをしちゃうって？」

「ああ。わけわかんねぇにも程があるぜ、ったく」

外部から加えられたある種の音のパターン——あの信号音との〝共振〟状態を維持している限り、異常プリオン並みの感染能力を持ち、周囲の蛋白質を浸食することがわかったのである。振動という形で届いた外部からの信号によって、表層の蛋白質が異なる形で畳み込まれて生成され、そして同じ信号を受け続けることで周囲を同化していく、いわば——プリオンもどき。

「ますますオカルトだなぁ。でも謎は深まった代わり、同時に光明も見えてきた、ってことにはなるよね一応」

「まぁな。信号の供給がなけりゃ、それ以上は増殖しねぇし、いずれは分解して周囲の組織に吸収されちまうってこったからな」

発症が疑われている今回の関係者たちの、症状の経過に関係があることは間違いなかった。曲を聴かなくなった辻神親子の難聴はあれから進行してはおらず、むしろ快方に向かっている徴候すらあったのだから。

「すっきりした解答さえありゃ、あとは医者どもや試験管マニアに任せて、安心して寝られるんだがよ……」

悪いニュースではなかったとはいえ、問題の根源には何も至っていない。

耳小骨のうち、ツチ骨とアブミ骨の接合部が例の信号音と共振したとき、その音のエネルギーはなぜか失われ、代わりに耳小骨の粘膜や骨細胞の中に、問題の〝プリオンもどき〟蛋白質が作られる。元から細胞内にあった蛋白質の畳み込みプロセスが狂わされるのだ。

そこにある〝何か〟が音のエネルギーを食べ、副産物としてその異常なプリオン様蛋白質を合成しているかのような動き――その仕組みは、未だブラックボックスのままだった。

書類を束ね直しながら、裕一郎は首をこちらに向けた。

「それについて、何か仮説は？」

「今の段階で言えるかよ。ブラックボックスっつってんだろーが」

「だからこそ、仮説が必要なんだけど」

フジとしては、これでもかというぐらいに眉をしかめ、頭をボリボリと掻いて舌打ちをするしかない。口にするのも恥ずかしい腐れたヨタ話でもいいから、とにかく情報をよこせと催促されているのだ。

しばらく黙り込んでから、渋々、口を開いた。

「いいか、笑うなよ？」

「モノにもよるね」

共振によって、疑似プリオン生成のプロセスは動き出す。

もともと共振とは、単純化して表現するなら、ある物体の振動エネルギーが別の物体に移る現象のことだ。この件の場合、音のエネルギーが損失し、そのエネルギーが蛋白質の折り畳みプロセスに干渉しているとしか思えない。

音も、いわばエネルギーの一形態だ。

しかし音が持つエネルギー量というのは微々たるものであって、そのうえ取り出しにくい。コイルを使って電流をモーターの運動に変換でき、その逆にコイルを回転させることで、モーターを発電機として電気を起こせるのは自転車のライトを見ればわかる話だが、音の場合はそう簡単にはいかないのだ。

同じような変換を音とスピーカーに置き換えれば、エネルギー変換の効率は〇・〇一パーセント以下――つまり一万分の一すらもないのである。もし音を使って蛋白質の合成プロセスに関わる、などという離れ業を実現するには、超高効率でエネルギーが変換されなければならない。

しかも、ヒトの粘膜や骨芽細胞の、プリオン蛋白の畳み込み行程だけに反応する形で。

選別し、エネルギーの変換方法を最適に選択し、局所的に注ぎ込み、そして波から物質へと位相の断崖を飛び越える。そんなことは、偶然には起きえない。狙い澄ました作為と、判別能力と、分子結合へのアクセスを含む多重レイヤーのプロセス管理がなくてはまず不可能だ。

「なんか、あの曲自体に知性がある、って言ってるように聞こえるんだけど」

「んな事《こた》ぁ言ってねーよ」

しかし事実、それに近い内容なのもわかっていた。

波から物質への、エネルギー遷移の流れを利用して展開され、プリオン蛋白質の合成プロセスというOSの上で走る――何かの組み上げプログラム。

本当に実在するかは、徹底的に、限りなく怪しいが、そういう存在でも想定しないことには、ブラックボックスの挙動は説明がつかないのだ。

「なんだよ。笑わないのな、珍しく」

「笑えないいんだよ」

「つかよ、そっちの方はどうなんだ。解析はおめーの役目だろーがよ」

「ちゃんとやってるってば。でもゴールは遠すぎて見えないね。正直言うと、最高レベルのスパコンをまるまる十年借りられて、有名どころの物理学者と分子生物学者を百人集めても、太刀打ちできるかどうかってとこ」

裕一郎の言い分はわかる。自分たちは音響の専門家にすぎない。しかし今回は音だけでなく、音と物質との相互作用を突き止めねばならないのだ。

いかにフーリエ演算の魔術師でも、これは辛い相手だ。

裕一郎お得意の音響モデル・シミュレーションを組もうとしても、そこに立ちはだかる壁は大きすぎる。完璧なシミュレーションを実現させようと思えば、物質の振る舞いまでも演算に組み込まねばならないわけだが、そこにはどうしても限界が存在する。

蛋白質の合成プロセスをシミュレートしようと思えば、蛋白質そのものの振る舞いを定義せねばならない。そして蛋白質を定義するなら、その構成分子それぞれの振る舞いも定義せねばならない。そしてその分子を構成する、原子や電子へ、そしてより小さい素粒子へと、入れ子状に延々と螺旋階段を下っていくしかない。その先にあるのは、常に「未知」という暗闇だ。

音は何かと問われれば、波だと返すことができる。

しかし同じ問いを「物質とは」に入れ替えれば、現代の科学ではまだ答を返せない状況なのだ。蛋白質の合成プロセスひとつとっても、世界中の学者どもが汗水垂らして調べている途中なのであって、「ただいま究明中」だの「お待ちください」だの「誰かやって」だのといった札がそこかしこにかかっている。完璧なシミュレーションなど実現できるわけがない。

「お手上げってことかよ……」

「誰がそんなこと言った？」

顔を向けると、裕一郎はいつものスカした笑いを浮かべていた。

「今回の事件をさ、ひとつの音の波だと考えてみてよ」

いきなりそんな事を言う。

「波及していく波。その末端に僕らはいる。僕らがしなければならないのは、その源《みなもと》を突き止めることだよね。その場合、音源って何になる？」

「音源……っても、そりゃ、あのクソ女だろうがよ」

「そう、彼女。日々木塚響だ。正確に言うなら、彼女の頭の中身だね。なぜ、そしてどうやって彼女がこの曲を作ったか。この曲が生まれるための種の部分だ」

「あいつに理由なんてねーだろ。考えもせずにヤベぇモノをぽんぽん作っちまうだけの魔女だぞ。

昔のアレもそうだったろうが」

　裕一郎がこの武佐音研を設立するきっかけともなった、封印された水魔の呪文。

「そ。君もご存じの通り、彼女はそういうタイプの天才だよ。自分ですら理解せずに、理由もなく、あんなものをただ作ってしまう。でもね――」

　――今回のは、そうじゃないよ。

　裕一郎は、静かにそう断言した。

「中央に挟まるあの信号のようなパートはね、制作が始められた七年前から何も変わっていないんだ。他の部分は丸ごと作り替えられてるのにだよ？　理由がなけりゃそんなことはしないさ。本人はとぼけて答えてくれないけどね」

「ちょっと待て。ってことはよ、あのクソ女が何か隠してるっつーのか？」

「悪意はないと思うけどね。この案件ってさ、ミクロな方向に目を凝らしてると、複雑怪奇で解けない迷宮がずどんて待ちかまえてるわけだけど、逆にマクロな方向に目を向けてみたら……」

　きっと、単純な事件なんだよ、おそらくは。

　昔なじみの巨漢は、どことなく悲しそうな目をしてそう言った。

　ここまで言うからには、裕一郎はすでに何かを摑んでいるのだろう。もったいぶりやがって。

「この案件だけど、日々木塚君の依頼内容は覚えてるよね？　彼女がその口で、僕らに何を頼んできたかってことだけど」

「徹底究明だろ。忘れるかよ。つか、契約書も録音もあるだろーが」

「そう、彼女はあのとき、《ネーメ》で録音してた。君の面白い反応を音素材として録るためにね。録音されたデータは怒った君が吸い出して取り上げちゃったから、ちゃんとここにある」

パン生地のように柔らかそうな裕一郎の白い指が、キーボードを叩く。


――てわけでさー、どうもあたしの曲が原因らしいのよね。

――作り手として、マジ凹んでんのよほんと。

――だってほら、『耳が腐る』って、罵り言葉のテンプレじゃんさー。

――ガキ大将のリサイタルかって話よ。でも残念ながら、リアルにソレっぽいわけ。

――もち、徹底究明で頼むわね。だってほら、今のところまだ『そうらしい』ってだけでさ、この曲が昔、あたしたちの耳を腐らせたのかってのは確定してないんだし。

――みんなを助けてほしいのよ。藤村とか、社長とか、アホ誠貴とか、咲さんとか。

――色々あって曲を耳にしちゃったっぽい、そっち繋がりの三人も。

――そう、まずは突き止めてほしいの。この曲が本当に、耳を壊しちゃうモノなのかを。


聞き終えても、それがどうした、としか言えなかった。記憶にあった通りだからだ。

裕一郎が、いつもの無表情でこちらを見つめる。

「わかんないかな？　まあいいや。事件をひとつの波だと考えてみてって、さっき言ったよね。その場合の、媒質って何？」

媒質？　大気中を伝わる音の話であるなら、それは空気だ。しかしそういう話ではないだろう。

フジの返事を待たずに、「人だよ」と幼児めいた声が続ける。

「この一件に限らずね、人間って存在が関わる限り、事件というものは人を媒質にして伝わり、広がっていく波なんだ。繋がりとか、コミュニケーションとかいう名で呼ばれる見えない波さ。ミクロが解析できないなら、マクロなそれを探って、波の源《みなもと》を突き止めればいい」

「突き止めるって、どうやってだよ」

「まあ、ちょっとした違法行為だね。適材適所ってことで、トオル君に頼んでみたよ」

「あぁ？」

思わず険悪な響きになったが、幼なじみは気にもしない。

「ハッキングっていう行為ってさ、よく誤解されてるけど、ソフトウェアやシステム的な技術が関わるのって一割程度なんだよね。残りの九割は、人の繋がりが波及させていく波を、どう理解し、どう分析し、そのリソースをどう利用するかだ。で、彼にやらせてみたってわけ」

「んなこたどうでもいいんだよ。おい、いい加減にしろよデブ」

顔をつきつけた。裕一郎の二つの瞳に、眉間に皺を刻んだ髭面が小さく映る。

「ざけんのも大概にしろこら。ただでさえクソみてぇに厄介な問題抱えてんだ。これ以上面倒事増やすんじゃねぇ。裏道つっ走る気ならシめるぞ能面ブタ」

「でもね、やっただけの収穫はあったよ。ずいぶん時間はかかったけど」

ぷっくりとした大きな手が、机の上にあったA4のコピー用紙をめくって見せた。

テキストや数字が並んでいるプリントアウトで、どうやら名簿らしきものだとわかった。

そこに連なるのは、様々な国籍を持つ、九つの名前。

「なんだよ……こりゃ」

「世界中あちこちの病院の、電子カルテのアーカイブにあった医療記録の切り出しさ。病院のデータってのは侵入が大変でね。ほんと彼がいて助かったよ。あ、名前や人種、年齢、性別とかは飛ばして、診断の時期と職業の欄を見てね」

書面に再び目を移し、しばし黙り込む。そして頭をかかえた。

「おいおいおい、まさか……そっちがルーツか？」

「そう、たぶん。確証に至れるかどうかは、カリン君次第だけど」

「あぁ？　あいつが？」

カリンは今、とある施設の音響設備改修工事で大忙しのはずだった。フジと裕一郎は日々木塚の案件にかかりきりで動けないため、仕様書と図面を押しつけ、外注工事業者の指揮をまかせていたのだ。正直心配だったが、今のところまだ苦情は届いていない。

「あっちはなんとか突貫で終わらせてもらってね、そんで調査を頼んだわけ」

「あぁ？　急がせてミスでもしでかしてたらどうすんだ。そもそもなんであのスカタンに」

「そりゃ僕や君よりも向いてるからさ。やんのは聞き込みだよ？　顔も知らない相手のところにぴょんと飛び込んでいって、警戒を解いて、親近感なんてものを相手の胸の中に育てて、向こうから情報を差し出してくれるような場を作る……そんなこと君に出来る？　僕は絶対無理。考えただけで鳥肌が立つね」

まあカリンの才能については、フジもよくわかっているつもりだった。人の中にするりと分け入り、いつの間にか橋を繋ぎ渡してしまう、トーマさん譲りの柔らかくて見えない力。フジにも、高度な技術と知識を持つ裕一郎にも、逆立ちしたってできないことを簡単にやってしまうのだ。

図太いとか、図々しいとも言う。

でも才能は才能だ。

「噂をすればなんとやらだ。戻ってきたみたいだね」

その言葉通りに、廊下で音がした。

裕一郎の待ち望んでいたであろう答を、部屋に駆け込んできたカリンが開口一番に告げる。

「ビンゴでした。所長の予想通り」

同僚であり、上司であり、幼なじみの腐れ縁であり、煮凝《にこご》ったコンプレックスの中に宝石ででき た刃を隠している巨漢は、彼女の報告を聞くと、にんまりと嫌な笑いを浮かべた。

「じゃあそろそろ、逆襲といこうか」

◇　◇　◇

カリンは意気込んでいた。

「ななななんと、使えちゃうんですこの広さを！　人数こんだけしかいないのにっ！」

遅れてきた藤村さんが席についたのを確認して、握りしめたマイクに力を込める。

築三十年近いプラネタリウムは、音響設備の改修が先日終わったばかり。

工事の大変さには何度も音を上げそうになったが、ばっちりやりとげた自信と誇りはある。おまけに機材の最終調整と試運転ついでに、今日一日は貸し切りで使わせてもらえるのだ。

「でも正直、こんなに大げさなの初めてなので、さすがにちょっと緊張してます。ていうかテンパってます。でもひとまず、《transwarp》被害者説明会、始めたいと思います！」

笑顔を返してくれるのは、見知った顔ばかり。

まず通路沿いの席に、今到着したばかりの藤村さん。その向こうには咲弁護士と辻神さんのスーツ姿があり、いくつか席を空けて、当麻叔父さんとトオルさんが親子のように並んでいる。

座席はどれも角度がついているので、司会する自分の方を向いてもらうためには、背もたれに体を預けず座ってもらうしかないのは少々心苦しい。もっとも、そんな事などどうでもいいと言わんばかりなのもひとり混じってはいたが。皆からひとつ列をずらし、叔父さんの真後ろでふんぞり返っているフジさんの白衣姿だ。

辞退された花倉さんと、修学旅行がかちあってしまった継音くんが不参加なのも残念だったけど、まあそれは仕方がない。ともかくこの晴れ舞台に負けないだけの、ベストな状態で仕事をやりとげるのだと心に誓う。

照明がやや明度を下げるのを待ち、さらにふた呼吸ほどおいて、カリンは切り出した。

「じゃあいきますね。まずはいいニュースからです。お待たせいたしました！　じゃん！」

振り上げた手を追って、皆の視線が斜め上方を向くが、示された場所にはドームの灰色の曲面がのっぺりと伸びているだけだ。

「え……あれ？　出ない、お？」

ずっこけたところで、遅れて四枚の白黒画像がようやく投影された。

おのれ所長、タイミングぐらい合わせろ。制御室にいる上司を睨み付けたかったが、その位置は地下である。足元の床にガンを飛ばすわけにもいくまい。

縦横二列に並んでいるのは、CTスキャンの断層撮影を統合して立体に組み直した、いわゆる三次元CT画像というやつだった。

「えと、これ、内耳部分の拡大です。つい先日の検査で撮ったものと、ひと月半ほど前に撮られたものの比較なんですけど、辻神さん、上と下、それぞれ誰のものかわかりますか？」

「あ、はい、えーと……私と、親父のでしょうか？」

関係者の中で、その時期にCT撮影をしたのは二名しかいない。当然の解答だった。

「そうです。上の段が辻神さん、下の段がお父様のですね。左が以前ので、右が今回のなんですけど……えっと、レーザーポインタのスイッチは、と、これか」

なんとか赤い輝点を出し、ひん曲がって組み合わさる橋のような画像の、ぷっくりと膨らんだ箇所をくるくると示してやる。ツチ骨とキヌタ骨の接合部だ。

並ぶ画像の左右それぞれには、指し示された箇所の形状に違いがあった。右側の方が、わずかに膨らみが小さいのだ。

「見ての通り、患部は治りつつあるって受け取っていいそうです。おそらく、骨の変異までは進んでいなかったんでしょうね。耳小骨の表面を覆う粘膜の上で、異常タンパクが小さな肉腫を作っているだけだった可能性が高いって話です」

そして、その肉腫がこうして縮小しているということは、それは良性腫瘍ですらなかったということでもある。ならばこのまま放置するだけで、いずれは粘膜に吸収され、元の状態に復帰することも大いに期待できるのだ。

「問題のプリオンじみた蛋白質は、普通の蛋白質と同じで、放っておけば代謝分解されて吸収されてしまうんです。あとは自然治癒に期待していい、っていうのがお医者様方の見解ですね」

おおお、という声が小さく上がった。目をやると、トオルさんだった。

「で、お二人がそうなんですから、発症していない残りの方に関しては言うまでもないんですけど、ちゃんとお一人ずつ、検査結果見ていきましょうか」

まずはここにいない花倉加世子さんと、継音くん。そのお父様の咲弁護士に、当麻叔父さん、そしてトオルさん、という順番で、各々のCT写真とプリオン検査の結果をドームの壁面に映し、発症の徴候がないことを説明していくと、それごとにトオルさんは「おお」とか「よかったぁ」とか、自分の番でもないのにいちいち呟いていた。

こちらもなんだか嬉しくなってくる。

今朝、四十分も早く着いて一番乗りだったトオルさんとは、改めて色々お話をした。

痩せぎすなのは昔と変わってなかったし、イケメンなのも記憶の通りだが、のらりくらりとした態度で、自信無さそうに、そしてどことなく申し訳なさそうに、ずっと俯きぎみだった。ちらちらと、妙に眩しそうな目を向けてくるのにも困った。カリンの方が四つも年下なのに、「っすよ」とか、「じゃないっすか」とか、砕けた敬語まで投げかけてくるのだ。

もっとビシっとしたら、きっとかっこいいのになぁ、と正直思わないではない。

がっつりお洒落させて、散髪して、あとは背筋さえ伸ばせばステージ映えしそうな容姿なのだから、もったいないではないか。

「というわけで皆さん、ご心配はもう無用です。もちろん、あの曲をこれ以上耳に入れないって条件は守ってもらわなきゃいけませんし、当然ながら経過観察も必要ですから、当面、半月ごとにあの大学病院で検診を受けていただいて――」

「ちょ、ちょっと待って、終わってねーっしょ!」

憤りが滲む声に目を向けた。そして驚いてしまった。同じトオルさんだったのだ。

「皆さんじゃねーっしょ？　一人足りてねーじゃねっすか」

どこか必死な表情で、名前を呼ばれなかった者がいることに疑問を投げかけてくる。

「はい、残念ですけど、そうなんです。そこにいらっしゃるご本人には、もうお伝えしてます」

そう、藤村さんだけは、どうなるかわからないのだ。すでに彼女の聴力は、この依頼を受けた三週間ほど前と比べても大幅に低下していて、補聴器の増幅設定も上限に近づいていた。

しばらくの沈黙を挟んで、トオルさんは目を足元に落とした。消え入りそうな声で呟く。

「俺みたいなのが助かって……なんで彼女が」

すぐに言葉は返せなかった。でも、なぜなのかについては明白だ。

藤村さんがあの曲を、本当に聴き込んでいたからだ。耳小骨の変形はかなり進んでしまっていて、辻神さん親子のように快方に向かう徴候も見られない。おまけに骨に海綿状変成が起き、そこから硬化が始まって、さらに進行しつつある。

それは、耳硬化症の発症プロセスと同じだった。海綿状に変性してしまった骨が常態へと復帰しようとする反応によって、周囲に硬化性の病変が広がっているのだ。

プリオンもどきのあの蛋白質が代謝によって分解吸収され、耳小骨とその周囲から消え失せてしまったとしても、おそらく一旦始まった骨異形成はもう治まらない。なにしろ今やその病状を進めているのは、骨の治癒反応自体なのだから。

でも当の藤村さんの声は、もう不安に揺らいではいなかった。

「ありがとうございます、知場《しるば》さん。でも大丈夫ですよ。私、納得してますから」

呼びかけられ、もじゃもじゃ頭を彼女へと向けたトオルさんが、今初めて見たかのようにぽかんとして、その顔を見つめる。いや、本当に目にするのは初めてなのかもしれない。藤村さんはさっき到着したばかりだし、なにより彼女は今日、いつものマスクをつけていないのだ。

疲労と諦めが濁していたその目は、今は力強く開かれている。凛々しい眉に細い鼻筋、きゅっとまっすぐ走った口元と合わせて、ひたむきさがひと目でわかる顔立ち。美人というのとはちょっと違うかもしれないけど、とってもいい顔をしている人。

「な、ならいーんすけど、いや、よくはねーすけど、その、えと」

褐色から赤へと、面白いぐらいにはっきりと染まっていくトオルさんの頬に、藤村さんは笑顔を投げかける。

「それに、手術は受けられるみたいですからね。成功すれば、仕事も続けていけますし」

彼女の言う通り、難聴がさらに進行するのを前提として、人工耳小骨への置換手術の準備は進めていた。担当するのは以前にピーコさんの手術を担当した大学病院なので、メソッドもノウハウもちゃんとある。

「問題は手術の費用面だがよ、そこはあのクソ女に全額負担させるから安心しな」

ずっと寝そべっていたフジさんが、ようやくその身を起こす。

「てわけだ、ザコどもは片付いたこったし、とっとと欠席魔女裁判に移るとしよーぜ」

みんなをザコ呼ばわりか。被害者説明会なんだぞ。

慌てて睨み付けたが、白衣の上司は気にとめもしない。悪態を一生吐き続けると決めているかのようなその口に、藤村さんが眉をしかめる。

「魔女って……響さんのことですか？」

「他に誰がいるんだよ。あの迷惑爆弾バイオハザード女の責任と罪ってやつを、吊るし上げよーじゃねーかって話だ」

「響さん自身、責任はすべて自分にあるって、最初っから認めてるじゃないですか」

「はっ、あんたが肩持つとはな。どういう心境の変化だ？」

「当然じゃないですか。マネージャーなんですよ、私」

藤村さんは立ち上がった。声が大きくなっているのは、補聴器の調整が追いついていないから、というわけではないだろう。

「それに、皆さんが健康被害を被《こうむ》る可能性が下がった今、実被害を受けているのは私だけです。言わせてもらう権利はあります。響さんは――」

憤りも露わに、藤村さんは食い下がる。確かにピーコさんは、藤村さんや辻神さん親子の耳を蝕んだ曲を作ってしまった。でもそれだけなのだ。

テロに使われた爆弾の制作者が罪を問われるのは仕方がない、とはカリンも思う。それは最初から、人を害する目的で作られるものだからだ。しかしコンビニ強盗が包丁で誰かを傷つけたからといって、鍛冶職人や刃物メーカーに責任や罪が発生するわけではない。

「しかもあの人、私たちが発症するまで、自分の耳を壊したのが自分の曲だったっていうことすら気づいてなかったんですよ。本人に自覚はなかったんです。罪を問うなんてナンセンスです」

しかし藤村さんの力説を、だらけきった髭面は鼻で笑った。

「でもそこによ、嘘が混じってたら話は別だろーが」

ざわり、と空気が揺れた。わずかな人数しかいないとはいえ、その皆が皆、フジさんの方を向いたのだ。皆の心の内を代弁するかのように、辻神さんが尋ねる。

「ちょ、ちょっと待ってください……嘘って、ど、どういうことですか」

「どうもこうもねーよ。真実語ってなかったんだよあのクソ女」

「じゃあ、まさか、最初っから、誰かに危害を加えようとして作った曲だっていうんですか」

「ちげぇよ。そこじゃねぇ」

「じゃ、じゃあ、昔から京子さん、あの曲が原因だって気づいてたっていうんですか？」

「そこでもねぇ。気づいてたらもっと早くに動くだろうさ」

「じゃあどこに」

もっと根本的なとこだよ、と、フジさんは肩をすくめ、唇をつり上げてみせる。

「あのクソったれな曲を作ったのはな――」

――そもそも日々木塚響じゃねーってこった。

吐き出された言葉に、皆が皆、あんぐりと口を開けて凍り付いていた。

正確に言うなら、ピーコさんはまったくの嘘をついていたわけではない。少なくとも前半と後半に分かれた二つのメロディパートは、間違いなく彼女の作だろう。ただし、あの三十秒の間奏部分だけは、そうではないのだ。

「えっとさ……」

たっぷり十秒ほど間を空けて、ようやく口を開いたのは、当麻叔父さんだった。

「じゃ、誰のなのよ、武藤君」

「俺の口から言えるか。つか、口にしたくもねー系のやつだよ」

「んな事言わないでよ。気になるじゃないのさ。誰なのってば」

四つの声がそこに順繰りに被さっていく。誰なんです。誰ですか。誰が。誰――。

「うるせぇっつーの。訊きたきゃそこのスカタンに訊け。根っからのファンらしいしな」

顎で示されて、カリンは慌ててマイクを握り直す。

「いやいやその、そこまで喋ってるんですから、ぜひフジさんの口から続きも」

「言いたかねーよ。第一に、口が腐る。第二に、笑い者にもなりたかねぇ。第三に、俺の方が上司だ。つわけで、おめーがやれ」

「いやいやいや、あたしだって困りますよ。その、説明するにも段取りってものが」

「段取りしたところで一緒だろーがよ。一時《いっとき》の恥だ、我慢しろ、ボーナス出すからよ。蓮華堂で好きなケーキ、一ラウンドでどーだ」

ぐぬぬ、と躊躇した。口が腐って笑い者になるような一時の恥とやらを部下に押しつける上司は正直どうかと思うが、蓮華堂の味の芸術は捨てがたい。

咲弁護士の声が、さらにこちらを追い詰めてくる。

「あの、これはミューズプレックスとしても重大な問題です。一部とはいえ曲が流用で、そこの作者が別にいることを彼女が偽ってたとなると、著作権的にも法的にも――」

「は、はい、はい、わかりました。言います言います」

目を閉じ、深呼吸をし、腹をくくって皆の方を向く。興味津々の顔ばかりだ。

「えと、あのですね、ほんとに、言いにくいんですけど、その……」

いざこうして口に出す立場になると、ピーコさんがこの事実を伏せていた理由もよくわかる。正直に告げていたら頭の病院を紹介されるのがオチだ。

ひとまず指を一本立てた。そして頭上に聳《そび》えるドームを、おずおずと指さす。

「作ったのは、あっち方面にいる……誰かさんでして……」

「声が小《ちい》せぇ。みんな首かしげてんだろーが。もっとズバンと言えズバンと」

覚えてろこのパワハラ上司。特注で二万円オーバーの豪華ケーキ頼んでやるからな。

「だ、だ、だから、宇宙人なんですっ！」

◇　◇　◇

「はぁっ？」の合唱がドームに響くのを、裕一郎はクスクス笑いながら制御室で聞いていた。耳には、長年愛用している密閉型ヘッドホン。

手を伸ばし、右手に三つ並んだボタンのひとつを押す。目の順応のために、ゆるやかに明度を下げていくようになっている照明のスイッチだ。

並んだモニタの映像はほとんど赤外線カメラによるものなので、いくら暗くなろうが、制御室からの視界に問題はない。ただしドームにいる皆からすれば、あとほんの数秒で、非常口を指し示す緑の矩形《くけい》以外は姿を失うだろう。

カリン君の声が、暗闇に閉ざされつつあるそんなドームに反響する。

「ええ、わかりますわかります。なんだそれって感じですよね。正直、あたしもそうでした。でも聞いてください」

制御パネルのボリュームダイヤルをいじり、用意しておいた音楽をフェードインさせる。

単調な低音を脈拍よりわずかに早いテンポで流し続ければ、心臓の鼓動をそれに同調するよう誘導し、聴く者の不安や興奮を簡単に煽《あお》ることができる。映画などでもよく使われている音響心理操作の基礎だ。今望まれている効果は、その逆だった。

必要なのは、鎮静と、受容。

日々木塚君のアルバムの中から選んでおいたのは、アンビエントめいた、ゆるやかに流れる清々しいメロディで、カリン君のナレーションともマッチするはずだった。

当初彼女は、喋るのは所長がやってくださいよと渋っていたのだが、そちらも曲の選択基準と同じだった。不安や居心地の悪さをかき立てるだけの裕一郎の声帯より、彼女のような親しみやすい声の方がいい。

「星って、なんか素敵ですよね。あたしも好きです。東京じゃあんま見えませんけどね。昔の人は夜空の星を、黒塗りされた天球に貼り付いた光だと思ってたそうです。つまり、このドームをもっとおっきくした感じなのかな」

暗視モニタの中で、カリン君の声につられて、何人かが上を見上げた。

そのリアクションに合わせて、プラネタリウムの投影装置を起動する。闇に満たされたジオデシック・ドームに満天の星空が映し出されていき、息を呑む音がヘッドホン越しに届く。

「そう、こんな感じです。天球に貼り付いたこういう光の群れが、あたしたちを照らす太陽と同じ、えーと、とにかくいーっぱいある恒星なんだって知ってから、夜空を見上げる人々は、長らくこんな疑問を携えてきました」

裕一郎も、星空を眺めて思ったことがある。

我々は、この宇宙でひとりぼっちなのだろうか。

それとも、同じように夜空を眺めている者が、この星々のどこかにいるのだろうか。

「そんな疑問に突き動かされて、天文学の中で、とある動きが始まりました。えと、六十年代だったかな。なんかそれぐらいです」

Search for Extra-Terrestrial Intelligence――地球外知的生命探査《SETI》。

「電波望遠鏡を使って、地球の外からの電波信号を探そうっていうのが最初のアイデアだったそうです。そういや電波望遠鏡って、文字通り電波を捕まえる望遠鏡なわけですけど、筒状じゃなくて、おっきいパラボラ・アンテナなんですよね。実は恥ずかしながら、今回初めて知りました」

あわわ脱線してますね、と頭を掻いて、カリン君は続ける。

「とにかくまあ、彼方からの電波に、じっと耳を澄ますわけです。でも残念ながら、これまでSETIは何も成果を得られてません。始まってから五十年以上もかけてるのにです」

「何も、聞こえない……ということですか？」

皆の会話を捉えるために、席の周囲には指向性の集音マイクをいたるところに仕掛けてあるので、辻神君の疑問もしっかり聴き取れた。元から司会用のマイクを通しているカリン君の返事は言わずもがなだ。

「聞こえないし、同時に、聞こえすぎるんです」

「はぁ……え？」

「すみません。わかりにくいですね。えーと、あたしたちを照らしてるあの太陽だって、電波を出してるんです。おまけに星空には、そんな恒星が何十億も散らばってるわけでして、つまり宇宙には、色んな波長の電波がわんやわんやと飛び交ってるんですね」

それだけではない。地球から出た電波も、電離層に跳ね返って戻ってくる。AMラジオが遠方でも聞こえるのはそれが理由だ。電波望遠鏡を向けたちょうどその方向から、地球を出所とする電波が飛び込んでくることも、当たり前のようにある。

ゆえにプロジェクトの根幹は、捉えた無数の電波の中から、本当に地球外から発せられたとおぼしき有意信号を見つけ出すことだった。空からは電波が絶えず降り注いでいるし、得られるデータは時間ごとにどんどん溜まっていく。だからそこからは観測能力ではなく、解析して、識別して、分類する能力が重要になってくる。

つまり、コンピューターの計算能力だ。

「だから、そのうちこういうプロジェクトが生まれたんです。所長、お願いしますね」

カリン君の合図で、プロジェクターのスイッチを再度入れる。

こちらからでは見えないが、ドームの天球面には星空に被さる形で、裕一郎のノートＰＣから転送された映像が四角く投影されたはずだ。

映し出したのは、とあるアプリケーションのスクリーン・ショット。

「《SETI@home》《セチ・アット・ホーム》――カリフォルニア大学のバークレー校……だったかな、が始めたプロジェクトです。簡単に言うと、ネットに繋がった無数のPCで、手分けして計算しようってアイデアの計画ですね」

解析用のクライアント・ソフトウェアを無償で配布し、それらの分散コンピューティングによって莫大な演算能力を確保するという試みだ。この日本でも、何万人もの人間がそれをダウンロードし、インストールし、家庭やオフィスのPCで余っている計算能力を、ネットワーク経由でプロジェクトに提供する、という形で協力している。

「この初期バージョンには、ちょっと変わったアドオンというかプラグインというか、後から足せる追加機能がありまして、えと、作ったのは同じカリフォルニア大学の、当時の学生だったそうですけど」

言葉が切れたタイミングに合わせてキーボードを叩き、用意しておいた波形データをドームのスピーカーに送る。小刻みに揺れ動く、刺々しくて耳障りな雑音だ。

「そう、こんな感じです。《SETI@home》のクライアントが受け取ったワークアウト・データっていうやつを、可聴音に変換してくれるんです」

モニタの中でカリン君がドームを仰ぎ見る。そこに投影されている、音響解析用の周波数分析画面と見まごうばかりの画面に目をやったのだろう。

「なんでそんな機能があるかっていうと、もちろん、音として、耳で聞くためです。耳で聞いて、そこに異常なシグナルが含まれていないかを確かめるんですね」

「耳で……聞く……」

それは小さな呟きだったが、集音マイクはちゃんと拾って、裕一郎のヘッドホンにも届けてくれた。カリン君がさっそく尋ねる。

「気になることがあるなら、伺いますよ、藤村さん」

「あ、いえ、一応音楽業界にいるわけですから、直感的にはわかるんですけど……耳でわざわざ聞くなんて、なんかアナクロだなと、その、思いまして」

「いいえ、至極まっとうな意見だと思いますよ。そもそも、そんなことをしなくてもいいように作られたのが、《SETI@home》の分散コンピューティング解析なんですし、見ての通り、画面には周波数ごとの解析グラフも、立体スペクトラムアナライザーと並んでちゃーんと表示されているんです。機械任せにしておけばいい話ですし、確認するにしても目で見た方が早いように、あたしも思います。でも――」

でも、そうではないのだ。

アナクロなのは確かだとしても、耳より目の方が優れているかといえば、違う。

錯視を利用したトリック画像が多くあるように、目はすぐに騙されるし、入ってくる信号に順応してしまう。もちろん耳にだって順応の過程は存在するが、イレギュラーな入力信号の多くを、視覚は〝周囲の映像に補間して埋没させようとする〟のに対して、聴覚は〝イレギュラーを際だたせて感じ取る〃ことに特化している。聴覚はそもそも、周囲の異常を感知するために存在する警戒のための器官だからだ。

「だから昔は、耳でチェックするのが主流だったんだそうです。このアドオンも、そんな昔ながらのやり方に慣れた、えと、言い方悪いですけど、お年寄り向けっていうかなんていうか、年配の関係者のために作られたものだったそうでして。ちなみにこれ、面白い機能があるんです。所長、頼みますね」

わかってるよ、という届きもしない呟きと同時に、裕一郎はキーをもう一度叩いた。

ガーガーザザザと鳴っているばかりだったノイズが、そのワンコマンドで一変する。

混沌とした雑音の重なりが薄くなり、シャープに磨かれ、ひとつの音色《おんしょく》を持つパルスめいた連なりへと変化したのだ。

「周波数帯を絞って、そこだけを聴けるわけです。ちなみにこれは、本来のデータの……えーと、一四二〇・四メガヘルツ付近だけを抜き出すプリセットフィルタなんですけど」

席に座る誰もが気づいたことだろう。高速で断続的に鳴り続ける大小様々な甲高い音の連なりが、音色こそ違えど、あの曲の中央に収まっていたおよそ三十秒の信号とそっくりなことに。

「では……それがあの信号の原盤、というわけですか」口を開いたのは咲弁護士だ。

「日々木塚君は、そのセチ何とかの電波信号を、さっきおっしゃってたアドオンとやらで変換して、切り出して……」

「いえ、そうじゃないんです」

「は？」

「彼女には無理なんです。このアドオン、一般公開はされてないんですよ。《SETI@home》が動き出した九九年にバークレー校で開かれた、とある講演の出席者の、そのまたごく一部にだけ手渡しで配布されたものなんです」

「でも今のご時世、入手ぐらいなら……」

「入手できたとしても動かせないんです。対応しているのは当時の最初期バージョンだけで、今現在公開されている《SETI@home》の最新クライアントにも、日々木塚さんがあの曲を作り始めた七年前のものにも、このアドオンは入れられないんですよ」

そこまで言うとカリン君は、一旦整理しますね、と指を三本立てた。プロジェクタで投影している画像が明かりとなって、彼女の仕草は皆にもちゃんと見えているはずだ。

その指が、モニタの中で順番に折り畳まれていく。

――SETI計画が捉えた、宇宙からの電波信号。

――それを世界のPCに配分する《SETI@home》プロジェクト。

――そして届いたワークアウトを可聴音に変換する、古いアドオン機能の存在。

「あたしたちがそこにたどり着けた理由は、後でご説明します。どうやって日々木塚さんがそれを手に入れたのかもです。信号を送ってきたのは何者かってことも、ひとまず横にどけときますね。もうそっちは天文学者さんの領分ですし、あたしたちじゃどう足掻いても無理なんで」

いったん言葉を置くと、理解を確かめるように彼女は席を見渡す。

「問題は、日々木塚さんがこの調査を依頼してきた、動機の方です」

「え、でも、動機っていってもさ」トーマさんが口を挟む。

「僕らを助けるため……じゃないの？」

「もちろんそうですけど、疑問も残るんです。うちの受けたこの二五六案件──契約書の方は咲さんも目を通されてますよね？」

「ええ、契約自体は彼女個人のものとはいえ、ミューズプレックスも絡んでおりますので」

そこに記されている依頼の内容はこうだ。

楽曲《transwarp》が耳に悪影響を与えるメカニズムを突き止めること。

そして可能な限り、被害者の健康被害を取り除くこと。

「でもピーコさ……日々木塚さんがうちに来られたとき、口頭で告げられたご依頼には、ひとつだけおかしなところがあったんです」

「おかしな？」

「はい、ご自身で録音されていたので、ちゃんと残ってます」

『てわけでさー、どうもあたしの曲が原因らしいのよね──』

裕一郎のボタン操作に合わせてドームに流れ始めたのは、先日フジにも聞かせたあの日の録音だ。ヘッドホンで聴いている裕一郎とは違い、席にいる皆にはバイノーラル録音独特の立体音響効果は感じられまい。どっちにしろ、重要なのはそこではなかった。

ひと通り流し終えても、観客はきょとんとしていた。なのでスライダーを操作して、問題の箇所だけをもう一度再生してやる。

『――だってほら、今のところまだ「そうらしい」ってだけでさ、この曲が昔、あたしたちの耳を腐らせたのかってのは確定してないんだし』

おわかりですか、と、カリン君が尋ねる。

「昔、って区切ってますよね。今回のじゃなくて、日々木塚さんが病に冒されたときの話をしてるんです。でも、それなのに『あたしたち』なんです」

日々木塚響でもなく、八名の被害者でもない、誰かが枠に含まれている。

それは、巻き上げられた波頭からでは決して見えない、この事件の波の根源だ。

藤村君も、辻神親子も、花倉嬢も、
咲親子も、トーマ氏も、トオル君も、
フジも、カリン君も、そしてこの自分も。

みんな、彼女とその人物との繋がりから放たれた、波の先で揉まれていただけにすぎない。

「だ……誰なんです?」

先ほどと同じ問いがドームに響き、カリン君がマイクを上げる。

「引柄慶太郎《けいたろう》さん。日々木塚さんのお爺様です。ある大学で教鞭をとられていた天文学者で、引退されるまでは、いくつもの天文台や大学の有志が集う、SETI研究会にも属しておられました」

「SETI……」と、トオル君が呟く。

「そういえば……彼女のお爺様って、耳を」と藤村君の声。

「そういや鏑島さんの店でも、たしか」と辻神君。

「え、言ってましたっけ何か」とトーマさん。

「ああ、昔は遺伝だと思ってたとか、そんな話が」と咲弁護士が続く。

「はい、慶太郎さんは晩年、重度の難聴を患っておられました。引退されたのもそれが理由です。日々木塚さんや藤村さんはのとは違う、内耳の蝸牛が原因の感音難聴だったそうです」

そしておそらく——。

「そしておそらく、それこそが日々木塚さんがこの調査を依頼してきた、そもそもの動機だと思うんです。彼女にしかわからないことなので、そこはやっぱりご本人から語っていただこうかと思うんですが」

「え、来てるんですか？　京子さん」

尋ねられて、カリン君は急にしどろもどろになった。

「はい、えと、その、来てるっていうか、実はその、拉致してるっていうか……」

「ら、拉致？」

上出来上出来、ご苦労様。そう呟いて、裕一郎はヘッドホンを外した。

とたんに背後の暗闇から、「むぐー」といううめき声が耳に飛び込んでくる。

両手両足を縛られ、猿ぐつわを嚙まされて制御室の床に転がっている彼女——日々木塚響へと、裕一郎は満面の笑顔を送る。

「お待たせ。ようやく女神様の出番みたいだよ」

◇　◇　◇

ドアを開けると、そこはドームの中央に向けて落ち込んだ、窪みの底だった。

プラネタリウム投影機のすぐ脇からなんとか這い出し、皆のいる座席の段まで、痛む拳をぶらぶら振りながら登ると、カリンちゃんが申し訳なさそうな顔を向けてくる。

「ほんとすみません、ピーコさん。一応、止めたんですけど……」

カリンちゃんは許す。友達だし、私の方が長く騙してたのもあるし。

裕ちゃんはさっき拳骨で殴ってきた。まだ足んないけど、今のところはよしとしよう。

問題はあんたよムトー君。

私と彼との間で繰り広げられてきた長年の戦いはこれまで、ある一戦を除けばすべてこっちの勝ち戦《いくさ》に終わっていたのだけど、不本意ながら、それに二つめの黒星がついてしまったわけだ。

かつて一年近くにわたっての交際アピールから、ムトー君がすべて完璧に逃げ切ってみせた、という屈辱の記録に次ぐものだった。

「マジおっぼえてなさい……」

恨みのこもった目を向けると、なんだよとばかりに向こうも睨み返してくる。

「都合悪くなるとブッチしたり逃げたりっつーのが、お前の常套手段だろうがよ。こっちは先手打っただけだぜ」

しかし拉致はないだろう拉致は。早朝からずっと閉じ込められてた身にもなれ。

恰好も部屋着のままだった。スウェットの上下に眼鏡だけ。ウィッグも無い。スリッパは履いていたが、それだってさっき裕ちゃんから奪い取ったものだ。こんなだだっ広いドームの中で、ひとりだけそんな恰好してるこっちが馬鹿みたいじゃないか。お前らも脱げ、と言いたくなる。

大丈夫でしたかと声をかけてくれる藤村の隣に、ひとまず腰を下ろした。

「はいはい、で、ナニ？　みんなしてあたしの糾弾会だっけ？」

さっきまでの状況は、ほとんど把握できていた。縛られ床に転がされていたので制御室のモニタには目が届かなかったとはいえ、耳にはイヤホンを突っ込まれていて、ドームのやりとりはすべて聞こえていたのだ。

「まあそりゃ、爺ちゃんのこと、いつかは突き止められるとは思ってたけどさぁ」

「あ、あの、はい、あたし、実は、ピーコさんの実家にお邪魔してきまして」

申し訳なさそうに身を縮めているカリンちゃんの返事に、うぇぇと顔を歪め、天を仰いだ。

「てことはうちの親、見られたのかぁ」

「は、はい、解決のヒントを何か見つけられないかってことで、その、不躾《ぶしつけ》ながら、すみません。えと、所長の言うにはですね――」

裕ちゃんが彼女に命じて探らせたのは、私がデビューを飾った年であり、あの曲を作り始めた年である七年前に、いったい何があったのかだった。もっとも、裕ちゃんの方で大枠はとうに調べ終えていたらしい。地方新聞のマイクロフィルム・アーカイブを当たれば、その年の訃報欄に見知った名を見つけるのも難しいことではなかったそうだ。

「どーせグチばっかだったでしょー？　うっちの両親、爺ちゃんとはずっと仲悪かったし、あたしも家飛び出たままロクに帰ってないしさ」

「はい、でも収穫はありました。遺品の形見分けのときに、何百枚っていうCD-ROMの山をピーコさんが後生大事に持ち帰ったこと、ご両親はちゃんと覚えておられたんです。お父様の言うには、その中身は『親父の趣味の、よくわからんデンパみたいなの』とのことで」

「デンパ……か。興味も理解もなかったくせに、ヘタに当たってんのがムカつくなぁあの堅物。そっか、でもそこがわかりゃ、ムトー君と裕ちゃんなら当然繋げるか」

「ああ。裕一郎と俺は、生前にお会いしたことがあるしな」

声の方を振り向き、ふんぞり返る無精髭を見た。

すぐにプイと目を逸らされてしまったが、さっきまでの怒りは、もう一瞬で失せていた。

「会った」でも「ツラ拝んだ」でもなく――「お会いした」

どれだけ普段の口が悪くとも、どれだけ態度が悪くとも、たった一度しか面会したことのない死者のことを悼《いた》んでくれる。ムトー君はそういう奴だった。思わず口元が綻び、彼を追いかけ回していた頃の熱までが一瞬蘇りそうになる。

『さて、日々木塚君……痛いなぁほんと。グーはないよグーは』

高い声が、どこかにあるスピーカーから響き渡った。さっき殴ってきた制御室の裕ちゃんだ。

『健康被害の懸念は、藤村君を除いてはほぼ失せたとみていいし、あの曲が耳を病ませるメカニズムも、ブラックボックスの内容以外はなんとか突き止めたよ。そのうえあの信号が、星の向こうから届いたってことも見つけ出したわけだけど、ご満足いただけてるかな？』

「先の二つに関しちゃ、マジご褒美モノよ。でも最後のひとつにゃ――」

これっぽっちも、満足などしていない。

『だよね。君にはそんなこと、わかりきっているんだし』

私が、あの人の遺品から探し出し、引き継いだシグナル。

ＳＥＴＩのワークアウト・データと、それを可聴音に変換するアドオン。

そしてその源である、宇宙からの電波。

裕ちゃんの言う通り、そんなもの、私はとうに知っていた。あの人の残したＣＤ－ＲＯＭから三十秒のシグナルを適当に切り出したのも、それを曲に埋め込んだのもこの私なのだから。

『藤村君らの発症の知らせを聞いて、君は七年越しにしてようやく気づいた。あの曲に埋め込まれたシグナルこそが、かつて自分の耳を患わせた原因なんだってね。そして思ったんだ――お爺さんも、同じじゃなかったのかと』

「そうよ。でも――」

『そう、症状はまったく違う。君や藤村君のは伝音難聴。慶太郎氏が患っていたのは感音難聴だ。一方は耳小骨の異常で、もう一方は蝸牛の障害。同じ難聴であっても、患部も症状もまるっきり異なる。でも君は疑いを振り払えなかった。なにせシグナルの出所は彼なんだしね』

その通りだった。

私とあの人は、同じ病に冒されていたのではないのか――。

それこそが、裕ちゃんにもムトー君にも告げないまま、私がひとり、胸の内に密かに抱いていた疑問なのだ。

『今でもまだ、その解答が欲しいかい？』

「そこまで言うからには、出せるんでしょうね？　あたしの望んでる答」

『そう思うよ。絡んでるのはたぶん、《魔法の周波数》だ。この言葉は知ってるよね？』

知っていた。熟知していた。

忘れようもない響き。そして同時に、とても懐かしい言葉。

桃の花の香りと一緒に、あの人――爺ちゃんの声が蘇る。

（ほら、このクッションの中に、ずっと住んでると思ってごらん）

中学への入学を控えた春休みだった。まだ数えるほどしか顔を合わせたことのない孫との距離がうまく測れずにいたのか、小さな子供を相手にしているような口調だった。

（でもある日突然、君はすごいものを手に入れて、クッションを外から眺められるようになる）

私たちの住む銀河系のことを、丸いクッションに喩《たと》えて話してくれた、柔らかな声。

（必要なのはたったひとつ……それが魔法の周波数だよ）

宇宙のいたるところにある水素原子が、かすかに放つ電波。電子のスピン方向が切り替わるときに放たれる、波長二一センチの震え。

それは星間ガスにもほとんど吸収されず、銀河の奥深くまで見通せる波長だ。そしてもしその水素原子が動いているなら、その速度に応じて、放たれる電波もドップラー効果で波長がズレる。そのズレから、銀河系における任意の座標の回転運動量を測ることができ、位置を特定できる。そしてその集積で、渦巻き状になった銀河系の姿を克明に描き出すことが可能になる。

中に居ながらにして、外から見下ろすかのように銀河を望める――魔法の周波数。

頬が、思い出し笑いで綻んでいくのがわかる。まだ小学校を出たばかりの、よそよそしいそぶりを見せる孫に、いきなりそうやって電波望遠鏡観測の基礎を教え込むような人だったのだ。

その後も会えたのは数回だけ。でもそのわずか数回で、大切な思い出を私の中に残してくれた人だった。柔らかい声で、あの人はいつも、星や宇宙のことを語り聞かせてくれた。

というより、それしか話題のない人だった。

星の観測を何よりも優先させ、家族や親戚との間に亀裂を作ってまで、不便な田舎の山腹にある小さな家に住み続けた、宇宙に魅入られた孤独な老人――。

でも私の望みは、懐かしさに耽溺《たんでき》することではない。緩みかけた表情を引き締める。

「だからナニよ。んなの知ってるっての。だいたい、さっきカリンちゃんも話してたじゃん」

『そうだよ。波長二一センチ。周波数に直せば一四二〇・四メガヘルツ。あの変換アドオンにあった絞り込みフィルタの、初期値として設定されている数字だ。銀河を見通せるこの周波数が、なぜSETIにとってそれだけ重要なのか、軽く説明してもらえるかな?』

「んなの基本でしょーが、ったく」

そうボヤいてはみたが、確かに興味のない者は知りもしないことだ。

一四二〇・四メガヘルツは、銀河を俯瞰で見下ろし、地図を写しとるのに最適な波長だ。

だからこそ、宇宙の構造に興味を持つような知的生命体なら、その帯域を継続観測しているだろうという仮定を置ける。そしてどこか遠くにいるそんな存在に、誰かが自分たちの存在を教えたいとするると、その帯域で信号を送れば、受信してもらえる確率が跳ね上がるはずだ、という仮説も導ける。

どれもすべて、あの人から教わったこと。

「――だからその魔法の周波数《マジック・フリーケンシー》の使用をさ、電波法やらなにやらで完全に禁止しちゃって、静かになったそこに耳を澄ませよう、ってのが電波観測ＳＥＴＩの基本なの」

「マジック……フリーケンシー」ぽつりと誰かが呟き、みんながそちらを向いた。

「あ、ごめんごめん。なんかいい響きだってさっきから思ってて」

声は、白髪の交じるオールバックの男性からだった。鏑島マスターだ。

「いやほら、僕、貴方のお爺様とか、まったく存じあげないもんでうわの空で。すみません、割り込んじゃいましたね」

「かまわないわよ別に。宇宙や星やＳＥＴＩに何かしら魅力を感じてもらえるのって、愛好家としちゃ嬉しいもんだし」

好きなんですよねぇこういうロマンチックな名前、と、マスターは頭を掻く。確かに学者という生き物は、何かに命名するときはこぞってロマンチストに変身するのだ。

「そういや、天文のことはわかんないんですけど、ほら、音楽にもありますよね、魔法の周波数。周波数の魔法って言った方がいいかな。全然意味は違うんだろうけど、心落ち着く周波数だとか、耳に残る周波数だとか、聞き取りやすい周波数だとかさ」

彼はただ、自分の土俵で感想を述べただけなのだろう。しかしその背後の席から、その肩をぽんと叩く者がいた。ムトー君だった。そして笑っていた。

「まさかのまさかで、ビンゴだぜ、トーマさん」

裕ちゃんの声が、静かに続く。

『そう、そこなんだ。それが理由で、慶太郎氏は耳を患ったのさ』

私の顔は、たぶん歪んだと思う。声を絞り出すのにも、ありったけの力が要った。

「どういう……事？」

答えたのはムトー君だった。

「あのアドオンで変換したデータな、聞こえてんのは、ちょうど三キロヘルツなんだがよ」

作成した元学生に連絡を取り、確かめたのだという。

「一四二〇・四メガヘルツの電波を可聴音波に変換するのに、なんで三キロヘルツぴったりに設定したのかと言えばな、そいつ曰く――」

その帯域が――人間が最も敏感に感じとれる音だったから。

「おめーも耳患ってたんだから、等ラウドネス曲線とオージオグラムぐらいわかんだろ？」

もちろんわかる。耳の診断は何度も受けたのだ。等ラウドネス曲線が語るように、人の耳は音の高低によって受信感度が変動する。

「三キロヘルツ付近ってのは、耳が一番過敏に反応する帯域なんだよ。なんでそのあたりに敏感かっつーと、内耳の蝸牛が、そういう共鳴特性を持ってるからだ」

耳の内部にある渦巻き状の器官、蝸牛。

ムトー君は続ける。太い入口付近から細く巻いた深部まで、蝸牛のどの場所が共鳴するかによって、どの周波数を察知できるかが決まる。そして人間の場合、三キロヘルツ付近で最も強く、蝸牛全体が共鳴するのだと。

共鳴とは、すなわち共振だ。

音と物体の、固有振動数の一致。

それによる、音のエネルギーの遷移。

「音の共振を使ったエネルギー遷移で、蛋白質の畳み込み方をねじ曲げちまって、疑似プリオンを生み出して腫瘍化させるっつー、あのクソッタレなブラックボックス信号がよ、もし耳小骨じゃなく、内耳の蝸牛ん中で強く共振したら――」

どうなるよ？　そう問われた。

そしていざ問われてみれば、その答はあまりにも簡単で、あまりにも明らかだった。

「蝸牛が……腫瘍化……する」

私のそんな呟きに合わせて、星座のちりばめられたドームに何かが映し出された。

裕ちゃんがプロジェクタで投影したのだろうそれは、名前らしき文字列と数字が並んだリストだった。数は九つ。明らかに、どれも日本人ではない。

『君のお爺さんに関係があるってわかったのは、僕とフジが生前にお会いしてたからでも、カリン君の聞き込みのおかげでもないんだ。これをトオル君が見つけてくれたからだよ』

彼のハッキングによって、様々な国の電子カルテから得られたという、医療記録。

『君のお爺さん――慶太郎氏とほぼ同じ時期に、蝸牛の障害によって感音難聴を発症した天文学者のリストさ。だよね、トオル君』

「あ、はい。きゅ、九名中七名は、慶太郎……さんと同じで、バークレー校での講演の参加者だったっす。残る二名は、その縁者で」

『だそうだ。なにせ国がバラバラだったし、ご年配の方ばかりだから、老齢からくる難聴と診断されてたみたいだね。だからこれまで誰も、当の本人たちも、繋がりに気づかなかったんだ』

自分たちを蝕んだ病の原因が――電波ＳＥＴＩの信号をあのアドオンで変換した、波形データにあったことを。

『君は、慶太郎氏から受け継いだシグナルを、もっと柔らかい周波数に〝ずらした〟んだよね』

頷いた。その通りだったからだ。

『まあ三キロヘルツっていえば、ガラスや黒板をひっかく音にも近いからね。いくら感度がよくっても、さすがに不快な音のままじゃ曲には入れられないわけだし』

「だから……だからあれは……」

私の言葉は、きっと呻き声に近かっただろう。

『そう、君がそうやって手を加えたことで、内耳の蝸牛ではなく、共振周波数が偶然一致した、耳小骨の方に影響を与えるようになったんだ』

背もたれに倒れ込んだ。そして、満天の星空が映るドームを見上げた。

スピーカーの向こうから、さっきと同じ問いが流れ出る。

『ご満足いただけたかな?』

「そりゃもう」

『みんなの健康を望む思いとは別に、心の中で密かに祈ってたことは、そこなんだよね?』

「ま、ね」

(ほら、このイヤホンをはめて、君も聞いてごらん)

星の世界を夢見ること以外は、本当に何もかも不器用だった、あの人の声がまた蘇る。

(きっとこの中に、魔法の波に乗せられた、手紙が混じってるんだ)

家族や親戚との溝を作ってまで、自分の夢を追いかけ、そして孤独に死んだ、あの人。

(それをいつか、私も、受け取りたいんだけどね)

星の世界の何者かが、魔法の周波数に乗せて投函した手紙。波の封筒の中に畳み込まれ、送られてきた便箋。それが巨大なアンテナで受け止められ、電子のネットワークで配送され、そして蝸牛が持つ周波数の魔法によって開封されて、あの人の耳にも――。

『結果的にそれは、彼の耳を病ませてしまったわけだけど』

星の世界からやってきた手紙はね――と、裕ちゃんは続ける。

その幼い声は、こういうときに限っては、本当に天使のように響くのだ。

そして、星で満たされたドームに、静かに染み入っていく。

『ちゃんと届いていたんだよ。君だけじゃなく、君のお爺さんにも』

◇　◇　◇

「わ、ホントにカレー出てくるんだねぇ」

鏑島当麻が差し出したモーニングセットに、眼鏡の老人は目を見張った。

武藤君と佐敷君の大学時代の恩師、千枝松教授だ。その左右に座るのは、口の悪いその教え子のひとりと、当麻の可愛い姪っ子だった。

いつもの店内。いつもの《みうず》。

ある日思い立って脱サラして以来、音楽への愛だけを糧に営んできた、自慢の店である。

教授の驚きようでわかるように、モーニングはカレーとミニサラダ、そしてコーヒーのセット。

カレーがこの店の隠れ名物であることを誰からも知らされていなかった日々木塚君は、あのあと武藤君に「てか先に教えといてよ、知ってたら速攻注文したのにさぁ」などと詰め寄ったらしい。

当麻としては、彼女のまたの来店を楽しみにするだけだ。

音楽が自慢のこの店から、間接的にとはいえ巣立っていった作曲家が、これまた自慢のカレーを食べにやってきてくれる。店主冥利に尽きるというものではないか。

スプーンを口に運んで目を閉じ、んー、と満足げに咀嚼したあと、教授がしみじみと言った。

「それにしてもいいトコですねぇ。いや退職後の家捜しててね。ずっと妻と宿舎住まいだったから。このあたりに越すのもいいなぁ」

常連が増えてくれるのなら、当麻としても嬉しい。音楽が好きな人ならなおさらだ。

やたらと早口な教授は、そうそう、と無精髭の教え子を肘で小突く。

「手術の方はいつでも来いだってさ。準備万端。ほら山本君だよ。《ネーメ》のときの引柄君の執刀医。もうやる気満々みたいでね彼」

「るせーな。黙って食え」

教授を挟んだその逆側から、なにやら感嘆の声が上がる。

「しかしやっぱすごいよなー、ピーコさんって」

目をやると、頬杖をついた姪っ子が、板張りの天井へと目を泳がせていた。

「だってCD‐ROMで二百五十枚ぐらいあったって話ですよ。えーと、十六ビットのサンプリンググレート四四・一キロヘルツで録音してたとして、単純計算で……三百時間以上？」

日々木塚君が、その中からたった三十秒の信号を抜き出したことに感服しているのだ。

解析もせず、理由もなく、ただ直感で。

彼女の御《ご》祖父が昔、直に聞かせてくれたディスク、という選別の基準はあったそうだから、奇蹟というほどのものではないのかもしれないし、音楽の天才たちはそういうものなのだと、当麻からすれば思ってしまう。同じ思いを、姪も抱いたようだ。

「やっぱ天才の天才たる所以なんですかねー」

「だから前々から言ってんだろうが。覚えろよ」

武藤君が、カレーの賞味に没頭している教授の禿頭越しに唸る。

「化けモンなんだよあのクソ女は。魔女だっつってんだろ前からよ」

口の悪さだけは相変わらずで、昔から何も変わっていない。

さすが手塩にかけて育てた我が姪と言うべきか、そんな武藤君のことはちゃっかりと無視して、カリンちゃんの小さな手が教授に向かって上げられた。

「あのー、そういやなんかちょっと、まだ腑に落ちないとこがあるんですけど」

姪の質問は、当麻も引っかかっていたことだった。食器を磨きながら聞き入る。

電波SETIは、もう五十年以上も続けられてきたプロジェクトだ。関わる専門家は無数にいるし、分散コンピューティングとやらで人海戦術もやっている。なぜそれらの専門家たちや解析システムは、あの信号を見落としていたのだろうか、という疑問だった。

あの曲の元となった信号が受信されたのは、十年以上も前だという。しかし大勢の天文学者も、《SETI@home》の分散コンピューティングも、そこに埋め込まれていたあのシグナルを見つけ出すことができなかったのだ。

「うーん、ボクみたいな畑違いの人間があれこれ言ってちゃ怒られそうだけど、そうだねぇ、カリン君……だっけ？　《Hello, world》ってわかる？」

「こんにちは……世界……ですか？」

「ま、そうだけどさ。プログラムの初歩の初歩にも入らない、よちよち歩きの入門例として有名なやつなのね」

そのプログラムの内容は、ただテキストを表示するだけだという。

たった一行のコード。誰でも理解できる。

そっち方面にはまったく明るくない当麻にだって書けそうだ。

「電波観測ＳＥＴＩで想定してるのって、基本的にその文面なわけなのね。つまり誰かが遠くで『こんにちは』って言うのを待ってる感じ」

読み取られるのが前提の、生の信号をだ。

しかし、たった一行の単純な《Hello, world》プログラムでも、コンパイルされ実行ファイルに変換されてしまえば、もう理解は難しくなる。当麻のような素人がファイルを覗いてその中身を見ても、見えるのは○と一の羅列だけ。特殊な修練を積んだ人間でなければ、そこから意味は取り出せなくなる。

「つまりそういうことじゃないのかな。実行せずにただ中身を知ろうとしても、ボクらには理解不能。そもそも二進法どころか、波そのものでフーリエ演算的に書かれてるんだろうし」

確かめるには、実行してみるしかない、ということだろうか。

「でも、そんなものを送ってくる意図ってなんなんです？　コミュニケーションすらしないわけですよね？　何のために……ま、まさかその、敵意があるとか」

「くだらねぇ」

武藤君が即座に吐き捨てた。カレーを美味そうに頬張りながら、教授が返す。

「くだらなくはないよ。想像すんのは何でも大事。でも敵意ってのは確かにどうかなぁ」

もしかしたらシグナルの作り手は、電磁波で編み上げられた実行ファイルを送り合い、それによってコミュニケーションする存在なのかもしれないよ、と教授は言う。

波の中に畳み込まれ、物質との相互作用によって解凍される実行プログラム。そういうモノを送り合うことこそが、彼らにとってのコミュニケーションだったとしたら、というのだ。

「ほら、人間の使う言葉ってさ、そもそも曖昧でしょ。決して不変じゃないし。時代によって変わり続けるし。意味は歪んじゃうし」

そのうえ、受け手によって誤解される。「言外の意味」などという言い回しがあることが証明しているように、想像力で補完しなければ、言葉は簡単に意味を損なったり、ねじ曲げられたりしてしまう。商売柄、人付き合いの多い当麻にはよくわかることだ。

対して、もし相手に直接変化をもたらすことができるなら、もっと効率よくコミュニケーションがとれる。実行ファイルとして、物理的にも、情報的にも、相手に思うところを余すところなく届けることができる。

「だからさ、ほんとにただの『こんにちわ』だったのかもしれないよ。あ、そういやね」

口元を紙ナプキンで拭うと、教授はまだまだ早口で続ける。音と物体の共振が、あのシグナルの起動プロセスに関わってると見当はつけているが、それは依然として仮説であり、本当のところはわからないのだ、と。

なにしろ、未だにそこはブラックボックスなのだから。

「だから共振だけに限らずさ、もっと他のエネルギー遷移にも関わるものなのかもしれないなって思ったのね。そしてもしそうならさ、彼らのメッセージはもうとっくの昔に地球に届いてて、そんで同じく、とっくの昔に大きな影響をこの星に与えてたのかもしれないなぁって」

「どういう……ことですか？」

「だってほら、可聴音波に変換したから人の耳に偶然作用しちゃったってだけなんだよ？　本当は《魔法の周波数》——耳でなんか聴けない高みにあるんだし」

そう言うと千枝松教授は、くるりと逆側の席へと向き直った。

「武藤君、一四二〇・四メガヘルツって、そもそも何波？」

「あぁ？　二一センチ波だろ。ボケてんのかよ」

「波長が二一センチだからね。そうじゃなくて、大まかな分類」

口の悪い無精髭が、しぶしぶと答える。

「ちっ……マイクロ波だよ、クソジジイ」

「そ。んで、そのあたりの波長域のマイクロ波ってさ、ある種の極性分子との間でエネルギー遷移を起こすことで有名だよね？」

言葉は難しいながらも、それは当麻も知っていることだった。電子レンジの原理だからだ。すなわちその極性分子とは――水。

もしその信号が、水分子に対するエネルギー遷移を使って、そこで実行されるべきアプリケーションだったのなら、と教授は言うのだ。

有機物の溶け込んだ水に、問題のシグナルが降り注いできたら、どうなるのか。

原始地球の海で、溶けた有機物をパズルのように組み上げ、アミノ酸のスープを作り出し、生命を生み出す元になったものは、はたして何だったのか――。

「……やっぱ、くだらねぇ」

武藤君はそう吐き捨てたが、想像してみる価値は確かにあるかもしれないなと、当麻は思う。

水、と言われて、ずっと前に聴いた不思議な曲のことを思い出したのだ。

日々木塚君が弱冠十四歳で作ったというその楽曲を、高校生の頃の佐敷君がひょんなことで手に入れ、そして当麻自身も、それを一度だけ耳にした。

聴く者の渇きを煽る、魔法の呪文のような何かだった。

日々木塚君はそれより前に、御祖父からあのシグナルを一度聞かされているという。ならばあの天才女性は、そこに埋め込まれていた意味を、天才ならではの何かで感じ取っていたのではないだろうか。

水を目指す、という波の意思を。

そこで新たな命を生み出そう、という、作り手の思いを。

そしてその思いを彼女なりに形にしたのが、あの呪文めいた曲だったのだとしたら——。

もちろん、素人の推測にすぎない。でも武藤君と目が合って、彼も同じことを考えているのだとわかった。ウインクしてやると、プイと目を逸らされてしまう。

同じタイミングで、教授が嘆いた。

「佐敷君が来てないのが惜しいねぇ。そっち方面の趣味じゃ、彼が一番なんだけどなぁ」

そう笑うと、カレーの最後のひと口を頬張って、再び教え子の方を向く。

「でも大変だよねぇこれから君らも。どうすんの?」

「大変って何がだよジジイ。もう関わらねーっつーの」

「そうもいかないでしょ、見つけたの引柄君と君らなんだからさ。義務があんでしょ義務が」

どうやら、地球外知的生命の証拠を発見した場合の、国際的な取り決めがあるらしい。その中には、こんな一文もあるそうだ。

確証の得られた発見は、科学界と一般メディアの双方に、迅速に、隠すことなく、公開されなければならない——。

武藤君が、これまたそっぽを向きながら返した。

「そいつが信頼できる証拠だって判明するまで、公開しちゃいけねーっつうのもあったろうがよ」

「まぁ、まだブラックボックスのままだからねぇ」教授も肩をすくめる。

「ボクもあと二十歳若かったらなぁ。分子生物学もそこそこ囓ってるから、もう一回勉強し直して、そっちと二股かけて、十年ぐらい解析と実験に没頭したいなぁ。あ、これ、ごちそうさま」

手を合わせてくれた教授の前からカレー皿を下げ、流しに沈めて手を拭い、カウンター裏に並んだスイッチに指をやる。そして三人に呼びかける。

「じゃ、皆さん、お話もお食事も終わったところで、もう一回流しますよぉ」

「おお、待ってました待ってました」

「んだよ、またかけんのかよ」

「お嫌いなら、フジさんだけ出てってくださいよ」

「嫌いたぁ言ってねーだろ」

ボタンを押し込む指の手応えと同時に、店内にある十二のスピーカーから、さわさわという木立の音が静かに流れ始める。

再生しているファイルは――『transwarp 7.02-S』

あの三十秒の信号部分を、完全な空白の短いブレイクに差し替えた安全バージョンだ。

迷惑をかけたお詫びにと、日々木塚君がこの店にプレゼントしてくれたものだった。もちろん飛び上がるほど嬉しかった。今回は違法なものではないし、なにより当麻自身、彼女の大ファンなのだから。

いい曲だ、と思う。

オリジナル・バージョンで途中に入っていたあの信号のことはともかく、そこを除いたすべてに、ミューズのひと触れがそこかしこに感じられる。当麻の想像の中で頭上を舞う女神が、優しく衣をひらめかせ、囁きかけてくれるのだ。

描き出される景色の中に、憧憬と愛が溢れている。

流れるメロディの中に、強い想いが詰まっている。

佐敷君に感想を尋ねられたときは、後半のパートから受ける印象をうまく説明できなかったものだが、今ではなんとなく、当麻にはそこに込められたものを表現できる自信があった。

あれはきっと「届いてほしい」という思いそのものなのだ。

メッセージのように。手紙のように。

そしてこうも思う。

先ほど教授が言ったように、もしそんな手紙が生命の発祥なのだとしたら、そこから生まれ、育った命にも、同じような特性が最初から内包されているんじゃないだろうかと。

だからこそ、人は誰かと繋がりたがる。

だからこそ、波を使って思いを伝える。

もしかしたら音楽というものも、そこから生まれ、新たに投函され続けている手紙なのかもしれないな、と、思えてしまうのだ。

時には嘆きを、時には感動を、時には絶望を、時には愛を。

文字や言葉では決して彫塑できない、見えない何かを伝える、波の手紙。

それを自分たちは、音楽を聴くたびに開封し、受け取っているのだとしたら——。

素人考えにすぎないのはわかっているが、なんとも言えず嬉しくなってくるではないか。

そんなことを頭にぐるぐる巡らせながら、顔全体を緩ませつつ、流れる旋律に耳を委ねていると、姪っ子が突然ぼそりと呟いた。

「そういや、トランスワープ……ってなんなんだろ」

「あれ、知らない？　スタトレとか見たことない？」

牛乳瓶の底のような眼鏡の奥から、珍獣でも見るかのような眼差しが姪に向けられる。

「武藤君は？　マスターは？　うーん、やっぱ佐敷くんいないとダメだなぁ」

千枝松教授は人差し指を立てて、にひひと笑い、

「劇中のワープ航法の、さらに上にあるやつでね——」

そして立てたその指をくるりと回してから、頭上を指さす。その動きにつられて、不機嫌そうな武藤君も、興味津々な姪っ子も、そしてカウンターを挟んだ当麻自身も、思わず天井を見上げてしまう。

「──どこまでも、遠くへ行けるんだ」

どこまでも、遠くへ。

空を越え、星を越え、銀河を越え──、
そして「どこまでも」と言うのならば、と、当麻は思う。

きっと、日々木塚君の御祖父のいる場所にだって、たどり着けるのだろう。

◇　◇　◇

緑の中を、女は歩いていた。

汗だくになった木綿地のシャツを腕まくりし、サファリ帽を指で跳ね上げる。

足が痛く、そしてヘトヘトだった。リュックの脇からペットボトルを引き抜き、歩きながらミネラルウォーターを呷る。

蛇行しながら木立を抜けて山上へと続く小道の先には、白い建物がちらちらと見え始めていた。

距離は、五〇〇メートルというところか。

あとひと息だと足を速めようとしたタイミングで、携帯が鳴った。

足を止め、手に滲む汗をシャツで拭って胸ポケットから取り出し、通話ボタンを押す。

「あ、どうも、ご無沙汰してます」

ちょうどいい。息も切れているし、小休止しよう。

そしてついでに、グチぐらい聞いてもらおう。

「いや、ほんっと、大変ですよ。送迎車がエンコしちゃったそうで、ずっと麓《ふもと》から、はい。もう脚が棒です。絶対今日はホテルで爆睡しますし、明日はまず筋肉痛です」

電話の向こうで笑うのは、幼い少女のような、高く透き通った声。武佐音研の佐敷所長だ。

「日々木塚君の方は元気かな？　迷子になってない？」

「それが、来てないんですよ」

汗を拭いながら、ため息とともに答える。

「行ってない？　てことは、藤村君だけ？」

「ええ。私だけです。なんなんでしょうねほんと」

そう嘆いて、女——藤村妙子は周囲を見渡す。連なる低い山々を覆う、亜熱帯の森だ。

耳の手術と、半年に及ぶ術後の経過観察が終わり、医者の太鼓判が出てからさらにもう半年。その間に、なんと《KYOW》は大学受験をした。もちろん芸名は隠してだ。

もう三十路《みそじ》も近いというのに、真面目に天文学をもう一度学びたいと言い出したのだ。藤村もつきっきりになった猛勉強の甲斐あってか、今は無事、某大学の理学部一回生に収まっている。

受験勉強の間、曲の制作もほとんどストップしてしまったので、マネージャーとしての藤村の株は半年ほどダダ下がりだった。テレビCMに採用されてスマッシュヒットを飛ばしたシングル『lovelybasterds《いとしきクソヤローども》』のおかげでなんとか持ち越したものの、あと四半期あれが続けば、担当を交代させられていたかもしれない。

それだけの苦労に苦労を重ねて、ようやく実行にこぎつけた旅行だった。

重度の方向音痴であるがゆえに、ひとりでは遠くに行きたくとも行けない響さんと一緒に計画した、彼女の夢の場所への旅。木立を縫って登る小道の先に、その目的地がある。

果てからの手紙を受け取った場所。

プエルトリコ自治連邦区——アレシボ天文台。

本来、電波望遠鏡の近くで携帯電話の使用は御法度だ。しかしアレシボの設備は古く、今はもうフル稼働していないので、稼働スケジュール中でさえなければ、そしてしっかり使用許可をとってさえいれば問題ないことを、出発前に響さんがちゃんと確かめていた。

その本人は、日本に残っている。

響さんときたら、前日の夜遅く、出発まであと数時間というタイミングで歩道橋の階段から転び落ち、右脚を骨折してしまったのだ。いつものように携帯を眺めながらフラフラ歩いていての事故だった。

幸い、折れた骨の断面は綺麗で、医者によると後遺症もなくくっつくだろうとのことだったが、それは当然、安静にしていればの話である。

チケットのキャンセルが間に合うタイミングではなかった。だから代金を無駄にするわけにはいかないと、彼女は藤村だけを、見も知らぬカリブ海の島国へと送り込んだのだ。

そんな境遇をグチ交じりに伝えると、電話の向こうの声は心底楽しそうに笑った。

「仕方ないね、じゃあ君にまず伝えとこうか」

それは、例のプリオンもどき蛋白質についての話だった。

人間がプリオン遺伝子を最初から持ち、体内で普通にプリオンを生産していることは、一年前のあの事件でもう聞かされていた。その分布は偏っていて、神経細胞の中に最も多く含まれるらしいことも、自分で調べて知っていた。正常プリオンはそこで抗酸化の役目を担っていて、実は神経細胞を保護する働きがあるなどと、近年では解明が進んできてはいるらしいが、それでもまだ多くのことがわかっていないという。

「まあそんなわけでね、プリオンは神経細胞の集まりである脳に、最も集中して存在するわけだけど――」

では、あの信号で組み立てられたプリオンもどきではどうか、というわけだ。

あの大学の、薬理研と分子生物学研の共同で新たに立ち上げられたという研究チームは、培養シナプス細胞上での反応を実験してみたのだという。

その結果――神経細胞内の正常プリオンに、見事にそれは感染したらしい。

「しかもね、その中には、音を加えていないのに感染能力を維持する、さらに変異した蛋白質がごくわずかに存在してたそうだよ」

頭蓋を開けて、脳細胞を採取して検査してみなければ本当のところはわからないのだが、日々木塚響も、そして藤村も、もしかしたらそれに感染しているかもしれないのだと彼は言う。

皮膚細胞や粘膜からは検出されていなくとも、もしあの時点ですでに脳まで感染が広がっていたのなら、その疑似プリオンは今もなお、まだそこで息づいているかもしれないというのだ。

「まあ、生活に何も支障は出てないみたいだし、今のところ心配しなくていいとは思うけどね。あのプリオンもどきは、ちゃんと体内酵素で分解されちゃうわけだし」

異常プリオンを、恐ろしい脳の病気の原因たらしめているのは、その感染性と分解不能性を合わせ技のように持っているからだ。

酵素にも熱にも耐性を持つ異常プリオンは減りにくく、ゆえに増殖の一途を辿る。だから脳細胞を圧迫する泡状の塊にまで育って、感染者の脳に破滅をもたらす。

しかし例のプリオンもどきは、普通のプリオンと置き換わっていくだけだ。

もし脳細胞の中で自身のコピーを作り続けているのだとしても、それは正常なものと同じように壊れ、同じように吸収され、リサイクルされていく。破綻は起きない。

「そのメカニズムを追求すれば、人に害を及ぼす異常プリオン蛋白質の畳み方を、もしかしたら、体内で分解できる形に書き換えることが可能になるかもしれないって話も出てるそうでね」

そしてもしそうなれば、不治の病であるプリオン病の治療に役立てられるかもしれないというのだ。研究には十年や二十年はかかるかもしれないが、そのとっかかりにはなる。

「で、君と日々木塚君からの組織採取、もう一回やらせてほしいんだってさ。帰国したら、二人であっちに出頭してもらえるかな」

もちろん、藤村としても協力はやぶさかではなかった。ついでに、頭の中に勝手に入居しているのかもしれないそのプリオンたちの様子だって、色々と検査してもらえるだろう。

「ふむ……別段ショックは感じてないみたいだね。普通の人ならパニックを起こしてもおかしくないニュースだと思うんだけど」

「あの人のマネージャー続けてたら、ショックへの耐性ぐらいつきますよ。ご存じでしょ」

「そりゃそうだけど……ん、今、何か飲んでる？」

麓で買ったミネラルウォーターを、またひと口啣ったところだったので、そう告げた。

「どんな味か、尋ねてもいいかい？」

「カルシウムが強いですね。塩味もちょっと。あと、なんか微妙に塩素入ってる気がします。暑い国だから無殺菌ってのはありえないんでしょうけど、だったら熱でやればいいのに。あ、もしかして水道水混ぜてたりするのかな。じゃあちょっとだけ苦みがあるのも――」

「もういいよ。充分だ。しかしまぁ、すごい舌になっちゃってるね」

手術を終え、聴力が回復しても、鋭敏になった藤村の舌は元には戻らなかった。

「普通の人は、そんなのわかんないよきっと。カルシウムの味覚受容体があるのは確かだけど、同じのを僕が飲んでもさっぱりだと思うなぁ。料理食べるときとか困らない？」

「別段、特には。味の複雑さを楽しめるようになりましたし、明らかに危ないものとか、飲み込む前にすぐわかるようになりましたから、むしろ便利なぐらいで」

ならいいけどね、と、佐敷所長は続ける。

「そういやさ、日々木塚君って、昔はそんなに方向音痴じゃなかったそうだね」

響さんからも、そう聞いたことはある。

「彼女の祖父、慶太郎氏宅はね、ものすごい田舎にあるんだ。十四歳の頃まで、彼女はひとりでそこに通えていたそうだよ」

「はぁ、そうなんですか。ちょっと信じられないですけど」

「それに脳ってさ、脳圧がほんのわずかに変化するだけで、人格が簡単に変わっちゃうこともあるって知ってたかい？　ならさ、脳の組成がもし変わればだよ、同じように何かが大きく変わるんじゃないかって考えもできるよね」

その同じ声が、ほんの少しだけトーンを下げる。

そしてどことなく、居心地の悪い圧迫を感じさせるものになっていく。

「日々木塚君があのシグナルを初めて耳にしたのは、十三歳のときだそうだ。そしてその後、彼女は天才的な音楽才能を開花させ、その代わりに空間認識の機能を欠如してしまった。そして君もあの事件以降、そんな味覚を手に入れたわけだよね。どちらも、暗い宇宙の深淵から届いたあの手紙の、波の中に折り畳まれた何かを開封してしまってからのことだ。いったい君たちは──

──」

何に変えられてしまったんだろうね。

佐敷所長はそう言葉を切り、そのあとは沈黙が続いた。

しかしやがて、藤村はぷっと吹き出してしまう。

分子数個の違いすら舌で見分けられる絶対味覚とかならまだしも、自分の味覚なんて、肌がちょっと敏感になった程度のものにすぎない。そんなちっぽけな変化よりも、もっと大きなものが、自分を芯から変えてしまったのだと藤村にはわかっている。だから言った。

「そんな七面倒くさい手順ふまなくっても、人間って、ささいな事で変わっちゃうものですよ」

ひと呼吸置いてもう一度言う。「変われちゃうんです。簡単に」

しばらく黙ったあと、相手は返した。

「そうだね。正論だ」

それにしても効かないねぇ、と、続けてぼやく。

「例のプリオンもどきの機能は、僕の声への耐性をつけることだって気がしてくるよ。やだなぁ。うちの元実家も懲りずにちょっかい出し始めてきたし、散々だよほんと」

佐敷所長の実家とやらが、いったい何の関係があるのかという小さな疑問を、ちょうどそのタイミングで背後から届いた呼び声が雲散霧消させていく。

「タエさーん、もう限界っすー、荷物持っててー」

その情けない響きで聞き分けたのだろう。電話の声が訝しげに尋ねる。

「今の、トオル君だよね？　君だけ……って話じゃなかった？」

「だってチケット、二枚あったんですから。ああ解ってます解ってます言いたいことは解ってます。ヘタレで根性無しです。でも彼、すっごくいいとこあるんですよ」

「なによりイケメンだし？」

「はい、なによりイケメンですし」

あとはしばらく談笑し、通話を切った。追いついてきたトオル君に電話を替わろうかと目で合図したら、相手が誰かを知ってぶんぶんと首を振られたからだ。

荷物を配分し直して、再び歩みを再開する。

さわさわ、ざわざわと、風に揺れる木立の音が周囲を包んでいる。日本では聞き慣れない種類の虫の音《ね》と鳥の声。カリブ海の島国ならではの湿った空気。そして靴の裏に感じる傾斜。ふくらはぎの痛みにも負けず、重力に逆らって足を一歩一歩先へと進ませるのは、あの曲の中で確かに胸に感じた、先に待つ光景を早く確かめたくってたまらない、わくわくする思いだ。

そしてまさに、あの曲のイメージ通り、景色が急に途絶える。

突然森が切れ、目の前が開けたのだ。

目に飛び込んできたのは、視界いっぱいを占拠するほど大きな灰色の窪み。石灰岩質の山の窪地を利用して作られた、直径三〇五メートルにも及ぶ巨大な皿――。

アレシボ天文台の大パラボラ・アンテナだ。

あの曲のど真ん中にくり貫かれていた、およそ三十秒のシグナル。

それと完璧に相似する、森の中の空白だった。

五十年以上にもわたって、星々の声に耳を澄まし続けてきた土地。

日々木塚響の夢の地であり、そしてたぶん彼女のお爺様もまた、夢見ていたであろう場所。

その巨大な皿の縁から景色を望み、空を仰ぐ。

そしてあの曲――《transwarp》の残る後半を思い出す。

頭の中でリフレインするそのメロディは、もちろん世に発表されてはいない。

あの喫茶店にはひとつだけコピーが送られたそうだが、その完全バージョンともなれば、もはや作者である日々木塚響と自分――ツチ骨とキヌタ骨を人工のものと入れ替えてある二人にしか、安全に聴くことが叶わないものなのだ。もちろんそれは、あの『藤村です』と並んで、携帯のフェイバリット・フォルダの中に、鍵付きでしっかり収められている。

ちぎれ雲の流れる青空をしばらく眺め、そして思った。

もしあのシグナルが解析され、解明され、いつかその秘密を手にしたら、人もまた、同じような手紙を空へと送るのだろうか。届いた先で開封され、何かを伝えるものを。

もしかしたら空の向こうの虚空には、そんな電波が今でも飛び交っているのかも。

だって星々の間は、旅して越えるには遠すぎる。

だからこそきっと、あの手紙は星空へと投函されたのだ。

どこか遠くにいる、手の触れられない誰かと、繋がろうとするために。

「さーて、やってきましたよ、ピーコさん」

あの一件を切っ掛けに仲のいい友達となったカリンちゃんの影響で、今では藤村もたまに、彼女のことをピーコさんと呼ぶようになっていた。しかし当然ながら、呼ばれたその本人はそばにはいない。日本に居残りだし、病院のベッドの上なのだから。

それでも藤村は、話しかけ続ける。

すべて、日々木塚響――藤村の大事な友達、ピーコさんへと届くことがわかっているからだ。

汗の跡がくっきりと浮いたシャツの上で、藤村の首には、馬蹄型の装置がかけられている。《ネーメ》の二号機サーバだ。

山道を登る間も、立ち止まっての佐敷所長との会話も、そして今も。すべて藤村の耳の中――コイルの埋め込まれた人工耳小骨を経由して、録音が進行しているのだ。

レコーディングを終えれば、Bluetoothと国際ローミングの携帯を経由して、日本で待つ大切な友人のもとへと、ワンボタンでデータを送ることができる。

「せめて音だけでも、楽しんでくださいね」

そしてついでに、釘も刺しておく。

「病院抜け出すのは禁止」

そして――。

かつて『空を見上げたくなるような』と恋人が表現した、あの曲の最後のフレーズを頭の中で奏でながら、アレシボ天文台の巨大アンテナの上に広がる紺碧の空を——、
仰ぎ、そして望むのだ。

あの手紙がやってきた先を。

星々へと繋がっている広がりを。

遥か彼方にいる誰かへと結ばれた虚空を。

波の手紙が繋げてくれた大切な人と、手を取り合いながら。

参考文献

【エコーの中でもう一度】

ジェームズ・メープルウッドなる架空の人物は、類い希なる才能と共に十六歳という若さでこの世を去った実在のエコーロケーター、ベン・アンダーウッド氏を直接のモデルとさせていただきました。

http://www.benunderwood.com/

【亡霊と天使のビート】

『非線形音響学の基礎』鎌倉友男著（愛智出版）1996

『超指向性音響システムの開発 ―多方面からの検討―』鎌倉友男、酒井新一共著（電子情報通信学会 基礎・境界ソサイエティ Fundamentals Review Vol.1, No.3）2008

【波の手紙が響くとき】

SETI@home
http://setiathome.ssl.berkeley.edu

「狂牛病の正しい知識 Version 4.1 ／生命科学に興味ある人のためのプリオン病の解説」池田正行
http://square.umin.ac.jp/massie-tmd/bsecjdexp.html

電波望遠鏡プロジェクト「8mパラボラアンテナ、新しい使命を帯びて宇宙の観測へ」
宇宙教育研究ネットワーク／和歌山大学生涯学習教育研究センター
http://www.wakayama-u.ac.jp/newear/radio.html

初出一覧

エコーの中でもう一度　〈ＳＦマガジン〉二〇一三年二月号掲載／『さよならの儀式　年刊日本ＳＦ傑作選』（東京創元社）収録

亡霊と天使のビート　〈ＳＦマガジン〉二〇一四年二月号掲載

サイレンの呪文　〈ＳＦマガジン〉二〇一四年十月号掲載

波の手紙が響くとき　書き下ろし作品

HAYAKAWA SF SERIES J-COLLECTION
ハヤカワSFシリーズ Jコレクション

波《なみ》の手紙《てがみ》が響《ひび》くとき

2015年5月20日 初版印刷
2015年5月25日 初版発行

著 者 オキシタケヒコ
発行者 早川 浩
発行所 株式会社 早川書房
郵便番号 101 - 0046
東京都千代田区神田多町2 - 2
電話 03 - 3252 - 3111（大代表）
振替 00160 - 3 - 47799
http://www.hayakawa-online.co.jp
印刷所 株式会社亨有堂印刷所
製本所 大口製本印刷株式会社
定価はカバーに表示してあります

Printed and bound in Japan
ISBN978-4-15-209538-1 C0093
乱丁・落丁本は小社制作部宛お送り下さい。
送料小社負担にてお取りかえいたします。

ハヤカワＳＦシリーズ　Ｊコレクション

地球が寂しいその理由

The Reason That the Earth Feels Lonely

六冬和生

４６判変型並製

地球と月を統括する量子コンピュータのＡＩ人格は、双子の姉妹だった。姉のアリシアは、崩壊寸前の地球環境と社会の維持につくす優等生。妹のエムは、ゴシップ話に夢中な月の脳天気ガール。人間を教導し畏怖されている姉妹だが、エムには姉に告げられない〝秘密〟があった……地球圏全てを巻き込む壮大な危機が迫る。ハヤカワＳＦコンテスト大賞受賞第一作

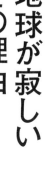

〈第二回ハヤカワＳＦコンテスト大賞受賞作〉

ニルヤの島

The Island of NIRUYA

柴田勝家

４６判変型並製

「死後の世界がない」ことが証明された近未来。ミクロネシアを訪れた学者ノヴァクは、死出の舟を造り続ける日系の老人と出会い、模倣子行動学者マルムクヴィストは〝最後の宗教〟の葬列に遭遇する——様々な人々の死後の世界への想いが交錯する南洋の島々で、死民を導くための壮大な実験が動き出していた……。民俗学専攻の俊英による文化人類学ＳＦ

ハヤカワSFシリーズ　Jコレクション

鴉《が》龍《りよう》天《てん》晴《せい》

Garyoutensei

神々廻楽市

46判変型並製

関ヶ原の役を契機に東西に分断され、西では妖が跋扈し、東では封神兵器・鬼巧が開発された日ノ本。京で学問に打ち込む医学生の竹中光太郎と、左遷先の飛騨で爵位奪還のため任務に就く東の帝国陸軍武官・真田幸成は、米国との通商条約締結に端を発する東西合戦で望まぬまま相まみえた――幕末を舞台に科学と妖術が衝突する、大河スチームパンク。